浙江省重点学科比较文学与世界文学（浙江工商大学）资助项目

叙述之道

张亦辉 | 著

中国书籍出版社
China Book Press

图书在版编目（CIP）数据

叙述之道 / 张亦辉著 . — 北京：中国书籍出版社，2022.3
ISBN 978-7-5068-8924-7

Ⅰ.①叙… Ⅱ.①张… Ⅲ.①散文集－中国－当代 Ⅳ.①I267

中国版本图书馆 CIP 数据核字 (2022) 第 017785 号

叙述之道

张亦辉　著

图书策划	成晓春　崔付建
责任编辑	武　斌
责任印制	孙马飞　马　芝
出版发行	中国书籍出版社
地　　址	北京市丰台区三路居路 97 号（邮编：100073）
电　　话	（010）52257143（总编室）（010）52257140（发行部）
电子邮箱	eo@chinabp.com.cn
经　　销	全国新华书店
印　　刷	三河市华东印刷有限公司
开　　本	880 毫米 × 1230 毫米　1/32
字　　数	260 千字
印　　张	11.25
版　　次	2022 年 5 月第 1 版
印　　次	2022 年 5 月第 1 次印刷
书　　号	ISBN 978-7-5068-8924-7
定　　价	65.00 元

版权所有　翻印必究

序　关于本书叙述者的叙述

李惊涛

关于本书叙述者的叙述，说法这么绕口，根本无法与这部新颖而又独特的著作匹配，更别说做序言的题目了。但不这样拟题，我一时还真找不到更准确的表述，只能像怨妇那样诿过于本书著者张亦辉先生了：这个狠角色。

狠角色，是我们对某人在某领域独步的惯称。张亦辉先生对小说叙述之道的研究，便是如此，因此频获《人民文学》《作家》等杂志的青睐，并得到施战军、宗仁发诸先生的赞赏。能够这样，作者曾经披露了两个原因：一是阅读，二是写作。我敢斗胆承诺为本书写序，也是缘于对张亦辉先生的阅读与写作比较了解，自觉能够给读者提供些有益的背景材料。

张亦辉先生对中外小说的大量阅读，始于1980年秋天杭州大学一个物理学本科生的自我犒赏；大量数理作业完成后对自己的慰问，是急切地捧起小说，就像捧起恋人的面庞。热恋般的阅读，让手中的作品时常被汗水或泪水打湿，那些佳作也由此感应到了知音的心跳。但是，阅读小说的机会弥足珍贵，以至本书著者当年对自习室里有些人翻阅文学作品时的随意感到十分困惑："你们作业做完了吗，在这里看小说？"回答是："看小说就是我们的作业。"原来世界上还有这样的作业，看小说；原来自己隐秘的精神大餐，竟然是人家的家常便饭。听那些语言文学专业的同学口吐莲花，初始不免倾心；但当对方习惯性地将契诃夫与莫泊桑、欧·亨利并称后，本书著者当即得出了苦涩的结论：他们身在福中不知福，对小说的阅读过于漫不经心。好小说不该被那样阅读，好作家不该被那样谈论；或者说，那样的阅读无从颖悟叙述之道，那样的谈论必然混淆天壤云泥。

　　缘于热爱的阅读，让本书著者长期浸润在大师巨擘的心灵世界里；创造理性的油然生长，使上个世纪八十年代后期中国先锋作家方阵中，必然出现张亦辉先生的名字。当然，他小说创作的远因，不唯阅读时对叙述之道的探幽入微，还与他心灵的漂泊和生存的艰辛有关——那也许是成就一个作家的另外两个因素？我不能肯定；能够肯定的是，1984年秋天，我的故乡，中国东部的一座港口城市，在日本人修建的旧式火车站里，迎接到一位包里装着物理学位证书、怀里却揣着文学梦想的浙江东阳人。那以后的十八年里，身为高校教师的张亦辉先生，在异乡烟火的炙烤中，毅然以走向内心的姿态——大量的阅读和写作，疏离滚滚红尘。差不多是踩着他的脚印，后来我也从北师大调回那座沿海城市；不久即因编辑小说的缘份，结识了张亦辉先生。当时，他用自己的处女作——中篇小说《螺峰的故事》，叩开了《连云港文学》编辑部的门扉。最早发现这位青年作家过人才华的，不是我，而是编辑部的刘晶林先生。他敏感地注意到小说作者的叙述语言生动而又富有生活质感，兴奋地推介给我；自那以后，编辑部与我家里的大门，便永远向张亦辉先生敞开了，无论白天黑夜，不避雨雪风霜。某个冬季的雪夜，张亦辉先生造访寒舍，我家炉子里的煤球很不争气，无论怎么捣腾，都无法阻止它奄奄将熄。后来我索性扔掉手里的火钩，展读张亦辉先生的小说新作，渐渐地，感觉煤炉表现如何已经并不重要；因为手里稿纸上的小说以每页 300 字的频次生出热量，足以抵御阵阵袭人的寒气，让读者与作者的脸颊同时兴奋到泛红。

隔三岔五的畅谈，令我对张亦辉先生小说阅读的质与量十分服膺；对他小说创作的新异品味极为喜爱，感觉作者对当代人陷入生存与精神困境那种茫然、恍惚和不适感的表现，尤为别致深刻。由于已经负责杂志社工作，我开始不断为张亦辉先生小说发布头条、推出小辑和配发评论；同时，又专设了《作家看作家》专栏，定期发表他研究纳博科夫、尤瑟纳尔、莫迪亚诺和卡佛等当代外国作家作品的文章。正是在那些视野广远、发现独到、见地不凡的文章中，读者见识到了张亦辉先生的小说创作与研究，"南山与秋色，气势两相高"，代表了那座沿海开放城市的文学高度，使他在上个世纪九十年代初，即与韩东、朱文、毕飞宇等并称江苏文坛，被引领中国文学潮头的《作家》杂志和《北京文学》《小说界》等推重，直至如今的《人民文学》。

《人民文学》和《作家》杂志联袂推举张亦辉先生关于小说叙述的研究，是本世纪初始十来年的事情。此时张亦辉先生已经离开了我的故乡，那座依山傍海的城市，回到素有人间天堂之誉的杭州，执教于浙江工商大学。似乎是命中注定，我也在几年后别离故土，追随他来到钱塘江畔；重新为邻，正好见证本书著者的治学进入黄金时期。近年来，张亦辉先生的《小说研究》《穿越经典》等多部专著相继问世，同时结集出版了中短篇小说集《布朗运动》。因此读者不难发现，本书著者实际上是一位作家型学者，或者说学者型作家。不仅如此，从他小说集的命名到本书第三辑的研究维度——"叙述动力学"，读者一定能够透析出学源与专业对他创作和学术的影响。这一方面见出梦想牵引的力量是何等强韧，让张亦辉先生跨越本科物理学与硕士管理学的天堑，登上宿命的文学之岸；另一方面，整合思维的全新方法，也为文学，特别是小说，带来了不同学科的清新空气，从而推进了中国当代小说关于叙述艺术的思考与研究。

如今，张亦辉先生数十年来对心仪作家的热爱与心契作品的迷恋，都集结到了这部题为《叙述之道》的新著中。作家不论中外，作品无分古今，都因为本书著者的心智与心血，凝结为吉光片羽般的段落与文字，优异而轻灵地来到读者面前，呈示出小说叙述艺术各种维度与各个层次的魅力。张亦辉先生对小说的阅读，心态不是审视，而是鉴赏，不是甚解，而是会意。这就像踏访山川，优游江河，大千世界开眼入心；或者像流连花圃，细览名卉，匠心被你顿悟，壶奥为你敞开。因此，《叙述之道》中的五辑文章，于叙述，是发现，阅千剑而识器；于读者，是分享，心语皆是福音。全书二十五篇文章，呈现的是叙述的神妙，揭示的是叙述的精髓，探测的是叙述的动因，展示的是叙述的谱系；支撑的个案，则是已经进入和必将进入经典序列的中外作家作品。尽管张亦辉先生自谦本书为"体系的碎片式戏仿"，甚至有意规避体系的建构，但我相信，熟谙悖论现象的读者依然能够从全书篇章构成的矩阵中，感受到本书对于叙述之道的构建，是系统的、自洽的和富有创见的。

在这篇机会珍稀的序言里，我原本想细陈张亦辉先生对于叙述艺术的洞察之独特，以及他对于叙述之道的叙述之美妙；但是，面对全书闪烁着宝石般光泽的文字，我蓦然意识到这种

"原本想",无异于"剧透"般的鲁莽的冒险,而且注定有险无惊。我于是毅然决然地放弃了这个念头。相信读者会因为阅读本书后的惊讶、会心、愉悦和禅悟,发现我的放弃是明智的。

谨以为序。

2019 年 11 年 11 日于中国计量大学

(作者系中国作家协会会员,
中国计量大学中国文化研究中心主任)

目　录

神妙的叙述

002 / 叙　述
019 / 叙述二题
036 / 叙述记
051 / 经典的叙述

叙述之精髓

066 / 叙述之细节
083 / 叙述之闲笔
092 / 叙述之语调
099 / 叙述之时间

叙述动力学

114 / 叙述的起飞
125 / 叙述的速度
130 / 叙述的能量
136 / 叙述的降落

叙述的谱系

144 / 庄子的极限表达
165 / 陶潜的沉默诗学
175 / 汉语的叙述谱系
179 / 叙述谱系的比较

作家的叙述

186 / 卡夫卡的荒诞叙述
204 / 普鲁斯特的后向叙述
213 / 尤瑟纳尔的诗性叙述
229 / 博尔赫斯的幻想叙述
253 / 莫迪亚诺的失忆叙述
267 / 卡佛的极简叙述
296 / 鲁迅的精准叙述
318 / 莫言的感觉叙述
331 / 迟子建的真挚叙述

神妙的叙述

叙 述

1

话说武松在景阳冈打完老虎（多棒的名字，景阳冈，真乃打虎的好地方，换成黄泥岗估计就歇菜了），来到阳谷县，在街上遇到阔别已久的哥哥武大郎。施耐庵在这个地方写了一段惊天地泣鬼神般的兄弟之情，每次读到都让人想掉眼泪。

武松跟哥哥回到家，一看到潘金莲就有一种不好的预感，他怎么也想不到自己会有这样一位嫂子。接下来，施耐庵要把这种预感写成现实。实际上，他面临着一个叙述的难题：怎样去叙述嫂子潘金莲对武松的示好甚至挑逗？本来，女子挑逗男子不算写作的难题，来段带色的描写，讲几个荤的笑话，也就对付过去了，可潘金莲要挑逗的是武松，他不仅是她的小叔子，而且这个小叔子是个顶天立地的英雄！所以，一般的常见的写法在这儿根本行不通，那样写，武松的英雄形象就会立马塌掉，潘金莲也不成其为潘金莲。

所以，施耐庵必需祭出绝招：打从见面开始，到挑逗结束，施耐庵故意让潘金莲每次与武松说话都带"叔叔"的前缀，什么"叔叔万福""叔叔怎地连鱼和肉也不吃一块儿""叔叔，只穿这些衣裳不冷""叔叔喝杯酒暖暖身子"。这样子绕来绕去，一共说出了39句带叔叔的句子（金圣叹专门数过）。最后在一个大雪天，武松从县里回来，武大郎还在外面卖烧饼，嫂子又让小叔子喝酒暖身子。潘金莲早已把持不住，喝了几杯后，她筛满一杯酒，自己喝了一口，剩下大半杯，终于说出了那个闪电也似的"你"字："你若有心，吃我这半盏儿残酒。"

说了39个叔叔之后崩出来的这个"你"字，一下子把两人的叔嫂关系逆转偷换为男女关系！艰难曲折的挑逗在瞬间完成并漂亮收官。

武松的反应是夺过酒杯泼在地下，大骂潘金莲"不识羞耻"！因为武松也是人，本能的反应当然是生气与怒骂。但武松又不是普通人，我们都知道他的冷静与果断举世罕有，所以他不能就这样骂完人摔门一走了之。接下来，武松应该怎么办？那一刻，除了对嫂子的愤怒，内心深处肯定还有对哥哥的担忧，所以他必须再说点儿什么，必须震慑住嫂子的淫欲之心。说什么呢？施耐庵这时候无疑又面临一个棘手的难题。他想出的是一个举世无双的震撼性的天才的句子，这个句子完美地解决了新出现的叙述难题：

倘有些风吹草动，武二眼里认得是嫂嫂，拳头却不认得是嫂嫂！

我们都知道（潘金莲当然也知道），武松的拳头可刚刚打死过景阳冈的猛虎，其震慑性与威力几乎堪比核弹头！

2

从语言与叙述角度，四大名著中我当然更看重更偏爱《水浒传》与《红楼梦》。

《水浒传》的叙述是刀刀见血字字千钧的路数，像中国功夫里的外家拳的宗师样；而《红楼梦》则更像是太极拳的世外高手，是化骨绵掌，克敌于无形。

施耐庵秉承了太史公司马迁的笔法，发扬并且颇有光大。钱钟书先生在《管锥编》里多有提及。比如虚词连缀，太史公常把虚词副词堆叠在一起用，收到的效果异样而惊人。在《鲁仲连邹阳列传》中有这样一句话："鲁仲连曰：'吾始以君为天下之贤公子也。吾乃今然后知君非天下贤公子也！'"没有描述啊比喻啊形容啊之类，只是叠用了"乃今"与"然后"，那种百回千转的心理与感受就全有了。到了施耐庵手里，写林冲终于被王伦接纳，用的也是这一招，但已然是加强版：

> 王伦自此方才肯教林冲坐第四位。

"自此""方才""肯教"堆床架屋般连缀叠加，写出了王伦的小肚鸡肠，更写出了落难英雄林冲内心的无限辛酸无限委曲。当然我们在庄子笔下就见到过这样的语言招数，《逍遥游》里就有："故九万里，则风斯在下矣，而后乃今培风。"放在一起看，就是一幅汉语叙述史薪火相传的逶迤图景。

而《红楼梦》的叙述四两拨千斤，内敛而又细腻，曹雪芹太极推手一样的功夫从无破绽，比如宝黛两人的关系与情感状态一直控制得那么微妙那么迂回有致那么丰赡（到了八十回后，马上就有写"破"了的感觉，不再是前八十回的曲尽其妙的文字,难怪张爱玲说八十回后的《红楼梦》"语言无味,面目可憎")。

当然,在小说的结构与观念以及现代性方面,《红楼梦》要高于《水浒传》,《红楼梦》多层的套盒一样的结构已接近现代物理学中的全息之境。而在人物的非平面与人性的多维度方面,《水浒传》也不及《红楼梦》。

3

每个热爱文学的人都会有自己格外偏爱的作家,并把这样的作家珍藏在生命深处,只要想到他,心里就马上涌起一股暖流。隔那么一段时间,总会像约会一样从书架上把他的小说拿出来重读一遍。

对我来说,契诃夫就是这样的作家。有时候,我真觉得自己跟契诃夫的关系,比生活中的朋友或亲戚来得熟悉和亲近。我特别喜爱他的中篇《草原》,这么多年来,已记不清到底读了有多少遍。

《草原》的故事其实很简单,就写一个叫叶果鲁希卡的九岁的小男孩,跟随做羊毛生意的舅舅穿过无边的大草原去外地上学的故事。开头不久,叶果鲁希卡坐上那辆"随时会散成一片片"的马车,很不情愿地离开了自己生活的小城。到了郊外,伤心的叶果鲁希卡看到了那个绿色墓园,看到了那些白色的墓碑和十字架,他想起了"一天到晚躺在那儿"的父亲与祖母。这个时候,契诃夫写道:

> 祖母去世以后,装进狭长的棺材,用两个五戈比的铜板压在她那不肯合起来的眼睛上。

接下来，我们就读到了契诃夫那精准而又感人至深的、好得不能再好的叙述：

> 在她去世以前，她是活着的，常从市场上买回来松软的面包……

不动声色，貌似简单，好像没写什么，甚至有幽默的成分，但实际上契诃夫已经写出了这个世界上全部的怜悯与感伤。

"在她去世以前，她是活着的"，乍一看几乎就像是一句废话，然而这是多么了不起的废话啊，只有伟大的契诃夫才写得出如此卓绝的废话。

4

早先的时候，还以为斯大林时期的文学只有高尔基与马雅可夫斯基，后来知道，另有帕斯捷尔纳克、阿赫玛托娃、茨维塔耶娃、曼德尔施塔姆、布尔加科夫、布罗茨基等一帮极好的作家（我们建国后到"文革"结束那些岁月里有哪些作家呢）。直到最近，才晓得还有一个叫巴别尔的狠角色。

巴别尔不仅在俄罗斯是个独特的作家，即使在世界范围里，他也是个绝无仅有的天才。他的文学个性真让人折服得一蹋糊涂。在《敖德萨的故事》里，他要写一个外号叫国王的年轻的土匪头子别亚克。他压根儿没写别亚克脸上有一条刀疤之类，也没写什么黑话或切口，巴别尔写别亚克刚开始的时候到某匪帮向一个独眼的小头目作入伙自荐，小头目就和头头商量这事。头头问独眼龙这个别亚克"能派什么用场"，独眼龙于是讲了自己的意见：

别亚克话虽不多,但他的话意味深长。

这半句没什么,我们也能写得出。但后半句则堪称惊世骇俗了:

他话说得不多,我想看看他还能再说点什么。

在短篇小说《居伊·德·莫泊桑》里,关于语言与叙述,巴别尔写过这样一句话:

任何铁器都不如一个放置恰当的句号更有锥心之力。

正是在读到这句话的那一刻,我确信巴别尔是一个精通叙述之道的小说大师。

5

叙述有原理与方法吗?写作教程能教人写作吗?答案基本上是否定的。所以鲁迅先生在《答北斗杂志社问:创作要怎样才好》里说得很直接:"不相信《小说作法》之类的话"(有趣的是,鲁迅在同一篇答记者问里,自己又提出了几条"小说作法",比如,"模特儿不用一个一定的人,看得多了,凑合起来的",你最好也别信)。

我们都知道契诃夫曾说过这样的话,并且认为说得很有道理:如果在第一幕里,墙上挂有一杆枪,那么,在第四幕里,这枪一定要打响。

然而,我们又知道,萨缪尔·贝克特在第一幕里就让爱斯特拉冈与弗拉季米尔摆开架势在舞台上等待戈多,但戈多却绝对不能在整场戏的任何一幕里出现。否则就玩完。

艺术与技术的不同之处也许在于，艺术总是超越原理与模式的。

在这个角度上说，欧·亨利的小说肯定不是一流的。因为他的小说每篇都有欧·亨利式的结尾，几乎形成了雷打不动的模式。其实，稍加分析就不难发现，欧·亨利这种过度利用巧合的模式化的小说，是有它的缺陷和软肋的，比如它们不怎么经得起重复阅读（这与通俗的侦探小说经不起重读是一个道理）。

那么外国文学教授们为什么总是把欧·亨利与契诃夫、莫泊桑放在一起，方便地称之为"世界三大短篇小说大师"呢？我猜答案也许是：教授们要么是不读小说文本的，即使读，也总是只读一遍的。其实，你只要把欧·亨利的小说多读几篇，就马上心知肚明，欧·亨利是不能与契诃夫同日而语的。

6

契诃夫曾说，无论给我什么，哪怕是一个烟灰缸，我也能把它写成一篇小说。这里边透露的是作家对叙述的自信与绝对的控制力。但其实，有些时候，叙述又会反过来控制并左右一个作家。余华在创作谈里，就曾多次谈到所创造的人物怎样摆脱作家的控制，从作家叙述人物，到人物开始叙述自己，并认为那才是叙述的自由状态和至境。

契诃夫给人的印象十分羞涩与内敛（这是托尔斯泰特别偏爱契诃夫的原因之一），但当他得知自己哥哥的粗劣的品行（对佣人苛刻，对家人和孩子没有耐心和爱心），他却果敢地给哥哥写了措辞严厉毫不留情的信。在这样的家信里，在指责与劝导哥哥的过程中，契诃夫的温厚的天性与叙述的才华也会逸出语

境偶露"峥嵘":

说出"孩子们是神圣而纯洁的"这样一个简单常见的陈述句后,契诃夫日常的劝导的叙述忽然被一句无限柔情的文学的叙述所引诱:

即使强盗与鳄鱼的孩子也具有天使的身份。

契诃夫曾告诫年青的作家:"不要玩弄蹩脚的花招"(到了简单派的卡佛嘴里则干脆变成了"不要玩弄花招"),但他自己偶尔也会玩玩花招的。在一篇叫《纵犬捕狼》的文章开头,一向诚朴的"现实主义作家"契诃夫写得真是花哨极了:

据说现在是十九世纪,读者,别信。

7

简洁与准确,差不多是叙述的灵魂了吧。

所以契诃夫说:"简洁是才能的姐妹"。冒昧地觉得,契诃夫这句话也许还可以说得更简洁些:

"简洁就是才能"。

在中国作家中,鲁迅先生的叙述应该是简洁与准确的典范了吧。

余华曾指出,鲁迅先生在《狂人日记》中,只用了一句话,就把一个人叙述成了疯子:

那赵家的狗,何以看我两眼呢?

我们常读到有些小说,写了一万字,笔下的疯子依然比正常人还正常着呢。

汪曾祺也曾指出,鲁迅先生在故事新编的《采薇》篇,写伯夷叔齐吃野菜的那种感受既简洁又准确:

苦……粗……

一般作家可能随手写成"苦涩……粗糙……"。貌似规范和文雅,其实浮皮潦草言不及意,感觉全无。而鲁迅先生的叙述,常常能克服能指与所指之间的距离,消弭文字与对象之间的隔膜,从而使简洁的语言与准确的感觉合二为一。

鲁迅先生自己最喜欢的小说据说是《孔乙己》。他先用两个视觉化的叙述把咸亨酒店的顾客一网打尽:

短衣的主顾站着喝。
穿长衫的坐着喝。

在此基础上,鲁迅先生再用一句话,就扼要而又精准地叙述出了主人公孔乙己这个独一无二的形象:

孔乙己是站着喝酒而穿长衫的唯一的人。

多奇怪啊:穿长衫而不坐着喝,站着喝却不穿短衣。这到底是个什么样的主儿呢?

8

再来讲一个《百年孤独》的叙述案例。
这个案例同时涉及叙事中的对话与修辞中的比喻。

对话其实不像人们想象的那么好写，相反，在小说的叙述中，对话常常是最难写的，至少是最难写好的。因为对话要有生活的真实感，不能写得像诗歌朗诵，不能写得像演讲比赛，也不能搞得像主席台上发言。在所有的小说叙述方式中，对话的做作和不真实，是最容易被读者察觉和发现的。另一方面，优秀的作家又不甘心让自己的人物对话完全被生活绑架，不甘心把对话写得太平淡太没个性。这样一来，小说中的对话几乎就成了一个悖论：既要写得生活化，又要超越生活追求自己的艺术性，所以，对话实际上很难写（在中国作家中，北方作家如王朔的对话明显要活泼有趣些，南方作家由于受到方言的限制，他们写对话就相对吃亏，往往变成了一种"翻译体"：把生活化个性化的方言翻译成文绉绉的普通话）。

至于比喻，中学生写作文的时候动不动就来一个比喻，其实呢，那些俗套的毫无想象力的比喻，喻象千篇一律，比了还不如不比呢。我发现，像马尔克斯这样的小说家，从不轻易写比喻，而只要写，就一定写得让人惊叹令人折服。

在《百年孤独》的第二章，马尔克斯写进入了青春期的阿卡蒂奥，写他与村里的寡妇皮拉·苔列娜搞到了一起。弟弟奥雷连诺还小，还不知道爱情的奥秘，他看到哥哥的焦虑，并想跟他一起分忧。有一次他就问哥哥："你觉得那像是什么呀？"

爱与性对弟弟来说都还太陌生，跟他解释他也不能够理解，所以，只能用比喻；而这又是一句人物的对话，要考虑真实性与生活气息，不能说得太玄乎太文艺，什么"像在深渊里坠落啊"，"像一阵电流通过脊椎啊"，这样的喻象都俗套，都平庸，都言不及意，都太文绉绉。

马尔克斯的叙述完全超越了人们的想象，哥哥阿卡蒂奥的回答简直让人拍案叫绝：

像地震。

爱的地动山摇的震撼性、性与死亡的关联、激情的摧枯拉朽般的力量，一切都在其中；更关键的是，这句回答那么简洁又那么结实，那么准确又那么有生活感。所以，无论从对话角度还是比喻角度，这都是一个罕有的精彩绝伦的叙述案例。

无论是多年以前还是多年以后，在我心目中，马尔克斯一直都处在一个很特别的位置上。

世界上的作家大概主要有两类，一类是偏重于内容的，另一类则偏好于形式。

你像托尔斯泰这样的作家，一看就是个经典、现实、重量级的作家，他不需要玩什么花招（契诃夫语），他注定是文学史上的庞然大物。普鲁斯特在《驳圣伯夫》中谈到过这一点："巴尔扎克给人伟大的印象；托尔斯泰身上一切自然而然地更加伟大，就像大象的排泄物比山羊的多得多一样。"顺着普鲁斯特的话，我们不妨把托尔斯泰看作文学大地上的一头大象。

而博尔赫斯这样的作家显然构成了文学的另一极，先锋、幻想、轻盈，一看就偏于语言和形式，他自己曾经夫子自道"我作品中最不易朽的部分是叙述"。把这样一个作家比作一只文学天空中的飞鸟也许是合适的。

马尔克斯呢，他既不是大象又不是飞鸟，或者说，他既是大象又是飞鸟。他的作品，尤其是《百年孤独》这部惊世之作，其叙述既先锋又经典，既有现实之重，又有魔幻之轻。所以，他真是一个很特别的作家。如果一定要作个比喻，我想把他比作"一头在云中漫步的大象"。

9

差劲的作家的叙述都是相似的，优秀的作家各有各的叙述。

神妙的叙述

切萨雷·帕韦塞，是卡尔维诺偏爱的意大利作家。他是小说家但更是诗人，这句话好像也可以反过来说。最近国内终于翻译出版了他的小说代表作《月亮与篝火》，这是一部缅怀过往与故乡的小说，一部叙事风格很别致的小长篇。

在帕韦塞飘逸而散淡的叙述中，间或就会闪现一句碎金翠玉一般的诗性句子，就仿佛是对你的持续阅读的一次犒赏。当然，这诗句是叙事的有机的组成部分，它并不显得跳脱，一点儿也不生硬，只是语感与句式都别样，不像小说里该出现的句子，倒像是诗集里的句子不小心跑到了小说中来。

第三章写那个外号叫鳗鱼的主人公，他在异国他乡飘荡，活得有些虚无，有些没着没落和无聊。帕韦塞写他"弄了个女孩"，写他的生命欲望：

刚走出饭馆的灯光，人们孤单地呆在星星之下，在蟋蟀和蟾蜍的一片嘈杂声中，我更想带她到那个村庄，在苹果树下、小树林里，或者干脆就在悬崖上的短草之间，使她倒在那地上，给予星星下的所有嘈杂声一个意义。（这段译文我读的时候作了些改动，原译文是："刚走出饭馆的灯光，人们单独地在星星之下，在蟋蟀与蟾蜍的一片嘈杂声中，我更想带她到那个农村，在苹果树下、小树林里，或者干脆就在悬崖上短短的草之间，使她倒在那地上，给予星星下的所有嘈杂声一个意义。"）

最后闪现的那句话，"给予星星下的所有嘈杂声一个意义"，一下子照亮并激活了整段叙述，同时，让紧挨着的那句"使她倒在那地上"不仅不显得粗暴和野蛮，反倒显得独特而有别趣。这样的诗性句子是帕韦塞卓而不群的叙述风格的标记，也是读者阅读时特别享受的地方。

在小说的第七章，主人公多年后从美国回到意大利的故乡，帕韦塞叙述了主人公眼中的故乡的果园。我从来没见过一个作家，把夏天收获后的空荡荡的果园里的果树写得那么好那么绝：

> 这些在夏天有着红色或黄色叶子的苹果树、桃树，就是现在还让我流口水，因为树叶就像一个个成熟的果子，人在那下面，感到幸福。

怎样的烙印与熟稔、怎样的内心疼痛、怎样的彻骨之爱，才能够让一个作家直接把树叶叙述成果子？怎样的深情之极的眼眸，才能看见树叶中遗存的果子的全部精魂？

10

头两天从卓越上邮购了彼得·汉德克的小说集《守门员面对罚点球时的焦虑》、切萨雷·帕韦塞的长篇《月亮与篝火》以及张文江的《庄子内七篇析义》。

读了帕韦塞之后，我又开始读汉德克。

汉德克的叙述，故意地别出心裁，刻意地另类化，这样的充满表演性的叙述写话剧可能行（他的话剧《骂观众》多年前在《世界文学》上读到过，印象深刻），但写小说却有些做作，有一种做作所必然带来的别扭与空洞。也许，存在的空洞感原本就是汉德克的叙述追求？

虽然耶利内克说过"汉德克是活着的经典，他比我更有资格得诺贝尔奖"这样的话，虽然有美国作家厄普代克与德国名导演文德斯等人的推荐与称赞，但我还是以为，汉德克不如同时代的另一位奥地利作家：伯恩哈德。

伯恩哈德的叙述更其另类，他甚至常常意气用事地背离惯常意义上的简洁，并以此为代价，在叙述中创造了一种罕见的复沓性与音乐性。他的语言通篇具有那样一种强烈的节奏感与谐振感，字句叠山，旋律恣肆，在他手里，文字似乎已然变成音符与节拍器。伯恩哈德那么喜欢缠绕的纠结的重峦叠嶂的复句，喜欢伴谬和愤怒，喜欢文字的旋风。其语言虽然口语化，有一种故意似的粗鄙，他的愤激和戏谑几乎不加掩饰，但由于歇斯底里般的复沓与近乎疯狂的叙述漩涡（这语言的旋风和漩涡居然拥有美妙的曲线与弧度），使他的叙事虽然没有什么故事却仍然充满了美学张力、怪诞的戏剧性以及令人惊奇的文学效果。他的叙述几乎抵达了魔法无法的境界。我觉得，他的《历代大师》《水泥地》《维特根斯坦的侄子》等作品的艺术水准与重要性，不会输给贝克特，甚至都不输给卡夫卡。

11

说到叙述的复沓，当然不能不提海明威。

海明威的叙述风格显现的是他对自己的冰山理论的绝对忠诚，而其复沓叙述，则可以说是冰山理论的副产品。冰山理论说白了就是叙述上的省略，是一种简单主义：把多余的修饰的语言成份全部剔除，不要定语从句状语从句，不要形容词也不要副词，更不要什么心理描写。海明威好像不是拿着铅笔在写作，而是举着斧头在砍伐，把语言的枝叶全部砍去，最后只剩下树干，剩下名词与动词，剩下人物的对话。他的许多小说几乎全部由对话构成，像昆德拉特别推崇的《白象似的群山》以及《杀人者》等，差不多可以叫做对话小说。海明威的冰山理论，他对叙述的控制与省略，他对简洁性的高度追求，对现代小说有深远影响。但他本人的小说创作，却常常让人觉得过于风格化，只剩对话的小说读起来难免单调，有点像美人减肥减过了头，显得形销骨立，失去了必要的水分和肉感（你看马尔克斯吸纳了海明威叙述上的简洁干净，却拒绝了海明威写作风格上的洁癖）。

不要形容词，不要心理描写，那该如何叙述那些强烈而震撼的生命状态与情感激荡？海明威惯用的杀手锏就是复沓（其形式相对简单，不像伯恩哈德那般复杂与疯狂）。

在《永别了，武器》的结尾处，主人公亨利在遭受战争的痛苦摧残之后，恋人凯瑟琳因为生产大出血而眼看就要在医院产房里死去。面对这生与死、绝望与痛苦的关口，海明威让主人公独自呆在医院的走廊上，他一反常态，让人物说出了一大段复沓式的呼告和独白，仿佛是与上帝在对话。这段从内心涌出的话重复冗长，翻来覆去，回环往复，变奏突进，与他提倡的冰山理论和惯有的简洁文风几乎背道而驰南辕北辙。这段叙述就像出奇制胜，就像灵光乍现，就像歌剧中回肠荡气的迭唱，就像巴赫《马太受难曲》里的咏叹调，简单、复沓而又辉煌，艺术效果简直好得不能再好：

> 我坐在外面的过道里，我内心空空荡荡的，一切都消失了。我没有想。我不能想。我知道她快要死了，我祈求上帝但愿她不会死。别让她死去。啊，上帝，请别让她死去。要是你不让她死去，不论干什么我都愿意为你效劳。请你，请你，请你，亲爱的上帝，千万别让她死去。亲爱的上帝，别让她死去。请你，请你，请你千万别让她死去。上帝请你使她不死。要是你不让她死去，你吩咐我干什么我都依你。你拿走了孩子可别让她死。那没关系，可别让她死。请你，请你，亲爱的上帝，别让她死去。

在《白象似的群山》这篇小说快结束的时候，海明威"故伎重演"，在男女主人公连续不断的散漫无谓的简单对话中，突然写了一句如剑出鞘般的复沓式对白，从而终于让女主人公压抑已久的内心情感像山洪一样得以爆发：

那就请你，请你，求你，求你，求求你，求求你，千万求求你，不要再讲了，好吗？

同样，在《弗朗西斯·麦康伯短促的幸福生活》的结尾处，海明威让玛格丽特·麦康伯一连说出或喊出 8 句语气不同的"别说啦"。而在《杀人者》的对话中，两个杀手一口一声"聪明小伙子"，阴阳怪气，反复使用，达 25 次之多，彰显了杀手的面目和现场的诡异气氛……

12

所谓傻瓜叙事，说白了就是写傻瓜的小说，或者更进一步，是指那些以傻瓜为叙事者的小说。比如福克纳的《喧哗与骚动》，阿来的《尘埃落定》。

作家们为什么那么喜欢写傻瓜呢？也许是因为傻瓜智力低到了不知道世故为何物的程度，他们不懂得趋利避害，更不会利欲熏心。他们的生命似乎拥有一种天然的免疫力，不容易被功利的现代文明的种种所异化和污染，他们身上仍然保有并保持着上帝造人时给予人的那些原初的黄金一样的东西：纯朴、天真、勇气、爱、怜悯以及无边的忍耐力，这些东西就属于福克纳在接受诺贝尔文学奖的演说中提到的"心灵深处的亘古至今的真情实感"。显然，运用傻瓜叙事，作家可以更方便更有效地写出这样的真情实感。

傻瓜叙事的另一个优势与小说的形式有关，作家借助傻瓜叙事，可以在形式的先锋性探索与叙述手法的创新等方面走得更远。比如福克纳在《喧哗与骚动》中，运用傻瓜班吉明的叙事视角，探索并创造了文学史上的一种全新的叙事时间，我把它称为"傻瓜时间"，实际上就是指时间的取消，因为傻瓜压根儿不知时间为何物，时间于是成为一个吞噬生命的黑洞。一直以来，时间都是对叙事的严格约束（三一律），作家的叙事无论如何不能违反时间的规定。到了福克纳这儿，作家才彻底挣脱了时间的束缚，获得了叙述的自由与解放。在我看来，意识流文学的典范篇章或巅峰之作，不是乔伊斯《尤利西斯》第十八章布卢姆妻子摩莉的长篇内心独白，而是《喧哗与骚动》中傻瓜班吉明的叙述。因为摩莉是一个智商正常的人，所以那种意识流叙述，多少有一种人为的刻意的感觉，有一种故意混淆时间打乱时间的嫌疑；而班吉明是个白痴，时间对他没有任何意义，对他来说，时间根本就不存在，于是他那混沌如初的生命意识得以在一个没有时间的世界任意流淌，就像一个摆脱了地心引力的人，可以在空间任意飘浮一样。另外，傻瓜虽然智商很低，但作为补偿，上帝常常赐予他们某些特异的生理功能和超常的感官感受，正是那些傻瓜，而不是聪明的正常人，让我们觉得生命真是一个谜。我们看到，福克纳就经常把通感和别的诡异的感觉运用到傻瓜叙事之中。在班吉明空前绝后的叙述中，经常会出现类似这样的令人瞩目的句子：

> 阴森森的沟里有些黑黢黢的爬藤，爬藤伸到月光底下，像一些不动的死人。
> 我们的影子在移动，可是丹儿（家里的狗）的影子并不移动，不过它嗥叫时，那影子也跟着嗥叫。
> 我们跑上台阶，离开亮亮的寒冷，走进黑黑的寒冷。
> 我能闻到冷的气味。

叙述二题

数字

1

"雨,下了四年十一个月零两天。"

这是《百年孤独》第十六章的第一句话。在这句叙述里,马尔克斯向我们展现了他那"发明文学"的能力与惊人的创造性,向我们展现了数字在叙述中的奇异效果。如此漫长的雨,已然超过了《圣经》里的那一场,因而它注定是一场魔幻的雨。可实际上,马尔克斯通过数字的精妙运用,又让它成为了一场现实的雨,"四年十一个月零两天",这个数字的准确程度与确定无疑,足以让我们产生那种必然而又必需的现实感。

所以,凭借简准而又奇特的数字,马尔克斯为我们叙述了一场诡异之极的雨,它既是一场魔幻的雨,又是一场现实的雨。也就是说,这是一场空前绝后的魔幻现实的雨。

2

《霍乱时期的爱情》里也有一个与数字有关的卓绝的叙述。

男主人公弗洛伦蒂诺·阿里沙在十八岁的时候邂逅了同龄的女主人公费尔明娜·达萨,并且一见钟情。可由于女主人公的父亲洛伦索·达萨的百般阻挠,由于青春期爱情本身的谜一般的转瞬即逝,男主人公眼看着女主人公成为别人的妻子、成为别人的母亲、成为别人的奶奶,他自己则成了一个痴心的终身未娶的拥有一个游轮公司的七十多岁的老头。女主人公的丈夫因为上树去赶那只鹦鹉,从梯子上摔下来离了世,男主人公觉得自己的机会又来了。他捧着鲜花再度去找女主人公,并声称自己为她保留着"童男之身"(虽然他有一本记录着与无数妓女交往的笔记本,可对自己内心的那份痴情而言,对女主人公来说,他觉得自己至少是隐喻意义上的童男)。

于是,两个耄耋之年的老人继续谈起了那场中断了半个世纪的恋爱。可在儿孙辈面前实在不好意思公然这么做,那实在太招摇,男主人公就建议把恋爱场所挪到他的游轮上。男主人公命令船长一直在起点码头和终点码头之间没完没了地来回航行,整条游轮上只有他们两个恋人兼游客。最后,那船长终于耐不住性子地喊叫起来:

妈的,您认为我们这样来来往往地航行能持续到什么时候?

随着男主人公的回答,小说的叙述来到了结尾。马尔克斯再度启用了数字的魔力:

53 年 7 个月零 11 天以来,弗洛伦蒂诺·阿里沙对此早已胸有成竹。

"一生一世。"他说。

"53年7个月零11天"！爱情的不可磨灭、生命的全部沧桑以及无与伦比的心灵震撼，一切的一切，都在这个让人惊叹的数字里了。更何况后面还跟着另一个数字"一生一世"。

我一直以为《霍乱时期的爱情》是现代爱情小说中最震撼最卓越的那一部。马尔克斯在获得诺贝尔文学奖之后仍能写出这样的小说，堪称奇迹。与魔幻现实的《百年孤独》不同，这几乎是一部经典意义上的杰作。在我的阅读想象中，上帝一样自信的马尔克斯好像对心中的读者说：虽然这个世界上已经有无数的爱情小说了，可你们不总说爱情是永恒的主题吗，那现在，我来写写看。

3

马尔克斯的创作既有经典小说的厚重，又有现代小说的轻盈，他几乎吸纳了以往小说的所有叙事技巧与笔法，并把它们融铸为独特的魔幻现实主义。马尔克斯的叙述中有那么多令人击节赞叹的地方，而数字的妙用只是其中一个小小的环节。

如果说，在古典作家像拉伯雷的笔下，叙述中出现的虚拟而巨大的数字，仅仅是一种喜剧性的夸张（如《巨人传》里高康大一顿吃下"一万三千两百五十一只牛舌"之类），营造的只是一种语言的狂欢效果，那么，到了马尔克斯这样的现代作家手里，数字已然被锻炼成叙述中犀利无比的"独门"利器或杀手锏。

在马尔克斯自己很看重的小说《没有人给他写信的上校》结尾处，就有一个这样的数字叙述的案例。退役上校等了一辈子也没等到那封他一直期盼的信，没有等到政府的救济金，为了共和国,他可曾经把性命都豁出去了。在绝望的等待中,上校充分体会到"人类的忘恩负义是无止境的"。小说的最后,上校的妻子忧虑地问他:

告诉我,我们吃什么?"
上校经历了七十五年——一生中一分钟一分钟地度过的七十五年——才到达了这个时刻。他感到自己是个纯洁、直率而又不可战胜的人,他回答说:
"屎!"

马尔克斯之所以能让原本污秽的"屎"字焕发出如此纯洁如此直率如此令人叫绝的文学表现力,之所以能把大俗铸成大雅(从波德莱尔和福楼拜这样的作家开始,生活中平庸粗俗的事物就被高雅地化腐朽为神奇地写进了文学。余华在《许三观卖血记》的结尾用的当然也是这一招:"这就叫屎毛出得比眉毛晚,长得倒比眉毛长"),前面那个数字的铺垫当然不可或缺功不可没。考虑到"七十五年"这个数字串稍嫌短促孤单,马尔克斯用破折号对这个数字进行了极度的扩展与延长:"一生中一分钟一分钟地度过的七十五年"!

而在《霍乱时期的爱情》之后创作的长篇《迷宫中的将军》里,马尔克斯则异想天开地让其中一个叫卡雷尼奥的人,说出了夜空中星星的个数:
"七千八百八十二个。"(加上两个数的时候一闪而过的流星)

这是一个让梦幻变得结实、让诗意变得确定的魔术般的数字。凭着这样的绝非只是夸张而已的数字,马尔克斯为我们锚定并捕获了宇宙深处的玄奥。

4

关于数字以及量词在文学中的绝妙运用,博尔赫斯早就意识到并多次谈论过。

在哈佛大学诺顿系列讲座的《隐喻》中有这样一段话:"我记得这个比喻是从吉卜林一本名为《四海之涯》的不太为人所知的书中引用过的:'一座如玫瑰红艳的城市,已经有时间一半久远。'这种话说了也白说,可'已经有时间一半久远'却给了我们魔幻般的准确度了。"我记得博尔赫斯在另一个地方还提到过海涅的那句诗:"爱你到永远,以及之后",并与《一千零一夜》这样的书名作了比较,指出了数字所造成的奇幻别致的超越性效果。而在他自己的短篇小说《秘密的奇迹》的最后,博尔赫斯则实现了一次这样的数字叙述或戏仿:"行刑队用四倍的子弹,将他打倒。"没有基数的倍数,其诡异与奇妙,与"时间一半久远"相比,不遑多让。

在那次诺顿系列演讲中,博尔赫斯还谈到一位叫拉斐尔·坎西诺-阿森斯的朋友,博尔赫斯对其有"令人惊艳的回忆",这位朋友曾夸称自己"可以用十四种语言与星星打招呼"。一般人会说自己喜欢看星星,作家或诗人也许会夸张地说自己可以与星星打招呼,只有阿森斯这样的奇人异人(要么是天才要么是疯子)才会说"可以用十四种语言与星星打招呼"。由于多出"十四种语言"这个数字,这句话变得那么空穴来风那么匪议所思,其语言蕴含和意味几乎难以言说,有孤绝,有诗意,有戏谑,有妙趣,有怪诞,有神秘,有超越了同类的灵性与想象力,差不多无奇不有,真格令人迷醉,完全让人绝倒。

5

当然在中国古代,像庄子这样的大师,早就重视数字在语言表达中的特异作用与奇幻效益。《逍遥游》开头就有这样的数字叙述："北冥有鱼,其名为鲲,鲲之大,不知其几千里也。化而为鸟,其名为鹏,鹏之背,不知其几千里也。""鹏之徙于南冥也,水击三千里,抟扶摇而上者九万里,去以六月息者也。"这里的数字运用,营造了一种天马行空如魔似幻的文学效果,体现的正是庄子那精骛八极心游万仞的想象力。

而在《养生主》里,庄子对数字的运用则显现了精准而确切的另一面。庖丁解牛的境界递升与准确的时间分段恰相对应与吻合。刚开始解牛时,所见无非全牛(一头牛牵过来庖丁看见的就是一头牛,庄子对解牛之道的叙述正是从这样的实诚的"废话"开始的,而不是一上来就神乎其神);"三年之后,未尝见全牛也",庖丁经过充分的实践与感悟,境界已然上升,他看见的已经不再是活生生的牛,而是一个清晰的结构、一个待解的方程;"方今之时(到底又过了多少年了呢,庄子在这里故意埋了个小包袱,留待细心的读者根据后面的交待自己去推算),臣以神遇而不以目视,官知止而神欲行",庖丁的境界已经到了"神"的状态,进乎技而近于道了。再后面,写到庖丁那把解牛的刀,庄子用了一个漫长而又确定的时间数字:"今臣之刀十九年矣""而刀刃若新发于硎",终于把解牛之道(复也是养生之道)推向游刃有余的极致的状态。学者张文江先生在解读《养生主》时曾指出,这里的数字不是一个实指的数字,而是河图洛书里的象征性的数字,这样理解当然也未尝不可。但我自己倒更愿意把"十九"这个数字就看成数字"十九",这个数字体现的正是庄子在"指事类情"时的真切可感与精准不虚。

那么庖丁为文惠君解牛时(即现在)一共已经解了多少年牛?说出十九年这个数字之后,答案便水落石出:三年(那时候庖丁的境界还没那么神),再加上十九年,即庖丁解牛的时间是大于等于二十二年。

为什么是大于等于（≧）而不是等于（＝）呢？我把它作为一道衍生的思考题，留给读者诸君吧。

6

静读《史记》的时候，也常常会与这样的数字叙述迎面相遇。

比如在《萧相国世家》的开头不久，具体的数字就进入了叙述："高祖以吏繇咸阳，吏皆送奉钱三，何独以五"。到后来刘邦战胜项羽分封天下时，用另外的数字补缀并照应了开头的数字："乃益封何二千户，以帝尝繇咸阳时何送我独赢奉钱二也"。两组数据一对比，说明刘邦真是个算账算得门儿清的人，也彰显了"滴水之恩涌泉相报"的传统伦理与心愿。司马迁什么都没有说，只用了几个数字，就干净利索地刻画了人物，并道出了亘古而微妙的人情世故。

再比如在《淮阴侯列传》最后，韩信封侯，衣锦还乡，司马迁也是用数字表达了韩信的恩仇皆报的个性与心理："信至国，召所从食漂母，赐千金。及下乡南昌亭长，赐百钱，曰：'公，小人也，为德不卒。'"每次读到这里，我都忍不住想笑，因为与千金相比，百钱实在过于微少，几乎可以忽略不计，完全是对南昌亭长的一种嘲弄与挖苦，这与其说是一种赏赐，倒不如说是一种惩罚。韩信真是一个心如明镜复又睚眦必报的人啊。从千金到百钱，我觉得韩信简直是好玩死了。

而在《留侯世家》中，司马迁则创制了一种结构化的极为有效的数字表达："其不可一也""其不可二也"……"其不可八矣"。这种格式表达到后世遂成规范，常被沿用，如竹林七贤的嵇康就曾在《与山巨源绝交书》中仿用过一次，那就是关于做官的"七不堪，二不可"。在这样的数字格式与范型之中，显现了某种层层推进的累叠效果，也突显了数字本身掷地有声斩钉截铁的力道（数字在语言叙述中的确是一种异类，运用得当的话，效果独特而格外有力，常常是文字所不能企及的。比如，"很清楚"肯定没有"一清二楚"更为清楚，相比于说一不二的数字，"很"这个副词显然要糙得多。另外，数字可以方便地渗入不可拆分的词语之中，有极强的语言溶解度与灵活的嵌入性，我们不能说"很清极楚"，却可以说"一清二楚"。类似的成语还有像"一波三折""五颜六色""七拼八凑""百依百顺""千奇百怪""千真万确"等。

在后世小说如《水浒传》里，明显有学习太史公的数字叙述法的地方。第二回"史大郎夜走华阴县，鲁提辖拳打镇关西"，写到鲁智深同情那对卖唱的父女，要送钱接济他们，他自己身上只带了五两来银子，就跟史进要：

  洒家今日不曾多带些出来；你有银子，借些与俺，洒家明日便送还你。"史进道："直甚么要哥哥还！"去包裹里取出一锭十两银子放在桌上。鲁达看着李忠道："你也借些出来与洒家。"李忠去身边摸出二两来银子。鲁提辖看了，见少，便道："也是个不爽利的人！"鲁达只把这十五两银子与了金老……鲁达把这二两银子丢还了李忠。

你看看，十两与二两，对鲁智深来说，简直天上地下，人品立判。仅用两个数字，已然写出了鲁达的直性子与率真劲，画出了史进的豪爽与李忠的小家子气。

说到古典文学的数字叙述，我们当然不会忘记明末清初的张岱，他在《湖心亭看雪》这篇精短妙文中，用了几个只有"书蠹诗魔"的张岱才会使用的数量词。仅凭这几个数量词，我们就足以感受到张岱那卓而不群的文学个性：

> 雾凇沆砀，天与云、与山、与水，上下一白，湖上影子，惟长堤一痕，湖心亭一点，与余舟一芥、舟中人两三粒而已。

满篇皆一，仿佛一切归一，张岱为我们勾勒了一幅混沌静寂的太初光景。这时候如果出现的是"人两三个"（所谓文明个体）就大煞风景，所以，张岱天才般地祭出了准确而奇异的量词"人两三粒"（恍若原始生物）。

7

现代文学中，鲁迅先生也有一个著名的与数字有关的语言例子。散文诗《秋夜》开头："在我的后园，可以看见墙外有两株树，一株是枣树，还有一株也是枣树。"

鲁迅当然不仅仅是玩了一个数字游戏（我们都知道艺术起源于游戏）那么简单，把两株枣树展延拓朴为"一株是枣树，还有一株也是枣树"，其实是突出并强调了这两株枣树，因为这两株枣树是作品的核心意象。如果只是通常那样说"两株枣树"，语言效果差不多是泛泛的漫不经心的一瞥；而"一株是枣树，还有一株也是枣树"则是特指的独创性表达，其叙述效果则变成了目睹甚至凝视，至少是认真地特意地去看了两眼，印象无疑更强烈更深刻。

我以为鲁迅先生的叙述告诉了我们一个真理：一加一大于二。

人称

1

这里谈的不是小说叙事的视角，而是代词意义上的对人物的称谓。人称虽是叙述中的小节，但如果恰当地创造性地运用和妙用，简单的人称也能爆发出超强的叙述力道，并形成出人意外的文学效能。在古今中外的文学作品中，这样的例子屡见不鲜。

《诗经》是中国文学的源头，关于它的修辞"赋比兴"，人们谈得多的是比与兴，相对忽视对赋的研究。其实，虽是诗歌，但《诗经》的赋里边其实蕴藏着丰富而又普遍的叙述之道与写作资源，为后世的文学创作（不仅是诗歌）奠定了表达范型与修辞基础。我自己曾经写过一篇《"赋"之新解》，梳理并阐发了《诗经》中的诸多叙述技巧与手段，比如复沓、形象说事、心理还原以及话语与现场感等。

关于《诗经》的人称妙用，钱钟书先生在《管锥编》中曾经论及并拈出，谓之"尔汝群物"。如《静女》："自牧归荑，洵美且异；匪女之为美，美人之贻。"由于是情人所送，普通的白茅（物以人重：它也许就是中国文学中"情人的礼物"的原型）显得特别美丽，有一种忘形的亲密，于是自然而然地称之为"你"（女即汝）；而在《硕鼠》"三岁贯女""逝将去女"这样的诗句里，此之谓"汝"，又成怨词。钱钟书先生对此有一段精彩的总结："要之吾衷情沛然流出，于物沉浸沐浴之，仿佛变化其气质，而使为我等匹，爱则吾友也，憎则吾仇尔，于我有冤亲之别，于我非族类之殊，若可晓以语言而动以情感焉。"

另外，细读《诗经》时我发现，诗歌中对女孩、对爱慕对象的称谓灵动多样不拘一格，比如"静女"，比如"窈窕淑女"，比如"游女"，比如"伊人"，比如"硕人"，比如"佼人"……两千年以后，我们已经慢慢丧失了这些美好的称谓，到今天这个网络时代，语言更其粗卑化，我们甚至不知如何去称呼一个女孩是好，"小姐"吗？那几乎是一个特定的贬义词了，"美女"？谁都知道这个称呼背后的调侃与嘲弄意味。所以经常性的，在这个越来越贫薄粗俗的时代，我们只好称眼前的她："喂！"

2

我们都知道鲁迅对《史记》的推崇与赞赏，可我们往往只记得《史记》是"史家之绝唱"，而遗忘或忽视了《史记》还是"无韵之离骚"。窃以为，如果只是把《史记》读成或讲成精彩的历史故事集，实在对不住司马迁的心血文字。《史记》不仅是历史巨著，更是文学丰碑，我一直把伟大的司马迁看成是中国文学史上的叙述之父，他的雄健笔力、他的叙述之道，无疑构成了汉语写作的永恒典范。

对人称的妙用，《史记》里就不乏绝佳的范例。

《项羽本纪》里的"鸿门宴"是最著名的历史场景之一，而亚父范增其实是楚军帐中唯一的清醒者，也差不多是整个场面的调度者和掌控者。范增看到项羽完全被刘邦和樊哙一个唱白脸一个唱红脸给搞晕了，并没有要杀刘邦的意思，就召来项庄，让他趁舞剑的机会把刘邦杀掉："因击沛公于坐，杀之。不者，若属且为所虏。"由于项羽的幼稚，项伯的搅局，刘邦借"如厕"溜掉了，范增失望到了绝望，他心里非常清楚，这是千载难逢的机会，放虎归山后患无穷，不会再有第二个鸿门宴了！可项羽居然没事人似的，还在赏玩张良呈上的玉斗，范增真是气不打一处来，他扔掉手中的玉斗，拔剑"击而碎之"，然后说出了另一句话："唉，竖子不足与谋！夺项王天下者，必沛公也。吾属今为之虏矣！"

钱钟书先生在《管锥编》里是这样分析范增说的这两句话的："始曰'若属'，继曰'吾属'，层次映带，神情语气之分寸缓急，盎现字里行间。"

我一直把这两句话看成太史公妙用人称的最佳案例。说前面第一句话时,范增还胸有成竹,以为这一回刘邦是插翅难飞了,所以,叫项庄去舞剑时说的是"若属",后面跟的是不紧不慢的一个"且"字(且战且退的"且",当然还有"且行且珍惜"),意思是说:"一定要在座位上把刘邦杀掉,要不然啊,你们这些人迟早会成为他的俘虏。"刘邦逃掉后,范增懊丧后悔,这时候,他当着项羽的面说出了第二句话,用的已是"吾属",即我们,把自己也装了进去,而且后面跟的是"今"字(最近的将来),意思是我们都很快会成为他的俘虏。这一段话,对范增的心理和情绪不着一字,只是对应地更换了人称,把"若属"变成"吾属",就尽得风流什么都在里边了。

在这一段中,其实还有一个地方,也是与人称有关,而且特别微妙。在第二句话里,范增先说"竖子"(你这小子),明里说的是项庄,暗里实指项羽,可范增马上又觉得当着项羽的面这样说不妥,所以,在下面半句话里,情急之中赶紧又改口,特意说"夺项王天下者",而不是"夺天下者",以强调"竖子"不是指你项王,我是在说项庄来着。

项羽为了要挟刘邦,威胁要烹了刘邦父亲。那个地方也有妙用人称的笔法。刘邦先对楚使说"我和你们项王曾是结拜兄弟,发过盟誓的",接下来,听者虽仍是来使,可刘邦却把人称和口气挪移更改了,俨然已跟虚设的项羽在对话(来使自会转告传达给项羽):"我的父亲就是你的父亲,你如果一定要烹了你的父亲,可别忘了分我一杯羹"("吾翁即若翁,必欲烹而翁,则幸分我一杯羹")。这句话里,还暗含了次级层面的人称挪换,本来应该说"你如果一定要烹了我的父亲",刘邦却直接说成了"你如果一定要烹了你的父亲",刘邦真是够绝够狠!从这样的话语与细节之中我们不难发现,项羽,是无论如何搞不过刘邦的。

3

我曾经著文谈到过《水浒传》中的一个经典案例,施耐庵叙述潘金莲挑逗勾引武松,祭出的绝招也是人称的替换与妙用:先让潘金莲说出三十九句带"叔叔"的句子,最后蹦出的那个"你"字("你若有心,吃我这半盏儿残酒"),真像叙述中的一道闪电,收到的是四两拨千斤的艺术奇效。

4

《在树上攀援的男爵》是一部后现代风格的独特长篇,卡尔维诺在这部小说中写了一个12岁的贵族男孩,为了赌气,也为了摆脱沉闷压抑的现实生活,攀上了园里那棵高大的圣栎树,并从这棵树攀援到另外的更多的树,在树顶上体验到了新鲜怪异的乐趣、自由和解放,从此再也不肯从树上下来,过起了史无前例的空中生涯,直到生命的终点。

卡尔维诺要写的可不是一个童话而是一篇小说。为了让自己的叙述一开始就拥有足够的现实性和具体感,他故意为人物构建了一个如家族史般漫长逶迤的姓名。而为了通过叙述的翅膀把一个生活中男孩送上树顶送上天空,卡尔维诺想出的是一个充满悬念感的起飞式开头,这个开头几乎预兆了撬起了后面整部小说的叙事:

> 我兄弟柯希莫·皮奥瓦斯科·迪·隆多最后一次坐在我们中间的那一天是1767年6月15日。

需要特别指出的是"我兄弟"这个人物称谓,它既有第一人称"我"的成份,从而给这部举世无双的奇特小说带来了自述体的亲历亲为般的可信度与真实感;它当然也有第三人称的因子，可以在后面轻而易举地转向树上的兄弟的叙事。这是一个复合的微妙的人称，它让我想起了莫言《红高粱》中的人称"我奶奶"。我们都知道，"我奶奶"这个人称，对《红高粱》的叙事风格与效果起到了举足轻重的作用。

而马原那句总是被当做叙事圈套的标志性语言："我是那个叫马原的汉人"，除了在叙事视角方面故意混淆了作者与叙述者（我与马原），其实也隐含着人称的复合效果，它比"我奶奶"走得更远，如果说"我奶奶"单从称谓上看是由"我的奶奶"顺过来的话，"我是那个叫马原的汉人"则是灵光一闪的全新创造。"我"是第一人称，"那个叫马原的汉人"是第三人称的常见格式，所以，这句话为我们贡献的是一种间离的、悖论式的、但却妙趣横生的人称关系——我是那个他。

5

《老人与海》无疑是海明威一生创作的最高峰，是冰山理论结出的最大硕果。由于只有老人与大海，海明威不可能把它写成《白象似的群山》《杀手》那样的"纯对话"小说（未免单调与枯涩）。

可为了让自己的叙述不至于过分静寂，海明威还是千方百计让老人桑提亚哥发声并说话。我们都知道写对话是海明威的拿手好戏，据说他有两只超灵敏的耳朵（就像聚斯金德这样的作家估计有超棒的嗅觉），能辨别最轻微的语调差异与口吻变化，所以，他一直擅长并喜欢在小说叙事中写对话。但与海明威其他小说中的对话不同的是，《老人与海》里的对话却完全是超常规的独创性的，体现了海明威纤敏优异的文学想象力，体现了叙述的从容不迫与绝对自信。海明威除了让孤身独处于大海中的老人自言自语，还让他想出声儿来，让他跟鱼说话、跟海鸟说话、跟自己的手说话。巧的是，无论是对海上的鸟还是

对自己的手,海明威都让桑提亚哥老人以"你"相称,几乎与我们《诗经》中的"尔汝群物"不谋而合异曲同工:

"你多大啦?"老人问鸟。"你这是头一回出远门吗?"

"这算什么手,"他说,"你要抽筋只管抽,抽成只鸟爪子得啦。不会对你有好处的。"

而更绝的是,对那条大马林鱼,老人一会称其为"你"(对鱼说),一会又称其为"它"(对自己说),移步换景,情随景迁,栩栩如在眼前:

"鱼啊,"他说,"我喜欢你,佩服你。可是不等今儿天黑,我就要你的命喽。"

"不过我要叫它送命,"他说,"甭管它多雄壮多气派。"

6

事隔二十多年,重新翻开余华的《现实一种》这样的小说,我依然可以感觉到余华在当时所拥有的诡谲的叙述才华,以及爆棚的创作自信。在那时的余华手里,语言和文字已不仅仅是表情达意的工具,而俨然已经变成切入生存真相和人性深处的手术刀。

与前面所谈的人称妙用不同,余华在这篇小说里解构了人称,取消了人称的实质与意义(可对比他稍后的中篇《世事如烟》中用1234567来命名指称七个人物)。

在叙述武警枪决山岗的情节里,余华先是解构了第一人称"我":

山岗的身体随着这一枪竟然翻了个筋斗,然后他惊恐万分地站起来,他朝四周的人问:"我死了没有?"

　　没有人回答他,所有的人都在哈哈大笑,那笑声像雷阵雨一样向他倾泻而来。于是他就惊慌失措哇哇大哭起来,因为他不知道自己是死是活。他的耳朵被打掉了,血正畅流而出,他又问:"我死了没有?"

连问两次"我死了没有",给恐怖的场面镀上了一层黑色幽默与滑稽可笑,耐人寻味的是,这句以第一人称的方式发出的提问,实际上恰恰取消了第一人称的属性与意义。如果"我"连自己死了没有是否活着都不知道,那这个"我"是怎么回事?还是主体性的存在着的"我"吗?实际上,"我"的存在恰恰被"我"的提问所解构所否定。山岗已然成了一个没法确认自己没法肯定自身的非存在者,这种梦魇一样的荒诞的生命状态与际遇,倒让我想起那个荒谬的时代,想起那个时代对主体生命的普遍漠视以及对个体尊严的无情摧毁。

到了小说结尾,献给国家的山岗的尸体,已经被医院里不同科室不同需求的医生们用解剖刀切割并掏空,心脏与睾丸什么的早已被摘除取走。最后一个制造人体骨骼标本的医生走了进来,余华那由于幽默的语调而显得越发残酷的叙述来到了结局,并轻易地像摘除器官一样解除了汉语中第二人称"你"的本来意义:

　　他的工作是缓慢的,但他有足够的耐心去对付。当他的工作发展到大腿时,他捏捏山岗腿上粗鲁的肌肉对山岗说:"尽管你很结实,但我把你的骨骼放在我们教室时,你就会显得弱不禁风。"

当余华让那个医生对一具被切割得越来越接近标本的尸体

说出"你"字的时候，我们除了又一次感受到那丝悖离了人性的怪异与幽默，当然还意识到，第二人称"你"已然被余华的叙述所消解：任人摆布弱不禁风的"你"，已经不再是那个与我们同时并存且能发生人际关系的对象性个体，"你"已经演变成徒具形式但却丧失了所有生命内涵与尊严的某种物质。也就是说，"你"，已经不再是你。"你"已经变成了它。

余华通过解构第二人称，无意中揭橥或隐喻了一个可怕的事实：在曾经的疯狂面前，咱们（你我他），其实都是变成了它的"你"。

7

与余华的消解策略相反，有一个伟大的作家，曾经说过一句非常了不起的话，在那句话里，他让第一人称"我"得到了几乎是无限的外延扩展与内涵增殖，从而使这个"我"远大于第一人称本身，远大于个体的五官与四肢，远大于生命的范畴，也远大于出身的家庭与村庄，远大于城市和街道，甚至大于山川，大于河流，大于草原和海洋。这个"我"就仿佛经历了一次宇宙大爆炸，这个"我"差不多已经变成了一个无穷的存在。

这个作家的名字就是托马斯·曼。

纳粹上台后，托马斯·曼流亡美国。有一次，一个美国记者采访时问他：托马斯·曼先生已经离开德国很久，你写的东西还能代表德国反映德国吗？就这样，伟大的托马斯·曼几乎不加思索地说出了那句了不起的与第一人称有关的话：

我在哪里，德国就在哪里。

叙述记

1

在某个冬天的饭局上,遇到一个红学家。她辈份高,姿态更高,决不给人面子,话说得一点余地也没有,气氛就很异常。我们几个年轻些的叫她姐叫她姨怎么哄她敬她依然不买账。最后我终于没忍住,本来就不好的修养究竟输给了躁脾气,冲她脱口说了下面几句话:

"你知道吗?我们喜爱《红楼梦》,但看不上红学;我们崇拜曹雪芹,但讨厌红学家!"

我承认自己对红学家存有偏见。在我看来,红学家差不多就是一帮忽视了《红楼梦》的叙述的人。他们忙得不亦乐乎,但却常常忘记了最重要的一点:《红楼梦》首先是一部伟大的小说。

2

如果小说是精神的结晶体,那么,叙述即是它的结晶术。

叙述就是以叙述向所述之物的无限逼近（戏仿一下孙甘露）。对小说而言，所述之物就是故事就是人物，就是想象与虚构或者就是整个心灵的世界。

叙述差不多是一种心理学上的完形行为，是一种精神的而非物理的能量流或动力学。它与灵感和欲望有关，与想象和记忆有关，与本能和直觉有关，与热爱与专注有关，它与作家的个性气质、语言秉赋、写作经验、生活历练、所处的时代和文化环境以及价值观和伦理倾向等等有关，它也与作家的身高、年龄、性别、出生地、血液浓度和胸腔大小等等有关，与作家的童年或婚姻有关，与作家的居所和书桌有关，它还与作家的癖好、疾病、情绪等有关，当然，它甚至与书写的纸张和墨水的颜色有关，与白天和黑夜、季节和气候有关，与星星、潮汐和风中的树叶或青草的气味有关，与叙述时刚巧从窗外飞过的那只鸟有关……在我看来，叙述不仅是语言技巧，而且也是内心的召唤，是灵魂的自由状态，是生命的冲动，是艺术的直觉，是超越了任何束缚的幽光狂慧。在某程度上说，叙述似乎是只能是与叙述者有关的一个谜。

3

巴塞罗那队水银泻地般的传控，特别像一个小说大师在叙述。

我不反对阐释，我反对的是那种简单的主题分析。一篇优秀的小说无论如何不可能被什么主题思想所搞掂。然而这只是问题的一个方面。问题的另一方面是，叙述当然有其目的和方向，像河的流淌，树的生长。在某种程度上甚至可以这样说，每句话，每个标点，都是文本的中心或主题。巴塞罗那队那些频繁流畅迂回有致的传球，看上去与进球没有什么关系，尤其是中后场传球和回传，倒像是离题的闲笔，但其实，它的每脚传球都有隐秘的动机，都联结着最后进球的那道漂亮而又致命的弧线。

4

到底什么样的叙述才是好的叙述呢？

这真是很难说清楚的，但我还是想尝试着说说看。

比如，好的叙述应该有新意（太阳底下没有新事，所以，叙述就必得有新意才行）；好的叙述一定得独特，一定得有个性，人云亦云的俗套在文学上没有任何意义（看应试体制下模式化的雷同的紧扣主题的作文，真为汉语写作捏一把汗。我曾对学生说："紧扣主题怎么是文学呢，那只能是社论"）；好的叙述应该是情理之中的意料之外，总能带给读者惊喜（"形式主义者"什克诺夫斯基所说的"陌生化"）；好的叙述一定有味、一定带劲、一定有风致有招数有迂回（不能太直截太"老实"）、一定有料、一定有趣、一定有想象力……

还是举两个例子吧。

先讲一个苏童的例子。如果说马拉多纳是上帝让他专门到人间来踢足球、乔丹是上帝让他专门来打篮球的话，那么，苏童差不多是为写小说而生的吧。他的叙述真是优雅漂亮，语感真格轻逸诗意，几乎一出道就写得极好。早期有个短篇叫《祖母的季节》，开头写那捆挂在门楣上的粽叶："风飒飒地吹着那捆粽叶，很像是雨声。"如果就这么写，好像一般般，没见出什么好来，但苏童当然不会就这么写，紧跟在后面的那句"神来之笔"，一下子让叙述变得精彩有趣：

真的下雨了，那捆粽叶又沙沙地响起来，像是风声了。

余华的叙述除了像手术刀一样精准犀利,而且极具张力与想象力,文字在他手里,真的像一粒粒子弹,他总是弹无虚发。哪怕是写一篇游记(大家可参看2013年第一期的《收获》),他的叙述也较劲出彩,绝不会让自己陷入平庸的泥潭。《现实一种》(敢起这样的小说标题,余华当时的创作自信已可见一斑)开头不久,写那个叫皮皮的孩子在屋里听到"四种雨滴声":

> 雨滴在屋顶上的声音让他感到是父亲用食指敲打他的脑袋;而滴在树叶上时仿佛跳跃了几下。另两种声音来自屋前水泥地和屋后的池塘,和滴进池塘时清脆的声响相比,来自水泥地的声音显然沉闷了。

余华的叙述当然不会停留在对四种雨滴声的按部就班的描述上,他绝不会满足于此,否则他就不是余华了。他接下来让皮皮说出来的那句话,才是他叙述的真正目标,正是这一句,显现了余华的叙述才华,以及他写作的惊人之处:

> 现在正下着四场雨。

5

迟子建的小说一直抒写生命中纯朴本然的东西,她的许多小说差不多是天真之歌。可这个世界上的人都那么世故,一点也不天真,所以,迟子建常常只好去写一些生理或心理有残疾的人物,属于傻瓜叙事的范畴。

迟子建有一篇小说叫《雾月牛栏》,曾获得过鲁迅文学奖,写的就是一个弱智的男孩与牛的纯真情感和故事。小说的结尾是这样一句话:

卷耳缩着身子，每走一下就要垂一下头，仿佛在看它的蹄子是否把阳光给踩黯淡了。

卷耳是一头雾月里出生的小牛，此前没有走出过牛栏更没有见过阳光，小说结束时，雾月过去了，男孩宝坠让小牛离开牛栏来到院子里晒太阳。迟子建这时候的叙述准确妥贴而又细腻无比：因为卷耳从没见过阳光，从来没有到外面来溜达过，还不怎么会走路，颤巍巍的，它走的还不能叫个步，所以，迟子建没有随手写成"每走一步"，而是写成"每走一下"（不要把这个"下"字和"一字师"或"推敲"之类的典故联想在一起，在我看来，平常所说的"推敲"也好，"一字师"也罢，都只是语法范畴内的学究式的甚至有些迂腐的方式。迟子建的这个"下"字，则与创造和想象有关，是诗学追求的产物，是心血的结晶和爱的产物。"推敲"和"一字师"无非是同义词辩析之类的工作，没有什么难度系数，没有什么创造性可言，与迟子建这个"下"字不可同日而语）。从语法的角度看，"每走一下"的"一下"，与紧跟其后的"就要垂一下头"的"一下"，出现在同一句话里，有重复啰唆拖泥带水之嫌，不如"每走一步就要垂一下头"来得文从字顺。可实际上，"每走一下"与"每走一步"虽然只差一个字，境界和感觉却差了很多，写成"一步"仅仅是表达了意思，而且很随手，不费心血，缺乏对自己所写的事物的体恤和关切，没有体现出作家的洞察力和想象力，没有那种温馨的感觉，也没有爱。所以，迟子建宁愿在语法上有一点瑕疵，在音韵上有一点重复啰唆，也决不肯换成"一步"。

正是这个"下"字，折射出迟子建细致温情的叙事目的，并让我们体会到了迟子建独特的艺术追求以及叙述的心血与功力。

6

以文风细腻敏感著称的川端康成，其小说语言清丽而又哀婉，余华曾专门撰文表达过川端对他的启蒙与影响。我最喜欢川端中年时期写的《雪国》，早期的作品像《伊豆的舞女》好是好，毕竟简单了些，显得不够微妙与丰瞻，晚年的作品则有些遁入虚空有些腻，仿佛只剩下了一颗哀愁的心了（赛义德所说的"晚年写作"不适用于川端这样的感觉型或自我损耗型作家，川端的写作特别依凭那种细致茂盛的生命感觉，这样旺盛的感觉容易被岁月和写作本身所消耗，不可能一直保持到晚年）。我记得在《雪国》这部中篇里，川端写到男主人公抚摸久别的情人的乳房，读者正期待着看到什么脸红心跳的段落，川端却忽然只简简单单地来了一句："他的手大了。"笔法何其吝啬，但意蕴却何其阔绰！那只手集聚了浑身的所有触觉，或者说整个生命都变成了那只手，手岂能不大了？这里边没有任何淫秽，有的只是感觉的细致与想象的独步。

已经不再写小说的阿城，在上世纪 80 年代（那是中国当代小说的好日子）曾写出过《棋王》《孩子王》和《树王》（据说他本来想写"八王"，反过来读就是王八，因为邮寄丢了一篇叫《车王》的小说，所以，索性就此打住了，于是只剩下"三王"），仅凭这三篇小说，他在中国当之无愧就是一流的作家。除了"三王"，阿城当时还写过一组只有情景没什么故事可言的文字，叫个什么《遍地风流》，他老兄都把它们当小说发了，我们也就当小说去读，还真句句都是小说笔法，语言的功夫那叫一个浑厚遒劲，刀砍似的利索劲道。其中一篇叫《溜索》，写几个赶牛的汉子，要把一群牛弄到怒江对面去，那怒江在万丈绝壁下轰响，如"隐隐闷雷"。得有人挂在角框上先溜过去接应，但阿城不说溜过去，他这样写："嗖地一下小过去"。这个"小"字当然不仅仅是形容词作动词那么简单，关键还是在于叙述的准确、形象和力道，换一个别的字，比如"飞"啊"滑"啊"飘"啊，全然不是那么回事。阿城的这个"小"字告诉我们，叙述的力量，来源于叙述的准确。

除了川端和阿城，世界上还有谁曾经如此令人叫绝地活用妙用过如此简单普通的"大"字和"小"字呵。不过需要再次说明的是，我们谈的是小说的叙述，而非语文课上讲的那种炼字炼句。

7

汪曾祺是沈从文的学生，论者常说他们俩的小说很像。

在我的阅读感受里，两人的小说虽都看似散淡，但汪曾祺的叙述追求的是一种雅趣，而沈从文的叙述则透着野趣。汪曾祺的叙述极有味道，而沈从文的叙述则有一股子蛮力。

前两天重读了《呼兰河传》，我以为那是萧红写得最好的小说，那么深情，那么苍凉。小说刚开头，萧红就用如此漫长的篇幅叙写了东二道街上的那个大泥坑，她的叙述那么信马由缰，那么尽兴，那么"越轨"（鲁迅语），几乎抵达了写作的自由王国。

萧红对大泥坑的叙述，堪称中国现代文学的奇观。

8

现在回想起来，像孙甘露当初那种令人惊异的与叙事完全悖反的叙述，自然不是横空出世，它们显现了足够充分也足够犀利的语言才华（这些眩目的才华与其说属于小说还不如说隶属于诗歌），但并没有显现出同样剂量与浓度的原创性。

在字里行间，我们可以隐约看到博尔赫斯的背影，看到罗兰·巴特（尤其是《恋人絮语》）的侧影，看到几位诗人和哲学家（本雅明？德勒兹？）的影子的影子，或者也许还有美国后现代作家的倒影？

至少，《信使之函》那些迷彩一样非均匀分布在整个文本里从而对叙述起到了内在凝结与外在架构作用的关于信的散漫戏谑的定义（"信是纯朴情怀的伤感的流亡""信是私下里对典籍的公开模仿""信是锚地不明的孤独旅行""信是理智的一次象征性晕眩""信是瘫痪了的阳物对精液的一次节日礼花般怒放的回顾""信是初恋的旌旗""信是情感亡灵的一次薄奠""信是叙述以叙述向所述事物的剥离"——用此定义定义孙甘露自己的小说叙述再合适不过了），与唐纳德·巴塞尔姆的短篇《歌德谈话录》中的那些让人忍俊不禁的胡闹的定义之间，一定存在着某种非线性函数关系：

青春，歌德说，是可能性之上等褐色面包上柔软光滑的苹果浆。

食物，歌德说，是存在之金色枝状烛台上最顶端的细蜡烛。

音乐，歌德说，是历史冰箱里面冰冻的木薯淀粉。

英语，歌德在分手时说，是文明之暗色立柜上闪光的褐色油漆。

艺术，歌德说，是市政人身担保金的百分之四的利息。

演员，他说，是诚实努力之咸猪肉中的苏格兰象甲。

批评家，歌德说，是创造性精神之壮丽舞厅中破碎的镜子。不，我说，毋宁说他们是概念进程之有蓬马车上多

余的行李。"爱克尔曼,"歌德说,"住嘴"。(这是这篇小说的足够有趣的结尾)

毫无疑问,漫读并流连在孙甘露的叙述中是一种超感官的享受,这样的享受与自由、轻盈等肉体感觉有关。他的小说,在我看来,最起码为中国当代先锋文学试探并摸索到了几乎是透明与虚无的极限或边界。

孙甘露本人如果看到以上文字,最好把它当成一篇越出边界的小小说。

9

说起博尔赫斯,很多人想到的是诗意、哲理与幻想,其实,他的叙述精准之极而又结实无比。

在那个著名的短篇《玫瑰街角的汉子》的开头,博尔赫斯写到那个外强中干的罗森多·胡亚雷斯,用了这样一句叙述:

那里没有一个人或者一条狗不尊敬他。

"没有一个人不尊敬他",这是一句再平常不过的叙述,初中生就写得出,可是只有博尔赫斯这样的语言天才才会补充加上"或者一条狗"这五个字,从而既精准地写出了人物的光鲜外表与痞劲,同时明褒暗贬,为后来的叙事埋下了伏笔。这种意想不到的后缀与补充,几乎是博尔赫斯的杀手锏,我记得余华在一篇随笔里就分析过博尔赫斯那句"干渴以及对干渴的恐惧"的叙述有多厉害。而这篇小说紧接着还有一个类似例子:"比利亚一带我们这些比较年轻的人,都喜欢模仿他(罗森多)——就连他那吐痰的样子也要模仿。"(破折号后面的补充

让整句叙述变得生动无比活力四射)

在这个短篇的结尾,博尔赫斯叙述了"我"那把刚刚杀过人的刀:

它跟新的一样,看来清白无辜,连一点血迹都没有。

这个结尾真是干净利落,除了抖出故事的包袱解开了悬念,还写出了一个在羞耻与欲望的烧灼锤炼下一夜成长的年青人的内心状态。这个世界上,也许只有博尔赫斯才会用"清白无辜"来叙述那把刀,就如只有他,才会在另一篇小说中用"平易近人"来叙述女人的身体。

10

去年有一部好莱坞电影,《特别响,非常近》,是根据美国作家乔纳森·萨福兰·弗尔的同名新作改编的。在马尔克斯的《百年孤独》这样的文学高峰之后,我认为乔纳森·萨福兰·弗尔在几年前那部长篇处女作《了了》中,创造了属于他自个的魔幻叙事。

他的叙述有诸多新奇与陌生化的努力,其中一招就是"病句叙述"。他故意让自己的叙述中布满这样的病句:"她老是脾气我"(老是生我的气);"我骑公共汽车到这里来工作一整天""我长得毫不含糊地高,我有一头英俊的头发""她会大量地笑""他在旅游公司工作的那些年里得到了肥厚的见闻""关于这个问题,你一定要三贱其口吗""情况变得极为更糟""我异常多次地考虑过""我捏了缸冷汗""当我观察你无与伦比的胸部时,我的眼睛很手用""而我一直都认为自己是非常雄纠纠而有生殖力的"……这些病句不仅仅好玩,不仅仅表示作家的叙述常常是超越语法的而只有中学语文课的范文才永远语法正确没有病句,也不仅仅表现了偏远的原住民的文化状况与语言状况,不仅仅是对语言与文化殖民的有效抵抗,而且还歪打正着。这些病句有时候真的具备神一样的表达效果与语言魅力,比如"当我观察你无与伦比的胸部时,我的眼睛很手用",是啊,眼睛在那一刻可不就像用手在抚摸吗?那激切的目光不正像是激动的手指吗?

当语言越来越陷入陈词滥调,当表达越来越趋于花言巧语,当我们越来越失去言说之根,繁星一样散布在《了了》叙述中的"病句",未始不是一种矫枉过正式的返源与回归:让语言回到稚拙回到原初,让表达重新变得新奇变得陌生。至少,我觉得这是自觉地从语言困境中突围出来的创造性尝试。

当然,病句叙述远不是乔纳森·萨福兰·弗尔叙述的全部,他的语言才华表现在诸多层面,而且在小说形式的创制与探索上非常可观。比如,他竟然试图叙述出"布洛德的六百一十三种悲伤"……

11

情况常常是这样的:最轻柔的叙述,才能触及最美好最重量级的情感。

《月亮与篝火》里,帕韦塞写主人公鳗鱼记忆中对雇主马泰奥先生两个女儿("富有、美丽、高傲")的态度与情感,写她们"不是为我,也不是为努托(鳗鱼的伙伴)而生的""夏季里有几天,坐在贝尔波河边,我想着西尔维亚。对头发金黄的伊莱娜,我不敢想。"

那么应该如何去写鳗鱼对这个连想都不敢想(那女孩该何其美好啊)的女孩的心理与情感呢?

帕韦塞接下来用了一段最为轻柔的叙述，完成了美好之极的表达：

> 可是有一天，伊莱娜带着桑蒂娜（还很幼小的妹妹）在沙地上玩，那里没有人，我看见她奔跑着并在水边停下。我当时躲在一棵接骨木的后面。桑蒂娜叫喊着指着对岸的什么东西。于是伊莱娜放下书，弯下腰，脱下鞋子和袜子，头发那么金黄，衬着白皙的双腿，她把裙子提到膝盖的高度，进入水里。她慢慢地过了河，先用脚碰到对岸。然后，一边朝桑蒂娜喊着叫她不要动，一边摘了一些黄色的花。我记着这一切，就好像那是昨天的事。

"裙子提到膝盖的高度"，是啊，绝对不能超过这个高度！

如此轻柔的叙述，让我想起《海上钢琴师》1900看见那个女孩时弹的那段柔情似水的钢琴曲《playing love》。从叙述节奏上来说，前面1900已经在与黑人爵士乐钢琴师比赛时弹奏过一段暴风骤雨一般激烈之极的乐曲，这里决不能再来一段重复的暴发式乐曲，唯有轻柔之极深情之极的《playing love》，才能盖过前边的《Enduring movement》（弹完后钢琴丝烫得把香烟点着）。这大概就是叙述的轻重原理吧。

12

来欣赏一段列维·斯特劳斯的"野性"的叙述吧。

> 伊捷尔缅人和雅库特人用吞食蜘蛛和白虫来治疗不育；奥塞梯人用黑甲虫油来治疗恐水症；苏尔郭特的俄罗斯人用蟑螂泥、幼鸡胆来治疗脓肿和疝气；雅库特人用浸红虫

来治疗风湿症；布利亚特人用狗鱼胆来治疗眼病；西伯利亚的俄罗斯人用吞食泥鳅和小龙虾来治疗癫痫及其他百病；雅库特人用接触一下啄木鸟的嘴来治疗牙痛，而且用啄木鸟的血来治疗淋巴腺结核，用鼻腔吸入风干啄木鸟粉来医治发高烧，用大口吞咽考克查鸟蛋来治疗肺结核；卫拉特人用鹧鸪血、马汗来治疗疝气和瘊子；布利亚特人用鸽子汤来治疗咳嗽；哈萨克人用泰利古斯鸟腿粉来治疗疯狗咬伤；阿尔泰山地区的俄罗斯人用脖子上挂干蝙蝠来治发烧；卫拉特人用雷米兹鸟窝上冰柱水滴滴眼来治疗眼病。让我们单来看看布利亚特人是如何利用熊的例子：熊肉有七种不同的医疗用途，熊血的用途有五种，熊脂肪的用途有九种，熊脑的用途有十二种，熊胆的用途有十七种，熊皮的用途有二种。（《野性的思维》斯特劳斯著，李幼蒸译，商务印书馆，1997年，第12－13页）

如果没有列维·斯特劳斯，我们看到的博尔赫斯可能就不是现在的样子。就像没有福楼拜，我们看到的契诃夫也许就是另外的样子。

13

再来欣赏一段科塔萨尔的"纯音响"或"纯能指"的克里语叙述，一段异想天开的关于爱与性的叙述：它摆脱了所指的麻烦，它拒绝阐释、拒绝翻译、拒绝任何语义学批评，这是一种让语言回到音乐的纯粹的叙述，这是一种避开了语言缺陷的前语言叙述，这差不多是一种接近天籁的反叙述的叙述（它就是庄子所说的无言之言吧，它是人类面对语言困境的一次绝望的呢喃式超越）：

他刚一阿马拉瓦她的诺埃马，她就收拢埃尔克雷米索，于是二人陷入了伊德罗穆尼奥斯，陷入了野性的安博尼奥斯，陷入了粗鲁的苏斯塔洛斯。每当他企图舔拉斯英格佩鲁萨斯，她就哀怨地卷入格里马多，于是他只得把脸恩布尔肖纳尔塞朝向诺洛。他感到拉斯阿尔尼亚斯一点一点地塞埃斯佩胡纳万，这样，二人就逐渐地阿佩尔特罗南多，列杜普里缅多，直到他像埃尔格马尼纳的埃尔特里马尔西亚托那样躺下去，一些卡利亚孔西亚的费鲁拉斯流了出来。然而，这只不过是个开头，因为她在某一时刻塞托尔杜拉瓦洛斯乌尔加里奥斯，任凭他把他的奥尔费鲁尼奥斯凑上来。二人刚一塞恩特列普鲁马马万，就有一种仿佛乌鲁柯尔迪奥似的东西把二人恩克列斯托里亚瓦，把二人埃克斯特拉尤克斯塔瓦，并且帕拉莫维亚。突然出现了埃乐克里农、拉斯马特里卡斯的拉埃斯特尔福罗萨孔布尔坎特，出现了奥尔古米奥的哈德奥延特恩博卡普鲁维亚，在一种索布列米迪卡中阿柯保萨中感到了梅尔帕斯莫的埃斯普罗埃米奥。哎喔哎！哎喔哎！二人在穆列特洛克的顶峰上沃匀波萨多斯着，并佩尔利诺斯地、马鲁洛斯地感到了巴尔帕拉马尔。埃尔特罗克颤抖着，马里奥普鲁马斯筋疲力尽了，一切都在一种深深的皮尼塞中，在阿尔古登迪达斯加萨斯物尼奥拉马斯中，在几乎残忍的卡利尼亚斯各塞列索尔维拉瓦，这一切把二人奥尔多佩纳万，一直到贡菲亚的尽头。（《跳房子》科塔萨尔著，孙家孟译，云南人民出版社，1996年，第495-496页）

14

那是几年前的某天晚上，因为巴金先生去世，我们人文学院的师生在阶梯教室搞了个追思与交流会。领导讲了巴金的《随想录》,讲了他的良知与勇气;教授们则介绍了巴金笔名的由来,以及他的代表作等等。

接下来慢慢变成了一场师生之间的问与答。

当然大多是一些不咸不淡的问答。

后来就有一个坐在后排的女生站起来说:

"在我们国家,文学没什么力量。枪杆子里可以打出政权,请问作家笔杆子里淌出来的到底算什么?"

坐在弧形讲台上的一帮教授们脸上有些茫然,他们好像没听到这个问题,或者觉得这个问题非常滑稽,不值得回答。聪明的主持人已准备讲别的话题了。

我横了横心,像个十足的傻瓜一样站起来说,我想回答一下刚才那个女生的问题。接着我就对那个女生说了这样一句话:

> 从终极的角度,枪杆子里打出来的是恨,作家笔杆子里淌出来的是爱。

后来在很长一段时间内,人文学院的学生中流传着这句话。

现在我依然觉得那晚的即兴回答碰巧是对的:所有的叙述,最终都应该通向爱而不是恨。

经典的叙述

1

夏天到来的时候,忘了是什么原因,忽然想读托尔斯泰。事隔三十多年重新捧起《战争与和平》(在那些迷恋先锋的遥远的日子里,这样的现实主义大部头根本读不下去),竟然很快就被吸引住了,整个人好像完全陷了进去,真可谓一发而不可收拾。一边读一边无限地感佩:托尔斯泰这哪儿是在叙述,分明是造物主在造物!

造物主创世仿佛只需命名:"神说:'要有光',就有了光。神看光是好的,就把光暗分开了。神称光为昼,称暗为夜。"托尔斯泰的叙述有着同样的气魄和语调、同样的从容不迫、同样的轻松自如。不管战场多么宏大纷繁,也不管沙龙多么嘈杂哄闹,托尔斯泰的叙述都手到擒来毫不费力。凭他神一般巨大的创造力,再繁难再复杂的事物与情景似乎都应付裕如不在话下,我们看托尔斯泰叙述一场战争,真的就好像厨师炒了一盘菜。读着读着,你很快就五体投地,完全膺服并承认,托尔斯泰毫无疑问是人类文学史上的最大文豪。

托尔斯泰的叙述总是那么直接有力,那么像水银泄地,不迂回,不绕弯子,他喜欢发动正面强攻。他总是那么如实写来那么自然而然,很少使用暗示或写意之类的偷工减料的修辞和技巧,甚至很少运用间接性的比喻,他的叙述就像一辆坦克那样直碾过来,所向披靡。即使表达罗斯托夫在检阅现场见到亚历山大皇帝时无比激动的情感与难以状写的心理,托尔斯泰的叙述也像心脏跳动一样有条不紊强健有力。在这个意义上,全世界没有一个作家比托尔斯泰更是一个现实主义者。

还是让我们来欣赏一下托尔斯泰是如何叙述天空的吧。

托尔斯泰笔下的天空,不是我们肉眼看到的平常的天空,更不是风景描写意义上的蓝天白云,而是造物主创造的原初的天空。那是如此崇高的天空,那是唯有灵魂之眼才能看见的无限的天空,那是濒临并超越生死界限的人才有幸目睹的深奥的天空。

在俄奥联军惨败的奥斯特里齐之战,第三卷的第十六章。安德列公爵逆着溃逃的大军,独自高擎军旗,奋不顾身向前猛冲。枪弹嗖嗖地飞过头顶,这时候,他看见不远处一个帽子被打歪的红头发的俄国炮兵,正与一个法国士兵在争夺那把炮膛探帚,阳光下,两个人像雕塑一样相持不下,脸上是苦恼而忿怒的表情,那瞬间的情景,真像幻觉一样,或者像是蒙太奇电影镜头。安德列还没搞清怎么回事,没搞清那两个士兵僵持搏斗的结果,这时有一个兵士抢起一根大头棒打在了他头上:

有一点痛,不过最坏的是,那痛楚分散了他的注意,使他看不见他方才正在看的事。

如此致命如此钝重的打击,托尔斯泰没有像一般作家那样大写特写流血剧痛之类，而是精准地叙述成"有一点痛"，可不是么，痛到极端时反而没什么感觉了，针刺你一下一定觉得更痛呢。但其实这打击非常狠毒，这痛楚非常要命，以致于安德列的注意力都涣散了，那一瞬间他的生命只剩下模糊的短路般的意识：

"这是什么事呀？我要倒下去了吗？我的腿怎么发软了？"他想到，随即仰面倒下来。

我们知道托尔斯泰偏爱契诃夫，他曾夸赞契诃夫的小说叙事真实到了幻觉的程度。其实，托尔斯泰自己的叙述就常有这样的幻觉般的真实。

安德列倒地后脑子里依然滞存着那两个士兵争抢探帚的情景与画面：

他睁开眼，希望看一看法军和炮手的斗争怎样完结，红头发的炮手被打死没有，那尊炮被抢去还是被救下了。但是他什么都看不见。他上面这时什么都没有，只有天空。

借助一个破折号，托尔斯泰继续叙述安德列昏迷前的残存意识，叙述那崇高而无限的天空：

——高高的天空，并不明朗，不过依旧高不可测，上面有灰色的云团缓缓地滑过。"多么安宁，多么和平，多么壮严，一点也不像我们这样跑，"安德列公爵想道——"不像我们这样跑，这样喊，这样打，一点也不像满面恐慌的愤怒的炮手同法国人徒劳地争夺那把探帚，那些云团滑过那崇高的无限的天空的样子是多么不同呵！我怎么先前从未看见那个崇高的天空呢?我终于发现了它,我是多么快活呀!是的。除了那个无限的天空外,一切都是空的,一切都是假的。除了那个外,一无所有,一无所有。不过连那个也不存在,除了安静与和平外,没有别的。谢上帝!……"(董秋斯先生的译文虽然有些老旧,但感觉在文学性上依然值得信赖)

这是空前绝后的天空。

无论是现实主义作家还是现代派作家,都没有写出过这样的天空,只有托尔斯泰写出了这样的天空:何其崇高,何其无限,何其深不可测,何其接近上帝本身,却又何其真实!

第十七、十八两章,托尔斯泰先让安德列就那样昏迷着躺一会,他那从容不迫调度有方的叙述话分两头,转向罗斯托夫在这场骇人的战争中的经历,包括在战场上见到受惊的亚历山大皇帝的梦一样的情节。到了十九章,托尔斯泰的叙述又像一道抚慰的怜悯的目光一样回到了安德列公爵身上:

他不知道他的知觉失去了多久。突然间他又感到他还活着,为了头上火烧刀劈一般的痛楚难过。

前面只是"有一点痛",到这时,知觉恢复后,才感到"火烧刀劈般的痛楚"。这就是伟大作家的叙述分寸与节奏。

紧接着,托尔斯泰的叙述就像复沓的旋律一样回到了天空的主题:

"在哪里啦,我以前不曾知道,今天才看见的那个崇高的天空?"这是他的第一个念头。

他留心听,于是听见临近的马蹄声,还有说法国话的声音。他睁开眼。他上面又是那同一崇高的天空，有一团一团的云在更高的地方飘浮，云中间闪现蔚蓝的无穷空间。

就在这个地方，在这个叙事的节骨眼上，伟大的托尔斯泰见缝插针地叙述了那个神一样的人物拿破仑，他恰好经过重伤的安德列的身边。拿破仑看到了躺在地上的安德列，以为他已经死了，脱口说了一声"死得光荣"（这是前苏联电影《战争与和平》的台词，董秋斯先生译为"死得好"，似乎有误）。接下来，托尔斯泰用他那雄健笔力，毅然决然地颠覆了拿破仑这个人物身上的传奇与神秘，解构了其英雄光环（要知道，安德列本人原先一直把拿破仑看作英雄），把他打回生物学意义上的人的原形，而托尔斯泰借助的依然是无限而又永恒的天空：

> 安德列公爵知道这是在说他，也知道说这话的是拿破仑。他听见说话的人被称作陛下。不过，他听这句话像听苍蝇嗡嗡差不多。这句话不仅未引起他的兴趣，他甚至没怎么留意，立刻就忘记了。他的头在灼痛，他觉得他的血就要流光了，他看见他上面那遥远的、崇高的、永在的天空。他知道那是拿破仑——他的英雄——但是在那一刹那，比起充满他内心的上面飘浮着云团的崇高的无限的变幻的天空，他觉得拿破仑是一个非常渺小的不重要的生物。

而看见过这样的天空的安德列，从此变成了另外一个人。
……

曾看到有人说《战争与和平》在结构上有缺陷，或者指责托尔斯泰在叙述中加进了许多不必要的议论，从而妨碍了作品在整体上的完美。但其实，造物主创造的这个世界也是不完美的不是么，重要的是它的伟大与永恒。

我觉得托尔斯泰的叙述中就有这种伟大而永恒的东西。比如他笔下的天空。

2

《无名的裘德》第一部"在马里格林"第二章,就有一段时空穿越的叙述:

> 刚耙过的一行行土地就像新灯芯绒上面的条纹一样向前延伸,给这个地方造成一种平凡功利的气息,驱除了一切逐渐演变的迹象,把它过去所有的历史一概取消,你看到的只是近几个月才形成的东西,虽然这儿每一块土、每一块石头的确和过往有诸多联系——古人收获时的歌声,他们的话语和不屈的行为,都有余音回荡于空中。

这段叙述的时空跳宕让人想起吴尔芙在《达洛卫夫人》中那"多少年后"的惊人一跃,正是那历史性的一跃,曾经让马尔克斯醍醐灌顶,并为《百年孤独》的创作找到了灵感。现在看来,吴尔芙的时间假设之跳,也并非空穴来风。至少,哈代的这段腾挪时空的叙述一定触动过她。

这段叙述,尤其是把诸多时间迹象比拟为回荡于空中的余音,让人想起莫迪亚诺《暗铺街》的失忆叙述的精髓:把虚幻的声波与空中的水汽幻化为生命函数的根。

当然,哈代这里兀然的凌空飞越的叙述,也许正体现了他作为诗人的跳跃性思维,体现了一个作家叙述时的灵光闪现——那是缪斯的玄妙的馈赠吧。

3

村上春树的小说创作无疑有卡夫卡的影子,他好像也无意掩饰这一点，以至于专门写过一个叫《恋爱的萨姆沙》（《变形记》的主人公）的短篇。他许多作品的切口和构架都有荒诞主义的痕迹，经常会叙述一些超自然非逻辑的事物，比如《1Q84》中高速路的诡异出口和天上的两个月亮之类。卡夫卡喜欢通过叙述把不可能的事物匪夷所思地焊接在一块，像《城堡》中"教室与婚礼"以及"缝纫机和雨伞"。村上也爱这么干。

在短篇小说《山鲁佐德》（村上坚持创作中的国际性维度与超民族特点，哪怕诺贝尔文学奖把这视为村上的短板，他输给莫言大概有这方面的原因吧，但村上无意改弦更辙）中，那个叫山鲁佐德的女性每次与主人公羽原做爱时都会讲故事，事后，羽原会简单地把故事的关键词记录在日记上。其中就有这样两条，其一是"山鲁佐德、七鳃鳗、前世"，其二是"爱的窃贼、铅笔和卫生棉条"。叙述这样的古怪有趣的事物组合，我想是村上在向卡夫卡致意吧。

当然，村上的叙述与卡夫卡其实有质的不同，村上要温和得多，柔情得多，不像卡夫卡那么冷冽与决绝，即使叙述爱的失去这样痛切的故事，村上依然用不温不火的语调。在短篇《木野》中，主人公木野有一次出差提前回家，结果目睹妻子与同事在床上交股迭臂，于是就决定离婚并辞职。他自己去开了个酒吧，而妻子就与前同事生活在了一起。后来，两人为离婚事宜又面谈了一次，妻子除了说抱歉和对不起这样的话，最后还说了这么一句：

不过话说回来，你我之间一开始就像扣子扣错了眼似的。

"扣子扣错了眼"，这就是典型的村上的叙述。有生活质感，适当剂量的幽默，对细节与物象的独特发现与深度挖掘，比喻的精准，举重若轻的趣味性语调，对人性微妙暧昧区域的迷恋，以及化痛切为忧伤的能力与天赋。

4

《权力与荣耀》这部小说的开头真是精彩：

> 坦奇先生到外边去想给自己弄一罐乙醚，他走到炎炎的赤日下和白热的尘沙中。几只兀鹰用鄙视的眼睛从屋顶上冷漠地看着他：他还没有成为一具腐尸。

这个开头有情节有人物，有张力有悬念，还有极强的画面感与现场感，尤其是对兀鹰的叙述，精准而又奇绝，为整部小说的叙述奠定了一种热带的高烧一样的氛围与基调。

傅惟慈先生的译文好得不能再好，传神达意，语感极佳，几乎不能移易一字，我甚至觉得，如果格林会中文，他也不可能写得比这更好了。能读到这样的译文，实乃中文读者的幸运或幸福。

在第一章接下来的叙述中，格林不断写到兀鹰，有点像音乐中的复沓，使之成为一种象征性的热带符号（我记得马尔克斯坦陈过格林对他的影响，特别提到了兀鹰符号的艺术塑造与那种热带氛围的叙写技能）：

> 他抬头望了望毫无怜悯之情的天空。一只兀鹰几乎动也不动地悬挂在上面；它是个观察者。
>
> 时间一点一点过去，海关房子的阴影又向河岸那边移动了几寸。兀鹰也稍微移动了一下位置，像是一座老钟的黑色指针。
>
> 兀鹰在空中游弋，像是几点丑恶的黑斑。

格林也许是这个世界上最会写兀鹰的作家了,他每一次对兀鹰的叙述都介于写实与象征之间,而每一个比喻都那么独到那么有想象力。更绝的是,格林通过对兀鹰的似乎是随兴的点到即止的叙述,就写出了热带地区的整个气候与氛围,堪称四两拨千斤。令马尔克斯印象最深刻的无疑正是这一点。

坦奇在港口遇到了那个逃亡中的威士忌神父,便把他领回了家。在有个地方,格林叙述了坦奇对神父的印象:

> 这人身穿一件黑色衣服,削瘦的肩膀,叫他联想到一口黑棺木,心里觉得很不舒服。再看他那一口糟朽的牙齿,死亡好像已经进到里面去了。

格林的叙述常常如此,轻简的笔触贴着日常现象与事物,却可以忽然又准又狠地切入本质并抵达深渊。因为坦奇是个牙医,比普通人更了解牙齿的性质与奥秘,所以,格林的叙述就可以真实而又犀利地从牙齿一下子突入到死亡,更何况,借助比喻,格林在前面的那句叙述中已用"黑棺木"为死亡做了必要的铺垫。

这部小说的精彩叙述比比皆是,比如这个世界上没有一个作家对大雨如注作过如此惊人的比喻:

> 雨水笔直地从天空倾注下来,而且越下越大,像是往棺材板上凿钉子。

再比如,牢房里蚊子很多,你看格林是怎样叙述的:

> 蚊子不停地嗡鸣,已经没有必要为防卫自己而拍

打了，因为在这间牢房里，它们似乎已然成为饱含在空气中的元素了。

另外，我觉得格林在这部小说的叙事中，融合了电影的诸多技巧与手法。比如空间的蒙太奇切换与灵活调度，节奏的明快与简洁，还有格林叙述中的那种很强的带入感与画面感，都给人一种观影般的效果。

5

据说吉卜林是一个把帝国主义意识掩盖在神秘主义之中的作家，加上他又是一个传统的现实主义者，其小说主要取材于殖民地印度，因为这种种原因，现在的文学爱好者已经没有人读吉卜林，已经妥妥地把他当作古董留在十九世纪末二十世纪初的文学史里了。

但其实，即使不提吉卜林是诺贝尔文学奖获得者，我们只要看看现代派文学大师博尔赫斯这样的人，常在文章中谈到吉卜林，就说明吉卜林可不是一个过时的作家。或者说，吉卜林的创作已然属于经典的一部分，而经典是不会过时的。

近读吉卜林的几个短篇，感觉他的叙述甚是生猛辛辣，极具个人风格，不仅没有什么老旧之感，反而有股子新鲜的魅力。吉卜林的叙述中有一种独特的强项和优长，我把它命名为"后发制人"。

我发现，在一段或一句叙述中，吉卜林总是在尾部用力，后劲十足，他的想象力总是等到最后才爆发，精彩总是留在最后，就像雨后的彩虹。或者说，在吉卜林雨一般的叙述中，总有彩虹在后面等着我们。

在短篇《他们》开头，"我"开车进入丛林和山区，吉卜林写道："我发现了一些村落藏在山坳树林间安宁地睡眠，"这样的叙述挺平常没什么,但吉卜林没有就此画上句号,后面还有好戏:"那里只有蜜蜂醒着,在覆盖着灰色的诺曼教堂的高达八十英尺的椴树丛里嗡嗡飞鸣。"唯一醒着的蜜蜂在高得出奇的椴树丛里飞鸣,这才是此句叙述的美妙之处。

接着,吉卜林写树林里的鸟叫:"万籁俱寂中只听得一只鸟远远地在林间微光里啁啾着,"这样的叙述也比较普通,所以吉卜林在后面又追加了一个极好的比喻:"好像在和谁争辩。"

关于汽车是怎么抛锚的,吉卜林先写了一个夸张的句子:"有五十种不同的方式。"可后面又紧跟了另一个意想不到的句子:"只是我的汽车挑选了第五十一种方式。"吉卜林特别擅长的这种后发制人的叙述,正是这"第五十一种方式"。

吉卜林用下面的叙述总结故事中的那个下午:"这个漫长的下午,充满了一连串疯狂的事件,就像我们车轮下的尘土一样飞扬起来又消散,飞扬起来又消散。"如果就到此为止,就谈不上多精彩,但吉卜林的叙述一定会继续:"我们好像用高速垂直地穿过许多疏远模糊而难以理解的生活横截面。"真正厉害的当然是最后这一句。

在另一个短篇《没有教士的祝福》里,写一个男人的手指被婴儿的小手抓住的感觉:"霍尔登发现那可怜巴巴的婴儿用一只小手虚弱无力地抓住他的手指,抓的感觉传遍他全身,"一般作家的叙述可能就到这儿了,但吉卜林却不,吉卜林一定会在后面加一句更狠的:"直到心脏周围。"

而在著名短篇《在格林诺山上》开头不久,吉卜林就这样叙述山间溪水:"在寂静中,溪水潺潺,好像在同岩石胡言乱语一般。"毫无疑问,后面那个比喻才显出吉卜林写作的优异之处。

在这篇小说中间,为了叙述"我"的疼痛与饥渴,吉卜林后缀的那个比喻真是精彩绝伦:

我全身疼痛，嘴里渴得像个石灰窑。

6

在我的心目中，纳博科夫始终是一个生命感觉太优异文学才华太横溢的作家，因此他必然是一个超道德的纯粹的作家，也因此他一定讨厌道德教育类小说和社会批判型作家，哪怕是司汤达、陀思妥耶夫斯基、托马斯·曼这样的大腕，他也照样不喜欢不买账。他喜欢的是福楼拜这样的在艺术上精益求精的文学殉道者。在《文学讲稿》中他这样评价《包法利夫人》："从文体上讲，这部小说以散文担当了诗歌的职责。""福楼拜的小说表现的是人类命运的精妙的微积分，不是社会环境影响的加减乘除。"

纳博科夫的才华当然显现在文体形式与小说结构方面。比如《微暗的火》这样的以诗歌及其注释构成的嘎嘎独造的小说形式，比如《普宁》中那个被隐藏起来的谜一样的叙事者。哪怕写一本果戈理传记，纳博科夫也绝不肯走寻常路：以果戈理之死开篇，以果戈理之生为终局。这里边当然有某种隐喻，他的这本书，他的独家评论与灵性阐析，目的就在于让那个被误解的文学的果戈理重生。

纳博科夫在语言叙述上的才华我想重点谈两点。

其一，叙述的诗性或诗歌般的叙述。阅读纳博科夫的小说时，常常会有一种幻觉，这个作家戴着小说家的面具但其实是个诗人。在整部《洛丽塔》中，纳博科夫的叙述一直燃烧着诗歌的光焰，它们像白日焰火一样照耀着并升华着那个畸恋故事与痛苦心史。那种叠句，那种风中火焰般的语感，那种罕见的想象与优雅的风度，都更靠近诗歌而不是小说。比如，怎样才能识别那些性感的"小仙女"呢：

你必须是一个艺术家，一个狂人，一个无限忧郁的造物，你的欲望冒着热毒的气泡，你诡谲的坚毅里有一股超肉欲的火焰永远通红（噢，你是必须怎样畏缩和隐藏起来啊），才能立刻辨认出，通过难以形容的特征——轮廓像猫一样的脸颊，柔软的四肢，还有其他一些使温柔的眼泪感到失望和羞愧的标志——在所有孩子中辨认出那个销魂夺魄的小鬼人精。

这样的诗歌的火焰一直燃烧到小说的结尾：

我正在想欧洲的野牛和天使，在想颜料持久的秘密，预言家的 14 行诗，艺术家的避难所。这便是你与我能共享的唯一的永恒，我的洛丽塔。

其二，渗透在叙述中的优异的生命感觉。纳博科夫在叙述这些感觉时，不像福克纳那样出神忘形般幽光狂慧，也不像普鲁斯特那样的河流般的意识流淌与弥漫，而像是一个在高倍显微镜下工作的既狂热又冷静的科学家。你看他怎样叙述亨·亨伯特看着因疲惫而熟睡的洛丽塔时那种奇异的欲望与精准的感觉：

离我和我燃烧的生命不到 6 英寸远就是模糊的洛丽塔！长时间平静的守夜之后，我的触角又朝她伸去，床垫的吱吱声没有将她吵醒。我将我贪婪的躯体移得离她那么近，能感觉到她裸露的肩头的气息像一股温热的气流涌上我的脸颊。她突然坐了起来，喘息不止，用不正常的快速度嘟哝了什么船的事，使劲拉了拉床单，又重新陷进她丰富、幽昧、年轻的无知无觉状态。她辗转反侧，在睡梦富盈的流动中，她近来呈褐色、现在是月白色的胳膊搭在我的脸上。我握住一秒钟。她随即从我拥抱的阴影中解脱出去——这动作是不自觉的、不粗暴的、不带任何感情好恶，但是带着一个孩子渴望自然休息的灰暗、哀伤的低吟。

读着这样的高超精妙的叙述，我禁不住猜想，纳博科夫之所以写《洛丽塔》，既不是为了象征"衰老的欧洲诱奸年少的美国"，也不是要隐喻什么"年少的美国诱奸衰老的欧洲"，纳博科夫只是挑了一个世界上难度系数最高的故事和题材，以便考验或炫耀自己的文学天赋与才华。

就是写一个普通的旋笔刀，纳博科夫的叙述也绝不普通，绝对高级，让你觉得只有诗人加小说家加科学家的奇才怪杰才能有这样的"绝活"。这个非凡的旋笔刀就出现在《普宁》第三章第四节：

> 一个非常叫人满意、非常富有哲学意味的工具，一转它就叽哩呱啦地响，靠吃甜木头和亮光黄漆过活，最后跟咱们大家都必然会遇到的那样，陷入默默旋转的虚无缥缈之中而告终。

叙述之精髓

叙述之细节

1

据说，上帝喜欢把自己隐藏在细节之中。这是那个自称心灵是汉堡人，血统是犹太人，精神是佛罗伦萨人的阿比·瓦堡说的。

诗人布莱克的诗句也意指，世界在一朵花里。的确如此，花朵就是这个世界的细节，你盯住一朵绽放的花，可以更真切地体验到世界的神秘与美（美国作家卡佛在弥留之际就是这样盯着院子里的玫瑰花看）。

而S·薇依则正话反说："小于世界之物，无美可言。"

是细节决定整体而不是相反，比如一颗虎牙决定一张脸。事物的轮廓与构架往往大同小异，差别总是体现于细部，一片沙漠与另一片沙漠何其相似，但每一粒沙子却都是唯一的。所以，布莱克又说：粒沙见宇宙。

2

无疑,文学中的细节,是叙述的精髓。

因为细节拥有画龙点睛的效果和一锤定音的力量。

如果把那条画家笔下的龙看作整个叙事,那么最后点出的眼睛就是细节,只有细节才能让叙事之龙飞翔。能否敏锐地捕捉细节,能否准确地表达细节,是对创作者文学功力的最大考验,或者说,想象并叙述细节的能力,才是写作能力与才华的本质部分。越涉及事物的细部,越能显现一个人的眼力、感受力、想象力以及创造能力;细节决定了作品的独特性与原创性(太阳之下无新事,所以我们必得创造新的细节)。越是细微处,越显其个性;越是细节,越有魅力。

因此,每一个作家,都像重视自己的眼眸一样重视叙述的细节。关于细节,格非在与冯唐对谈时说过这样的话:

"但总体上,我的想法已经变了。今天我觉得文学的命脉,还在于细节。如果你不能把读者直接带进去,不能提供那么多的细节让大家信以为真,细节的质感不够结实,文学还是会失败。这是很要命的。"

梅西,就是绿茵场上最闪亮的细节,我们看到没有了梅西之后的涣散的巴塞罗那队是如何被拜仁队击溃的。

3

的确,叙述的质感和力量来源于细节。

有一次,在电视上无意间听到一首藏族民歌,其中有一句歌词叫"格桑花儿开",我一下子就被其独特性以及某种遥远而陌生的感觉所攫住。在我看来,"格桑花"这个细节比任何长篇大论都更能呈现出那种青藏高原的地域性与民族性,格桑花三个字甚至能让我们联想起高原的阳光与稀薄的空气。

那首众所周知的《我爱你中国》，其实也有这种细节性的运用。起首第一句就是靠一个轻灵的细节拉开了抒情的帷幕："百灵鸟从蓝天飞过，我爱你，中国。"而中国何其广大何其辽阔何其宏伟何其难以把握呵，因此这首歌在紧接了一个复句"我爱你，中国"之后，马上转入了另一个再微小不过的细节："我爱你春天蓬勃的秧苗。"一下子就把宏观抽象的中国落实在如此具象的细微之处，从而避免了很难避免的空洞感（很多歌唱祖国的歌唱来唱去总是"长江"啊"黄河"啊"五千年文化"啊）。这首歌后面一直沿着这样的细节化方向发展，继续唱出了"红梅""家乡的甜蔗""淙淙的小河，荡着清波从我的梦中流过"（至少在这里，淙淙的小河大于黄河）等恰到好处的细节，最终使这首讴歌中国的歌曲拥有了一种格外动人的真实性力量。

4

我的故乡有一条叫南江的溪流，童年时经常可以见到一种鱼，我只知道它的方言名字，至今不知道普通话怎么称呼。这种鱼长得苗条秀丽，尾鳍是淡金黄色的，看上去，就像清澈溪水里的魔幻精灵。

现在我再也见不到那种鱼了，除了在梦里。因为那种鱼只能生活在至清至纯的透明溪水里，而故乡的溪流早已被污染得混浊不堪，整条南江已经面目全非，所以，那种鱼早就绝迹了。

但我永远忘不了那种鱼。回忆故乡与童年的时候，冷不丁就会想起那种梦幻般的鱼。而一想到那种鱼，那条多年前的本来的清澈见底游鱼可数的南江倾刻之间就幻然重现，如在眼前。

那条清澈的婉转的梦中的溪流多像是优异的叙述呵，而那种奇幻的精魂般的鱼，就像是古往今来的文人们梦寐以求的细节。

5

伟大的庄子可能是中国文学史里的第一个细节大师。

除了极致的想象力，精准无比的细节是庄子道出常道的另一个杀手锏。比如《养生主》写那把刀"十九年矣""而刀刃若新发于硎"，为了让人信服这样的奇迹，庄子就叙述了一个堪称完美的细节："彼节者有间，而刀刃者无厚，以无厚入有间，恢恢乎其于游刃，必有余地矣。"

《大宗师》里也有这样的细节："泉涸，鱼相与处于陆，相呴以湿，相濡以沫，不如相忘于江湖。"后世读者钦佩和羡慕"相忘于江湖"的豁达之情与逍遥之境，却常常忽略了"相呴以湿，相濡以沫"这个细节表达的准确和魅力。同一篇中"相视而笑，莫逆于心"八个字，之所以几千年来迷倒众生，其文学力量其实来源于看似简约却好得不能再好的细节表达："相视而笑"（多像后世佛教里的"拈花微笑"）。

《齐物论》里庄周梦蝶这个寓言之所以永远印在读者的脑海里，一个重要的原因难道不也在于庄子的有意识的细节性表达："俄然觉，则蘧蘧然周也"？

6

我们知道，太史公司马迁激活历史的办法就是把人物写活。可把人物写活谈何容易，司马迁实际上是给自己找了个最大的写作难题：他必须双管齐下，既要梳理讲述漫长的"古今之变"，又要把里边的人写活。因此他写人就不能像后来的传记作家那样从生到死事无巨细地铺开去写，那样子写的话一部《史记》五百万字恐怕也挡不住。他必须得有一剑封喉的绝招。

在我看来，太史公的绝招就是：细节致胜。

在《项羽本纪》的开头处，司马迁就运用了一个话语细节，成功地让霸王项羽在历史时空闪亮登场——秦王东巡，项羽与叔叔项梁一起去围观，项羽脱口就说了一句："彼可取而代也！"项羽的英雄气概、非凡胸怀与没遮拦的急脾气，几乎全在里边应有尽有了（在《高祖本纪》里，司马迁也让刘邦在秦王东巡时说了一句话："大丈夫当如是也。"意思差不多，觊觎之心昭然若揭，但刘邦显然小心狡猾得多，表面上似乎还是在夸赞秦王呢，万一别人听见了，也没事，决不会被"族矣"。）

写完这句话语细节之后，笔力雄健的司马迁再用八个字，就勾勒完成了对千古英雄项羽的"肖像描写"："长八尺余，力能扛鼎。"长八尺余，具体写出了项羽的叹为观止的身高，也是细节，一般人可能会顺手写成"身材魁梧"之类，那就变成泛泛的形容了；而力能扛鼎当然是更绝的细节，那么形象那么独特那么有力（后世作家写英雄力气大，动不动就让他举起石墩石桌之类，估计都是在学太史公），换一般作家可能会用空洞的形容词"力大无穷"。更何况，鼎是国家权力的象征，所以，"扛鼎"乃项羽一生事业的缩影或比拟。这个细节真可谓一箭双雕，妙哉妙哉。

7

诗人对细节的捕捉与表达，常常让我们惊叹不已。

比如说到细节之准确，很多人都会想起法国诗人瓦雷里的诗歌《风灵》中那个著名隐喻。为了形容灵感的倏忽性质，瓦雷里想象并捕捉到的细节真可以说是极致的和唯一的："无影也无踪，换内衣露胸，两件一刹那。"

在古代诗人中，我一直偏爱陶渊明，我记得鲁迅先生称赏他为"中国文学史上的头等人物"。教科书上说陶渊明是一个田园诗人,我更愿意称其为惜墨如金的诗人。南北朝时代的"赋"极尽奢侈夸张之能事,而诗在所谓的六朝时期则以绮丽矫饰著称,那个时代的文人极为挥霍地滥用辞藻,结果却往往词繁意寡。而陶渊明兀然忤逆于整个时代,他的诗文"孤特独立"(借用司马迁在《项羽本纪》里的用语),那么简朴、那么淡定,用词的平易俭约、风格的朴实无华,几乎让人惊讶,几乎到了极致的程度。

陶渊明诗文的奇妙之处或最大魅力在于,乍一看那么简淡平实,质朴内敛,但读后却余音缭绕,韵味绵长;他好像什么也没说,实际上却什么都说了。究其原因,我想就与陶渊明对细节的把握与提炼有关。

陶渊明曾经写过一些遥望《诗经》的四言诗,后世文学中,陶渊明差不多是真正继承并接续了《诗经》纯朴风格与天然精髓的唯一的人。《停云》是一首思念亲友的诗歌,其中就有这样的几乎被定格为永恒的细节性场面:"安得促席,说彼平生",促席相谈的日常景象与细节中却蕴藏着"深远广大"(王夫之)的情感内涵,那种平实简淡背后的锥心之痛,真的让人唏嘘感叹。

《时运》中的诗句"有风自南,翼彼新苗",写的是春天如期而至,温馨的南风拂面而来,陶渊明这时候为我们提供了一个再恰切不过再精准不过的细节:新发的麦苗像小鸟的翅膀一样飘然而起振颤不止。这样的景物细节到底意味着什么,陶渊明缄默不语。可每一次读到这样的句子,我的脑海里都会浮现出童年的似曾相识的幻觉般真切的情景:白云苍狗,地老天荒,田垄上的麦苗在倏然而过的一阵微风中像鸟的翅膀一样乍起抖动顾自飘飞,撩人心魄,感人肺腑,自然永恒之境,悠古人世之情,尽在不言中。这真是一个卓越的细节。虽然那么平淡简单,但却真正让人"欣慨交心"!

《归园田居》之一中让人耳熟能详的诗句:"狗吠深巷中,鸡鸣桑树颠",陶渊明为我们提炼的依然是两个生活细节与场景,他只运用了名词与动词,不作任何形容与引申,也没说这样的景物有什么含义,但在这种格外简约的表达中,在这两个貌似平淡随兴实则深思熟虑的细节中,却分明蕴涵着乡村生活的丰厚质感与诗性况味,勾勒了农业文明亘古如斯的象征性图景,描摹了一种时光深处的静穆和悠闲。这样的诗句与细节看似简单,好像没有什么特别之处,可实际上,对物象与场景的精确的选择,句子的罕见的对称,却需要有殊为深远的生命体验作基础,需要有举重若轻的语言功力为前提……

8

余华把一般作家的叙述比喻成燃烧的煤山,而把鲁迅先生的叙述比喻成核反应堆。鲁迅先生的叙述之所以拥有如此罕有的力量,当然与他对细节的精准把握和表达有关。

我想谈一个《孔乙己》中的细节。这是个很小的细节,很不起眼,人们可能压根儿没有意识到它是一个重要细节,所以至今没看到有人谈起过它:

> 中秋过后,秋风是一天凉比一天,看看将近初冬;我整天的靠着火,也须穿上棉袄了。一天的下半天,没有一个顾客,我正合了眼坐着。忽然间听得一个声音,"温一碗酒。"这声音虽然极低,却很耳熟。看时又全没有人。站起来向外一望,那孔乙己便在柜台下对了门槛坐着。他脸上黑而且瘦,已经不成样子;穿一件破夹袄,盘着两腿,下

面垫一个蒲包,用草绳在肩上挂住;见了我,又说道,"温一碗酒。"掌柜也伸出头去,一面说,"孔乙己么?你还欠十九个钱呢!"孔乙己很颓唐的仰面答道,"这……下回还清罢。这一回是现钱,酒要好。"

这一段其实是小说的高潮,原本穿长衫的高大的孔乙己,终于被摧残为一个用手走路只能在地上爬的"怪物"!穿的则是一件破夹袄。我记得余华曾经谈到过这段叙述,小伙计先听到耳熟的声音,却看不到人,走到柜台边才看到地上的孔乙己。我觉得这样的叙述固然准确,倒也没有多么特别的地方。

这一段叙述其实包含着一个钻石般的细节,就蕴藏在最后那句话里。

当掌柜提醒孔乙己"还欠十九个钱呢"(孔乙己已经"不成样子",但掌柜并没有表现出任何的关心或怜悯,连假装一下都没有,真让人齿冷),鲁迅先生先让孔乙己结巴着回应掌柜的提醒:"这……下回还清罢"(鲁迅先生前面写过,孔乙己虽然潦倒之极,但从不欠酒钱),接着,鲁迅先生让孔乙己说出了另一句话"这一回是现钱,酒要好"。你看看,即使到了如此悲惨的境地,孔乙己在潜意识中依然想保持不欠酒钱的"光荣传统"和习惯:对过往欠的十九个钱(其实也不是多大的数目),孔乙己不是说"下回还罢"(有点搪塞之感),而是说"下回还清罢"(多了个"清"字,语义就确定与靠谱得多);对这次的酒钱,孔乙己则强调:"这一回是现钱"!

但这些还不是我想谈的细节,我要谈的细节其实是孔乙己回话中的最后三个字:"酒要好"。

细想一下,这三个字里有让人揪心的东西,真让人觉得惨痛之极:小说前面有交待,酒店为了赚钱,卖酒时想方设法要羼水,所以顾客们"往往要亲眼看着黄酒从坛子里舀出,看过壶子底里有水没有,又亲看将壶子放在热水里,然后放心"。可现在,那个原来身躯高大的孔乙己,已经变成坐在地上只能爬行的孔乙己,隔着高高的柜台,他已经根本不可能"亲眼看着"了,他已经完全丧失了监督的能力,所以,虽然担心羼水的事,但他也只能被动地听天由命地用恳求似的语气说一声"酒要好"了!

所有的悲惨与伤痛,所有的怜悯与心恸,几乎都在这三个字的细节里了。可想而知,喝一碗不羼水的黄酒,对彼时的孔乙己来说,几乎是活着的全部念想或唯一慰藉了不是么。

想起那一回跟学生讲《孔乙己》,讲到这个话语细节,讲到"酒要好"这三个字的时候,我一下子就哽咽了。如果不是当着那么多的学生,我想自己一定已经泣不成声。

这就是细节的力量。

9

在文学叙述中,细节甚至具备化虚为实无中生有的神奇功效。蒲松龄的《聊斋志异》,就向我们证明了这一点。

莫言获得诺贝尔奖之后,蒲松龄的《聊斋志异》也跟着走红。因为大家认为莫言获奖的一个重要原因是接地气,拥有足够的民族性,而他的魔幻手法则来源于《聊斋志异》而不是《百年孤独》。

这两部小说是好像都可以贴上魔幻现实主义的标签。但在我看来,这是两种方向相反绝然不同的魔幻现实主义。

《聊斋志异》当然有"魔幻现实"的叙述,这种叙述与中国古代的志怪与传奇颇有差异。细读《聊斋》不难发现,蒲松龄的志向不仅仅是讲述一些鬼怪狐仙的魔幻故事那么简单。《聊斋》的原创性与艺术性在于：蒲松龄有意识地自觉地要把这些魔幻故事叙述成现实故事。他的叙述其实是一种语言魔术：把魔幻变成现实。

蒲松龄是怎么做到这一点的呢？答案是：细节！

正是频频运用细节化叙述，蒲松龄为自己构筑起并不存在的现实性情节与诱导性过程，并利用语言的准确性本身所具备的真实性与幻觉效果，最终把魔幻叙述成了现实。我们只要看看《画皮》里被掏了心脏的人怎样成功地死而复活，差不多就能解密蒲松龄的细节化的语言魔术：

> 惊而视之，乃人心也。在腔中突突犹跃，热气腾蒸如烟然。大异之，急以两手合腔，极力抱挤。少懈，则气氤氲自缝中出。乃裂缯帛急束之。以手抚尸，渐温。覆以衾裯。中夜启视，有鼻息矣。天明，竟活。为言："恍惚若梦，但觉隐痛耳。"视破处，痂结如钱，寻愈。

你看，蒲松龄特别擅长感官化表达，通过对视觉、触觉与味觉等细节化叙述，给读者以真实可感的幻觉般的效果。除了运用大量准确的及物动词，他喜欢用拟声词和象形词，也喜欢用谐音词和双声叠韵词，还格外喜欢用带"然"字的词汇（庄子与陶渊明也都喜欢用"然"字），这样的词汇自有一种生动性与具象感，如本篇中的"烟然"，再如《林四娘》结尾那段，就可以找到"惨然""怆然""湮然""凊然"四个同类词。正是利用这些强烈地作用于读者感官并特别能够构建细节的语词方式与修辞，蒲松龄最终把子虚乌有的事情叙述得绘声绘色维妙维肖（复活之后的那句补缀"视破处，痂结如钱，寻愈"，真乃佳绝，体现了蒲松龄写作的细致之处与惊人之处。让我想起了尤瑟纳尔小说《王佛保命之道》中砍头复活的徒弟脖子上的那条红色围巾)。

而《百年孤独》则完全是另一回事。马尔克斯压根儿不想写什么神话或鬼怪故事（所以他本人并不怎么认可魔幻现实主义这个标签），他要表达的是拉丁美洲的历史与现实，是人性的复杂与生命的孤独。他的文学抱负是通过卓绝而又别开生面的叙述，让自己讲述的现实故事具有幻觉一样的匪夷所思的魔力与神性。他的文学方向是：把现实叙述成魔幻（让现实跋涉变成魔幻飞翔，让现实之真拥有魔幻之魅)。

蒲松龄做的是竭力拟真的工作（落实到语言上就是尽可能细节化），生怕读者不相信那些狐啊仙啊鬼啊是真的；而上帝一样自信的马尔克斯则要发明一种崭新的文学叙事与文体（这种文体的魅力远不止细节化），颠覆读者原有的真实性观念，拓展读者的想象力的边界，创造出独特的现实魔幻性与艺术可能性，从而刷新读者的阅读眼光，震撼读者的内心。

我认为，莫言在小说的题材内容上（如《生死疲劳》的轮回结构），在语言表达上（如象声词叠韵词等的频繁运用），的确吸收了《聊斋志异》的诸多文学营养。然而，当初解放了莫言的想象力与小说观念、并使他的小说创作拥有足够的现代感与先锋性的，无疑是马尔克斯的《百年孤独》，而非蒲松龄的《聊斋志异》。正是马尔克斯的魔幻叙事，启发了莫言，即使是抗日战争的老故事或现实题材照样可以写得那么神采飞扬如魔似幻。

如是，才会诞生《红高粱》。

10

我一直觉得，卡夫卡的伟大，不仅在于他天才地发明了一种超越文学史的石破天惊的荒诞文体（曾经让青年时代的马尔克斯叹为观止醍醐灌顶），更在于那些戛戛独造的能够把这种梦魇一样的文体坚固地支撑起来的现实性细节。

在某种程度上说，没有令人叫绝的细节，就没有卡夫卡。

即使在随手记下的日记里，也不乏这样的精彩细节。1914年8月2日，他在日记里记下了这样一句简短的话："德国向俄国宣战——下午游泳。"在这个匪夷所思的短句里，卡夫卡蜻蜓点水举重若轻地拿一个日常化个体化的细节"下午游泳"，借助一个破折号，去对峙去解构宏大的影响人类历史的事件"德国向俄国宣战"，充分体现了卡夫卡荒诞叙述的独特性与颠覆性力量。

哪怕是给情人密伦娜的信里，卡夫卡也能写出这样的漂亮的细节："但是总该在园子里的阴凉处为您放个躺椅，在您的手够得着的地方放上十来杯牛奶。"当时，密伦娜可能肺部有患，据说多喝牛奶对她有好处。"十来杯牛奶"，这个略显夸张的数字是细节的关键，它可能有幽默的成份，但却恰到好处地表达出了卡夫卡内心底里的无限深情。而"手够得着的"这个定语细微之极，写出了那份动人心魄的关爱与体恤。

重读《审判》这部伟大的长篇时，我发现即使写到了小说的最后一章"结局"，卡夫卡的叙述依然像攀升的具有隐秘而天然的生长意志与方向的藤蔓，强健而有力，而精妙的细节仍然纷至沓来，恰如悬挂其上的硕果，简直有一种果实累累的丰沛感（卡夫卡叙述中细节之密集与精准总让人想起那位经典作家中的细节大师——福楼拜），直到最后那个终结性细节的出现："将刀深深地刺进他的心脏，并转了两下。"（一下当然太少，三下无疑太多，只能是一定是绝对是两下）

还记得《变形记》的结尾吗，当变成甲虫的格里高尔经历了地狱般的折磨终于僵硬并死去，一家人就像摆脱了噩梦一样感到轻松甚至开心，开始憧憬一种新的生活，于是，父母决定带女儿到郊外作一次远足。卡夫卡用这样的一个细节结束了这部伟大的中篇小说：

> 当到达目的地时，女儿第一个站起来并舒展她那富有青春魅力的身体时，他们觉得这犹如是对他们新的梦想和良好意愿的一种确认。

在我们的阅读生涯和生命体验中，一个女孩富有青春魅力的身体要多美好就有多美好，可是在这个细节里，这具舒展的身体以及她那青春魅力是多么没心没肺、多么冷酷而又残忍啊！

短篇小说《乡村医生》的结尾，被剥光衣服的"我"仓促逃离病人家时，只来得及把医具与皮大衣扔上马车，卡夫卡叙述了这样一个细节："皮大衣飞得太远了，只有一只袖子牢牢地挂在一只钩子上。"接着小说走向了结局：

> 在这最不幸时代的严寒里，我这个上了年纪的老人赤裸着身体，坐着尘世的车子，驾着非人间的马，到处流浪。我的皮大衣挂在马车的后面，可是我够不着它，我那些手脚灵活的病人都不肯助我一臂之力。受骗了！受骗了！只要有一次听信深夜急诊的骗人的铃声——这就永远无法挽回了。

皮大衣这个细节真的让人拍案叫绝，它悲怆之极却又不乏诙谐。这件飘扬在现实与梦境边缘的皮大衣就像一面旗帜，一面被卡夫卡高擎起来的文学旗帜，它既是现实的溃败的旗帜，同时又是荒诞的胜利的旗帜。

11

莫迪亚诺终于也获得了诺贝尔文学奖。在《暗铺街》这样的小说中（通过长篇《青铜时代》的写作，王小波对其进行了"互文"），他创造了一种虚幻而又感伤的独特叙述。

莫迪亚诺显然继承了新小说的某些艺术性，如对消逝时空中的物象的文学性重现，如采用侦探小说的外壳等。但莫迪亚诺并不像新小说那样过于追求客观性或物化视角，而是坚执于人性与生命叙事。

莫迪亚诺与普鲁斯特当然有更多相契的地方，两者几乎像是有血缘关系，比如都钟情于时间与回忆主题，他们的叙述向度都朝着过去。然而，叙述的目的或小说的内里，两者又显然是相背的：普鲁斯特想通过"非意愿回忆"，通过把语言的细腻、浓密、繁茂和精致推向极限的叙述，打捞或表现失去的时间和过去，并探幽烛微地体味和还原逝去了的生命真实与心灵痕迹；莫迪亚诺的叙述则轻盈飘忽迷幻诗意，他要表达的是生命的虚幻以及这样的虚幻所带来的无限的感伤。

《暗铺街》是这样结尾的：

> 我不由自主地从衣兜里掏出本想给弗雷迪（主人公在占领时期的伙伴）看的那些照片，其中有盖·奥尔洛夫（弗雷迪当时的女朋友，俄国移民。据说她后来自杀了）还是小姑娘时拍的那一张。我一直没有注意到她在哭泣。从她蹙起的眉头看可以猜到她在哭。一刹那间，思绪把我带到远离这片大西洋礁湖的世界的另一端，那俄罗斯南方的一个海水疗养地。这张照片就是很久以前在那里拍的。黄

昏时分,一个小姑娘和母亲从海滩回家。她无缘无故地哭着,她不过想再玩一会儿。她走远了,她已经拐过街角。我们的生命不是和这种孩子的悲伤一样迅速地消逝在夜色中吗?

莫迪亚诺把这部小说结束在小女孩哭着从海滩跟母亲回家并走远了的细节上,这个细节貌似简单日常,实际上魅力独具蕴涵深远。我觉得,把虚幻而又悲伤的生命叙事,降落在这样结实而又玄妙的细节上,真的是再好也没有了。

12

在博尔赫斯的短篇小说《交叉小径的花园》里,有这样一段与异位移植修辞有关的叙述:

我想,一个人可能成为别人的敌人,到了另一个时候,又成为另一些人的敌人,然而,不可能成为一个国家,即萤火虫、语言、花园、流水、西风的敌人。

天才的博尔赫斯在国家与"萤火虫、语言、花园、流水、西风"之间划了一个等号。我们从此明白,能够最好地指称一个国家的事物,不是版图与首都,不是经济与文化,而是萤火虫这样的微小之至的活性的发光的细节。

13

加缪未竟的长篇小说《第一个人》译林版第74页的作者自注第二条是:"书必须有分量,充满物体与肉体"。加缪没说为什么,我的理解是,物体与肉体可以构成或通向叙事细节。

普鲁斯特《追忆似水年华》第一部《在斯万家那边》就有一个这样的物体："小玛德莱娜点心"。在伟大的普鲁斯特笔下，借助"非意愿记忆"，小巧的贝壳形的玛德莱娜点心，与一杯菊花茶一道，承载起了整座辉煌的回忆大厦。这个物体细节的叙述效能真的赶上了核爆炸。

在王家卫的电影新作《一代宗师》里，那粒钮扣也是这样一个细节性物体，没有了它，宫二与叶问的情感叙事将会变得空洞无力，整个后半部电影可能都会失重。这个钮扣所蕴涵的细节性力量与作用，有点像孙悟空手里那根金箍棒的前身——定海神针（当然当然，王家卫后面再祭出宫二"头发烧成的灰"，就有重复之嫌，失去了应有的感染力，差不多是画蛇添足之举）。

好像是余华说过一句类似的话，他说一粒钮扣的叙事力量，往往胜过一场9级地震。

另外我还记得，朱文专门写过一个叫《小羊皮钮扣》的小说，发表于多年之前的《收获》杂志上。

14

在我们的阅读历史中，曾经有幸邂逅过不少堪称卓绝的著名细节，比如《尤利西斯》中的猪腰子，《喧哗与骚动》中的钟表，《百年孤独》中的冰块……

还记得《安娜·卡列尼娜》中那个致命的细节吗？

在安娜与渥伦斯基第一次见面的时候，在彼得堡火车站，托尔斯泰就叙述了那个细节："那个车站看守人莫名其妙地被火车给轧死了！"（这个细节多像《红与黑》于连第一次到德瑞那夫人家去之前，去教堂祈祷时在座位上看到那张死刑判决书的纸片："如易·约黑尔的处决和最后瞬间的详情，在贝松省处以死刑……"于连发现"他的名字的末尾恰恰跟我的相同",于连的全名是"于连·索黑尔"。这张在小说开头偶然目睹的纸片,几乎预兆了于连最后在小说结尾被处决的命运)

这个细节,就像不可缩减的潜能无限的原子核,就像命运的种子(它注定要长成巨大的悲剧故事),就像阿基米德的那个支点,凭着这个支点,托尔斯泰撬起了无比沉重的叙事,完成了小说的高潮。

当安娜走完自己激情而又悲剧性的人生,又一次来到火车站,那个细节像宿命一样再度莅临她的脑海,从而让精神崩溃的安娜从报复渥伦斯基的自杀臆想走向了现实的卧轨:

蓦地,她想起她与渥伦斯基第一次相会那天被火车碾死的那个人,顿时明白,她该怎么做了。

叙述之闲笔

1

果农从从桃园出来,挑着满满的一担收获。果农的女儿顺便采撷的一束野花,斜插于箩筐边,在风中顾自摇曳闪光。

相对于累累果实,那束野花就是闲笔。

有了这束野花,你看到的就不仅仅是劳动与丰收。

2

相对于让万物生长的阳光,不用花一分钱复也不能当一分钱用的美丽月光就是闲笔。

3

文学中的闲笔,可以比拟生活中的闲暇。

人在忙碌匆促的生涯里,若没有闲暇,那该多么无趣而又无望,人生几乎就两眼一抹黑了。关键是,没有了闲暇,忙碌不仅没有了缓冲与调节，也复没有了参考与对照，为了什么忙碌，忙碌到底为了什么，这些问题都势必将会变得无从回答。所以，闲暇并非浪费时光或虚度生命。比如在西方经济学里，分析劳动成本的时候，闲暇是被当成收益项目的。

闲暇与忙碌，一张一弛，一正一反，就像硬币之两面，就像鱼与水的关系，一方失去，另一方就难以想象其存在了。

我喜欢的南京诗人朱朱在一篇优秀的文学随笔中说过这样的话：

> 我注意到有人已经快到无法慢下来，我注意到人正失去虚度他的时间的能力，正像也失去了让自己的精力变得集中的天赋。

4

我想，正是闲笔，让文学叙述变得不那么峻急，不那么竹筒子倒豆，不那么直奔主题。从而使叙事变得有风致有迂回，变得自由从容，变得丰饶宽厚。

所以我们总说闲笔不闲。闲笔不仅仅是插科打诨，不仅仅是叙述节奏的调节，不仅仅让我们想起文学艺术起源于游戏，事实上，闲笔常常是更独特更高级的叙述，它比秉笔直书的叙述，比刻意为之的叙述，更加张驰有度，更加曲尽其妙。

5

闲笔的存在，其实是某种标志，显现出来的恰恰是写作状态与操作过程本身。那种被故事所左右的小说，那种动笔之前就已想好主题与结局的小说，语言只是一种表达内容并走向结局的工具与零件，在这样的目标明确按部就班的叙述中，你很难看到闲笔。比如，欧·亨利的小说，他的语言，他的叙述，只是为了完成那个故事，为了走向那个欧·亨利式的结尾，所以，欧·亨利的叙述中，你几乎是看不到闲笔的。

而像契诃夫这样的作家，他的叙述压根儿不是为了表现一个简单或宏大的主题，也不只是要完成什么故事。毛姆总是嫌契诃夫的小说没有什么故事性，甚至没头没尾，毛姆把这当成了缺陷，显然看走了眼。是啊，讲故事可不是契诃夫小说的主要鹄的，叙述才是他的创作重心。他的叙述那么精妙那么丰厚又那么自然，人性中的浩茫与无奈，生活中的没意思，爱情中的锥心之痛，生命的庸俗本质以及所需要的怜悯与温情，这些说不清的东西，恰是契诃夫想要说想要写的（这让我想起叶芝关于文学艺术的特征所说的话："几近本能地永远处于半明半晦的状态。"）。

相比之下，欧·亨利差不多只写那些说得清的东西，他的语言与叙述自然也是清楚明了的，叙事线条相对单一，你只要跟着他的故事走到底，什么时候欧·亨利式的结尾出来了，你的阅读也就结束了。但阅读契诃夫的小说则完全是另外一种经验，他的叙述常常会让你驻足，会让你疑惑，会让你留恋，会让你暇想，里边有那么多迂回，那么多荡开，那么多旁逸与斜出，那么多涉略与兴会，一句话，有那么多闲笔。

欧·亨利的文笔与叙述跟契诃夫相比，有点像走路与散步的区别，有点像步行与舞蹈的区别。我记得瓦雷里好像谈到过写作中的这种区别。

6

在世界上的所有小说中，我觉得契诃夫的《草原》是闲笔的典范，更准确一点说，《草原》纯粹是闲笔构成的，《草原》

是闲笔的集大成,是闲笔的百科全书,是闲笔的极致。

呵,行云流水的《草原》,自然随兴的《草原》,宽广的没有尽头的《草原》,意味无穷的《草原》,卓绝的闲笔的独一无二的《草原》。

7

我一向不爱看德国队那种实用的直截的强悍的足球,我最喜欢的当然是巴塞罗那队,那么优雅与艺术,那么令人眼花缭乱目不暇接,他们那精致灵动的传接与太极般的腾挪运转,虽然也与最后的进球内在相关,但却有别样的可资欣赏与玩味的价值,有一种真正的游戏精神(这种精神的缺失,我觉得就是现代奥林匹克尤其是中国的奥运战略的最大症候)。巴塞罗那队的踢球风格,真像是绿茵场上的闲笔与舞蹈。

8

鲁迅的《朝花夕拾》,是他一生充满张力的写作中的闲笔。

萧红在《呼兰河传》开头对大泥坑的叙述是现代文学中最著名的闲笔案例。

没有闲笔,小说叙事就很难有王小波追求的那种文学的趣味了。

9

我们都知道,周作人偏爱废名的小说,尤其喜欢那种语言与叙述的别样与风趣。在为《莫须有先生传》作的序言里,谈到这部人都说看不懂的小说的好处的时候,周作人强调了"情生文与文生情",情生文是文艺的规律,无须多谈,但文生情却是一种对语言的把玩与赏享态度,是对叙事的逸出,是对语言本身的情感与痴迷，是对叙述的某种超越故事与主题之外的文学效果与艺术趣味的追求，说白了，文生情就是闲笔的一种。周作人对此的描述堪称得当与精彩：

> 这好像是一道流水，大约总是向东去朝宗于海。它流过的地方，凡有什么汊港湾曲总得灌注潆洄一番，有什么岩石水草，总要披拂抚弄一下子，才再往前去，这都不是它的行程的主脑，但除去了这些也就别无行程了。

好一个别无行程！废名之散淡之别致之难懂之怪异，实际上是因为，他的叙述几乎不管什么结构，不管什么章法，而只顾洋洋洒洒地闲笔下去。他的小说风格明显与冰心、郁达夫等受到过西方叙事技巧影响的同辈作家很不一样。废名的叙述风格，让人想起中国文化中的道法自然，想起文学史中蔚为大观的唐人绝句、明清小品等古典精髓与闲雅趣味。

10

我觉得，《诗经》里的"兴"其实就近于闲笔：只可意会，不可坐实。

朱熹在《诗经集解》中的定义："兴者，先言他物以引起所咏之词"，其实空洞无物，远不如徐渭的定义来得恰切到位：

> 天机自动，触物发声，以启其下段欲写之情，默会也自有妙处，决不可以意义说者。

这差不多也可以拿来定义闲笔：

> 闲笔者，不可以意义说之，默会则自有其妙处。

11

相对于后世儒家传统中的修身养性齐家治国平天下，孔子的曲肱而枕之、曾点的浴乎沂咏而归就是闲笔。

道家的无为而为，正是闲笔的内在本质，是对闲笔的最佳阐释。

林语堂曾借用晚清张潮的话"能闲世人之所忙者，能忙世人之所闲"来表彰中国人这"伟大的悠闲者"。中国文化一直有闲逸散淡的气质与底蕴，中国人与万物的关系曾经那么和谐那么淡定那么超然，人与山像朋友（悠然见南山），心与花可相通（感时花溅泪）。中国人面对山水，只觉得闲适快乐，并不忙着去探索什么客观真理。

中国文化的基因中确有这样一份悠闲从容在。我们看到，在中国文学史中月光远比阳光显耀与重要，从《诗经》的《月出》这样的诗歌开始，清悠诗意恰如闲笔的月光就一直朗照着浸润着中国的文化与文学……

12

而在西方小说中，闲笔的鼻祖大概是写《巨人传》的拉伯雷了吧。

然后就是《项迪传》的作者斯特恩。他的叙述枝节横生到处是分岔与闲笔，其情节与时间线索常常像迷宫一样纷繁，堪称真正的离题大师。出现在书中间那两张夜晚般漆黑的页码，其实也可以看成是独特之闲笔。在这样的黑夜般的书页里，我们看到的是现代小说的曙光！

我们知道，像昆德拉这样的现代作家就特别羡慕古典作家的闲散风格与游戏精神。

13

没有闲笔，卡尔维诺提倡的百科全书式小说就难以想象。闲笔是其不可或缺的主要的构筑方式：一种无限的衍生与拓朴，一种自由的扩散与延伸。

《千年文学备忘录》中的文学风格"繁复"，必与闲笔有关。穆齐尔、普鲁斯特与乔伊斯等人的繁复叙述中到处都可以读到精妙的闲笔。

西方小说中还有一部布满闲笔的小说就是麦尔维尔的《白鲸》，没有闲笔，这部八百页的伟大小说不到两百页就肯定打住了。

14

纳博科夫说，从福楼拜开始，小说在艺术性上赶上了诗歌。我们不能理解为小说像诗歌了，而应该理解为小说更像小说了。的确如此，在福楼拜笔下，每一个细节都内蕴深厚，每一个句子都有叙事价值，每一个标点，都有其力量与作用。

所以，《包法利夫人》这样的作品精确、紧密、完整、壮观，像一座完美的小说建筑，没有一句废话，没有一个词汇不在恰当的位置，没有一根多余木椽，甚至没有一粒多余的瓦砾。某种程度上，这样的小说太像小说了，这样精益求精呕心沥血的写作，是否也会让福楼拜感到不自由、不尽兴、不过瘾？

从这样的角度，我们也许才可以想象并理解，叙述境界已然炉火纯青的福楼拜，在写作生涯的最后阶段，竟决意要写一本弥漫、扩散、无限延展、自由自在、没有终点、几乎全是闲笔的百科全书式的小说《布瓦尔和佩库歇》？

15

果戈理是俄罗斯文坛的怪诞天才，也是一个特别喜爱"胡诌乱扯"的闲笔大师。

《死魂灵》第七章结尾，夜色已降临安静的外省小城，主人公乞乞科夫成功地从地主们那里赢得了他的死人生意，得到小城名流的款待后，酩酊大醉地上床睡觉了，他的马夫和听差也悄悄跑出去自找乐子，然后踉跄而归，彼此照顾相互搀扶着，很快也进入梦乡：

>……发出一阵阵闻所未闻的闷雷般打鼾声，和从另外一个房间里传来的老爷的尖细的鼻息声遥相呼应。在他们睡下之后，很快一切都归于静寂，整幢旅馆都进入酣梦；只有一个小窗口里还可以看到烛光，原来那儿就住着从梁赞来的中尉，一个显然是对长统皮靴有所偏爱的人，因为他已经订做了四双靴子，此时正忙不停地试穿第五双。有好几回他已经走到床铺前面，打算脱掉靴子睡下去了，可是怎么也办不到：靴子缝制得实在出色，所以，他还是久久地翘起一只脚，前后左右细细鉴赏那只缝工熟巧、模样儿又妙不可言的鞋的后跟。

纳博科夫在评传《尼古拉·果戈理》中曾这样评论上面这段叙述中那个关于中尉与靴子的闲笔：

>那个中尉还在试穿他那不朽的长统靴，皮革在闪光，蜡烛笔直地、明亮地燃烧着，梦幻般的夜已经很深。我不

知道还有什么比这支靴子狂想曲所写的静谧之夜更富有抒情意味了。

的确如此,这个横空出世的靴子的细节,传达了生活的偶然与宽广、世界的怪诞与奇妙、人性的多样与丰富,当然还有夜晚的静谧与诗意。它告诉我们紧扣主题之类是多么可笑,它告诉我们闲笔有多么妙趣横生、多么意味无尽!

叙述之语调

1

音乐都有调性，C小调或者D大调，这种调性决定着音乐的织体、风格甚至主题。

小说的叙述当然也有这样的调性，它决定着叙述的风格，形成作品的特色，构筑作家的个性。我想，它既与叙事的对象有关，也与作家的气质和才华有关。

叙述的语调客观地存在，但却只能主观地描述（文艺领域存在一些只可意会难以言说的东西，语感和语调就是其中之一）。

在这篇短文里，我只想从一己的阅读感悟出发，围绕马尔克斯的《百年孤独》，谈谈叙述的语调。

2

1982年接受门多萨的访谈时，马尔克斯向门多萨透露了一个小秘密:《百年孤独》的酝酿时间持续了十八年(《家长的没落》十七年,《一桩事先张扬的凶杀案》则更久:三十年)。

何至于如此漫长呢?

在1979年那次会见中,马尔克斯向佩雷伊罗解释了这一点:"《百年孤独》是一部让我反复酝酿和思考的小说。我曾好几次想动笔写它。素材已全部具备,故事也已确定,但是找不到合适的语调。"

找不到语调自然就开不了头,开不了头,就只能继续先酝酿着。

3

那么到底什么是语调呢?

语调显然是一个感性的概念,它好像与语气和语感是同义词,应该类于一个人说话时的口吻?但口吻也好,语感也好,依然是感性的说法,只是在同义反复。如果用专业一点的概念来替换,大概非语言风格莫属了,可是,语言风格又是个多么空洞枯燥的概念呵(我们的文学理论常常是这种概念堆砌起来的)。

窃以为,语调应该与一个作家对语言的痴迷有关,与他要写的故事有关,甚至与他的性格、气质、血型也有关系。从语言到语调,大概有点技进乎道的意思,修行和磨练是不可或缺的,热爱和迷恋也不可或缺。如果一个人不是打心眼里喜爱语言,如果他只是把语言当作表达的工具,那么,他的语言只是语言,他的语言只与语法和修辞有关,却谈不上语调和语感。最典型的例子是公文,公文就没有什么语调,也不需要语调。如果一定要说公文也有语调,那么肯定只是一种没有语调的语调:干巴、枯燥、僵硬、刻板。

4

　　与传统作家相比，现代作家无疑更重视语调的问题。在传统作家手里，比如像巴尔扎克，语言肯定不是作品的首要问题，他更关心的是故事、是主题、是人物、是结构，他的雄心或野心是用理性和才华创造一个像现实世界一样庞大复杂的镜像世界，所以，他不可能在字里行间作过多的流连忘返。事实上，我们在阅读许多传统小说时，的确感受不到语感和语调的存在，语言个性不太突出，语言基本上还只是讲述故事的工具。即使像狄更斯这样的作家，他的语言虽然幽默风趣，让人津津乐道，但幽默更多地隶属于智性和技巧，而不是语感和语调，在狄更斯的写作中，占上风的依然是理性和故事，而不是感性和语言。

　　现代作家把传统作家朝向外界看向远处的目光收回，开始关注生命关注内心，他们发现，生命的真相更多地与感性而不是理性相关，事实远比道理重要，他们认为，一个人的瞬间感觉和心灵图景也许比一场声势浩大的政治运动更值得书写。他们不仅发现了生命哲学，他们还发现了语言哲学，他们坚信，语言即生命，而生命的真实主要是心灵的真实和感觉的真实。他们开始重视语言，重视感觉。在这样的背景下，语言的感觉化，语调的寻找和冶炼，便势所必然了。

　　也就是说，重视语感和语调是现代小说的表征和标志，对语感语调的自觉寻找与创造，构成了现代小说的智慧和精华。我们发现，几乎所有优秀的现代小说家都拥有只属于自个的语言语调。比如，果戈里的东拉西扯语调，契诃夫的婉转内敛语调，福楼拜的客观语调，海明威的简约语调，鲁尔弗的活着的死者或死去的活人语调，乔伊斯的内心独白式的无限拓朴语调，穆齐尔的冗长拖沓抽象繁琐语调，福克纳的感觉化的出神忘形语调，普鲁斯特的纯粹的非意愿记忆语调，马克斯·弗里施的复沓语调，博尔赫斯的幻想语调，罗伯特·格里耶的物化语调，当然还有斯特恩的不断分岔的撒野语调或跑马语调或捣蛋语调等等。再比如在中国当代作家中，莫言的天马行空语调，余华的手术刀般寒冷锋利语调，苏童的轻盈诗意语调，格非的书卷气的简练语调，史铁生的玄想悠远语调，王朔的破罐子破摔语调，王安忆细致到啰唆的语调，迟子建别致如童语的真挚语调等。

我记得卡尔维诺在《未来千年文学备忘录》里谈了五个话题或五种文学风格和方向：轻逸、迅疾、确切、易见、繁复，如果落实到语言与叙述中，它们其实也是五种基本的语调。

5

毫无疑问：语调向外表现为语言个性与叙述效果；向内则体现了作家的生命质地与灵魂属性。

一部小说的独特语调，相当于叙述飞行的独特姿势和弧线，它直接决定了叙述飞行的平衡度、速度与长度。

就像乐师首先要调好琴弦作曲家首先要确定调门一样，作家首先要为一部小说找到语调，而且，在小说的开头就必须确立这种独特的也是唯一的语调。马尔克斯当然深谙此道。他对古巴的文学记者佩雷伊罗说："从文学的专业的角度来看，我认为语调是《百年孤独》最根本的因素。"

6

那么，马尔克斯到底为《百年孤独》找到了一种什么语调呢？他又是怎么找到的？这个问题说来话长，要寻找答案，还得要追溯到马尔克斯的童年，追溯到他小时候与外祖父母生活在一起的那些日子。

1927年3月6日,马尔克斯出生于哥伦比亚马格达雷纳省一个依山傍海的小城镇阿拉卡塔卡。父亲是一个电报报务员兼顺势疗法医生(相当于中国的中医)。他父亲是非婚生子,姓母亲的姓,叫加西亚。由于这个原因,马尔克斯自小在外祖父家长大。外祖父曾经当过上校军官,性格善良、倔强,思想比较激进;外祖母博古通今,善讲神话传说及鬼怪故事,并且常与死去的亲人讲话。这些自然深深地烙印在了作家童年的心灵里。

半个世纪后的1982年,门多萨曾经问过早已名满天下的马尔克斯:"在你漫长的写作生涯中,谁对你影响最大?你能对我说说吗?"

马尔克斯当时是这样回答他的:"首先,是我外祖母。她不动声色地给我讲过许多令人毛骨悚然的故事,仿佛是她亲眼看到似的。我发现,她讲得沉着冷静,绘声绘色,使故事听起来真实可信。我正是采用了我外祖母的这种方法创作《百年孤独》的。"

我们都知道,现代作家都非常强调童年生活对自己写作的深刻影响。马尔克斯也不例外。

马尔克斯不止一次地说起过,自己之所以能够找到《百年孤独》这部小说的创作语调,要归功于外祖母。

7

1979年与佩雷伊罗谈到小说开头的重要性,说自己找不到合适的语调,马尔克斯接着就告诉他:

"就是说,我自己无法相信自己讲述的东西。我想,只要能够使人相信,一个作家就可以讲述他想讲的一切。衡量别人相信与否的标准,首先是你自己要相信。我每次想写《百年孤独》

的时候，我自己总不相信要讲的事情。于是我意识到，问题出在语调上，我左思右想，终于想到，最无可置疑最令人信服的语调就是我外祖母的语调。她用一种极其自然的语调讲述最异乎寻常、最令人难以置信的故事。"

3年后，与另一个文学记者米·费·布拉索谈到同一个问题时，马尔克斯作了一些补充和扩展：

"对我来讲，最重要的问题是打破真实的事物同似乎令人难以置信的事物之间的界限，因为在我试图回忆的世界中，这种界限是不存在的。不过，我还需要一种富有说服力的语调。由于这种语调本身的魅力，不那么真实的事物会变得逼真，并且不破坏故事的统一。语言也是一个大难题，因为真实的事物并非仅仅由于它是真实事物而让人感到真实，还要凭借表现它的形式。我生活了二十年、写了四本习作性的书后才发现，解决的办法还得到问题的根子上去找：必须像我外祖母讲故事那样老老实实地讲述。也就是说，用一种无所畏惧的语调，用一种遇到任何情况、哪怕天塌下来也不改变的冷静态度，并且在任何时刻也不怀疑所讲述的事情，无论它是看上去没有根据的还是可怕的东西，就仿佛那些老人知道在文学中没有比信念本身更具有说服力的了。"

8

一遍遍地阅读《百年孤独》，再结合马尔克斯的这些话语，答案其实已经水落石出：马尔克斯为《百年孤独》寻找到的语调，正是魔幻现实语调。这是一种新颖独特的语调，这是一种最具原创性的语调，这是一种上帝一样自信的语调，正是凭借这种语调，马尔克斯把俏姑娘雷麦黛斯送上了永远的蓝天，让一场雨整整下了四年十一个月零两天，让霍·阿·布恩蒂亚死后还活着，并最终让末代的奥雷连诺·布恩蒂亚长出了猪的尾巴。马尔克斯用这种语调把魔幻叙述成了无可置疑的现实。这种语调的确与外祖母说故事的语调如出一辙。这种语调使匪夷所思的事变成了确凿可信的事，这种语调革新了文学中的真实性观念，这种语调使《百年孤独》的叙述充满了奇异的魔性与魅力。

9

多年以后，奥雷连诺上校站在行刑队面前，准会想起父亲带他去参观冰块的那个遥远的下午。

在《百年孤独》的开头第一句话里，马尔克斯即已预告性地成功试验并落实了这种语调：一上来，马尔克斯就像上帝创世一样让叙述横空跳跃到遥远的未来，然后又无限自由地迅即返回到更加遥远的过去；面对行刑队，面对枪口和死亡，奥雷连诺上校没有想起为之献身的革命事业，没有想起初恋或女人，甚至没有来得及去想一想自己的兄弟和父母，他想起的，居然是冰块！是的，马尔克斯不动声色地无比自信地告诉我们：临死前的奥雷连诺准会想起的，不是别的任何东西，而是冰块！

叙述之时间

1

"谁能看见青草生长?"

帕斯捷尔纳克的诗句对时间之无法把握与不可逆转的本质提出了诘问与质疑。同样,小说家们也早就不愿臣服于时间的这种本质,他们的现代性叙事向亘古的时间发起了强有力的挑战,并最终挣脱了它的禁锢与约束。

事实上,现代小说本身就是一个超越时间的概念,虽然它是相对于传统小说(包括所谓的现实主义小说)而言的,但现代小说绝不就是现代的小说,而应该指小说的现代性智慧和创造性精华的新颖织体。正是由于这些智慧和精华的涌现和存在,才使得现代小说的艺术水准和重要性赶上并超过了诗歌(套用纳博科夫评价福楼拜时的说法)。

从这个意义上讲,现代小说不仅可以越过二十世纪,上溯到十九世纪的福楼拜(他已然被公认为现代小说的鼻祖),而且可以追溯到十八世纪的斯特恩,因为《项狄传》这样的异峰突起的小说无疑为整个现代小说埋下了革命的种子,所以说,斯特恩实际上是古典时期的最早的现代小说家。

在现代小说的众多智慧和精髓中,叙事时间的创新与重塑无疑是最为显耀的成果。现实的时间差不多只是钟表的滴嗒作响或不可更改的线性流动,但在现代作家笔下,在他们的新异独创的叙事中,时间开始跳宕与漂移,成了与世界之谜等量齐观的另一个谜。

2

早在《项狄传》这部十八世纪的奇异小说中,斯特恩就想象并创造了一种前所未有的时间技巧和结构,通过不断分岔、穿插、离题的叙述,斯特恩发明了让小说时间停滞不动的艺术。在他不断分岔的叙述里,时间不再是线性的均匀的传统河流,时间成了一个谜,时间甚至可以在时间本身中迷失。

斯特恩在小说结构和时间性革命中,打响了第一枪,虽然他的方式更接近戏耍和捣蛋(针对传统小说)。在语法规定里,在传统小说中,逗号后是不能分行分段的,只能继续连接另一个句子,直到有了句号才可能分段。可是在《项狄传》第二卷第十四章结尾,我们看到,最后一句是带逗号的句子:"——因为他张开嘴正要讲下句时,"但他却恶作剧一样结束了这一章,然后就径直跳到了第十五章(隐喻的也许是生活本身的无从分段?)。斯特恩在叙述时,经常会插入乐谱或布道文,他甚至空前地使用了黑屏页,在第一卷第十二章和第十三章之间,突然出现了两幅黑色页面(中译本第33和34页),整个页面黑得就像如漆深夜,可是,在这深夜般的页面里,我们却看到了现代小说的黎明。

即使是一个现代派或后现代派作家,看到斯特恩的这些写作创举,他也一定会乐不可支地脱口说一声:"哇噻!"

斯特恩在整部长篇里,几乎没写一件正经事,他只写了几个可笑的人物,他们几乎没有什么重要的活动,有的只是双倍日常性的细小动作,这些行为和动作也大都是可笑的甚至愚蠢的。几个世纪后,我们才扪心自问,生活的本质,难道不经常就是可笑和愚蠢的吗?

斯特恩放弃宏大叙事,不写重要活动,其实也是为了拒绝时间性对自己的束缚,从而摆脱传统小说那种时间桎梏。因为细小的日常的行为是不需要年月日期和时间标记的,只有宏大叙事或者历史事件才需要时间标记,比如,某年某月因为谁谁刺杀谁而引发了第一次世界大战。因此,斯特恩放弃宏大叙事之时,恰是现代小说逃离时间约束之日。从时间之维逃逸出来的斯特恩,终于感受或享受到了一种空前的自由,他的叙述于是变成了撒野和狂欢。

3

到了二十世纪,随着物理学上的现代时空观的出现,小说的时间革命开始全面展开,遍地开花。

萨特在那篇评论《喧哗与骚动》的著名文章《关于〈喧哗与骚动〉·福克纳小说中的时间》里对现代小说的叙事时间曾作过这样的总结:"当代大多数作家,普鲁斯特、乔伊斯、多斯·帕索斯、福克纳、纪德和吴尔芙,都曾经企图以自己的方式割裂时间。有的人把过去和未来去掉,于是时间只剩下对眼前瞬间的纯粹直觉(显然指乔伊斯和吴尔芙);另一些人,如多斯·帕索斯,把时间变成一种死去的、封闭的记忆。普鲁斯特和福克纳干脆砍掉时间的脑袋,他们去掉了时间的未来,也就是行动和自由那一向度。"

萨特的论述言简意赅却点到即止，对叙事时间的整体性精髓与演变轨迹，进一步的梳理与更深入的研究当然并非多余。

4

毫无疑问，普鲁斯特对小说叙事时间的现代性发明和创造，在现代小说史中可以说独占鳌头。著名评论家埃德蒙·威尔逊就曾断言："他从相对论的观点出发重新创造了小说世界：他首次而全面地令文学与当代物理学的新理论等量齐观。"（《阿克瑟尔的城堡》）

与传统的时空观以及体现在传统小说里的时间结构完全不同，对普鲁斯特而言，时间不再是行动的舞台，不再是让现实生活具体化的东西，反而"是一种起分离作用的东西"（萨特），时间不是发生一切的地方，而是让一切消失的地方，时间性就是丧失性。所以，他背向未来，返身向后，追忆似水年华，探索过去的生命真实和曾经的心灵秘密。

因此，普鲁斯特的时间技巧就是取消时间未来的技巧，同时也是悬置现在返回过去的技巧。对普鲁斯特的小说主人公来说，未来只是一个宿命一样的虚无点，所以，他总是一而再再而三地让时间从未来滑回过去。他唯一信赖的是过去。

普鲁斯特认为，过去存在过，但已在时间中丢失，时间差不多就成了丧失的代名词。《追忆似水年华》的叙述者在外祖母陪同下，第一次来到巴尔贝克海滩，体验到了陌生的荒诞感，体验到生命的丧失的不可避免，贝克特在《普鲁斯特论》中总结道："想到不仅他所爱的客体已经消失，而那爱本身也终会消失之时，所丧失的一切将不再是丧失。此刻他想到，我们对永葆个性的天堂的梦想是多么荒谬啊，因为我们的生命就是对天堂不断否定的过程,那唯一真实的天堂是已经失去的天堂,而死亡将医治许许多多渴望不朽的欲望。"所以,越过时间,追忆并重现过去,就成了普鲁斯特寻求安慰和解脱的唯一途径。

普鲁斯特于是就通过呕心沥血的叙事,发明了一种记忆哲学和技巧,在这样的技巧作用下,过去不是由客观线性的传统时间构成,而是由一种相对时间或情感时间构成,这样的时间也近似于柏格森所谓的绵延时光或心理时间,在这样的时间里,回忆和生命感觉纷至沓来,无序如夜空的繁星。

5

关于叙事与时间,克里斯蒂安·麦茨的概括是精准而恰当的:"叙事是一组有两个时间的序列:被讲述的事情的时间和叙事的时间构成的。""叙事的功能之一是把一种时间兑现为另一种时间"。卡尔维诺在《千年文学备忘录》中的话则进一步明确了这一点:没有时间变形就没有小说叙事。

民间故事似乎习惯于遵循时间的先后顺序,但西方文学的源头如在荷马史诗里,叙事就是以时间倒错效果为开端的:《伊利亚特》一开头先写了阿基琉斯的愤怒,但从第八行起,叙述者就开始让叙事返回十余天前,倒叙了阿基琉斯和阿伽门农的争吵,用140余页的诗行回顾了争吵的原因(对克律塞斯的凌辱——阿波罗的愤怒——瘟疫)。但这种倒叙仍然以时间顺序为参考系,仍然保持了清楚的时间方位标(过去,现在)。千年以后的传统小说的倒叙在这一点上并没有走得更远,我们在巴尔扎克等人的小说中看到的情景依旧如此。

6

但普鲁斯特的倒叙却是戛戛独造的崭新叙述,它完全脱离了传统小说有条不紊的时间顺序和简单的结构。因为在他的回忆技巧和时间哲学的作用下，倒叙变得复杂、纷繁和迷乱。

在《让·桑特伊》这部试验性的作品中，普鲁斯特写到主人公让在几年后又一次见到他过去爱过的玛丽·科西谢夫居住的旅馆时，他把今天的感想与过去他以为该有的感想作了一番比较：

> 有时他经过旅馆前，回想起雨天探幽访胜时他把女仆一直带到这儿。但回忆时没有当年他以为有一天感到不再爱她时将体味到的伤感。因为事先把这份伤感投射到未来的冷漠之上的东西，正是他的爱情。这爱情已不复存在。

这段倒叙的复杂性在于，短短几句话，普鲁斯特的叙事时间不断从现在到过去，又从过去到现在，甚至一句话里就有这样的来回。"有时他经过旅馆前，回想起"是现在，"雨天探幽访胜时他把女仆带到这儿"是过去，"但回忆时没有"趃回现在，"当年他以为……的伤感"又返回过去，可是在这句话的中间，却镶嵌着一个现在"有一天感到不再爱她时将体味到"，而"因为事先把这份伤感投射到"又闪回到过去，"未来的冷漠之上"肯定是回到了现在，"正是他的爱情"当然是过去，最后，"这爱情已不复存在"终于又回到了现在。通过倒叙，让时间在现在和过去之间作如此频繁的折返和来回，在普鲁斯特之前的文学史里，几乎难以想象。普鲁斯特并不是在戏耍读者或考验读者的阅读能力，他的技巧当然与他的创作主张和目的有关，他想用这样的折返倒叙揭示的不是事物的先后次序，而是心灵的复杂和情感的迂回；他抵达的根本不是客观的真实时间，而是情感的主观时间。

如此纷繁复杂的叙述时间，普鲁斯特却表达得如此精密清晰有条不紊，严谨而又极富逻辑。这是普鲁斯特的文学天赋中最让人叹为观止的方面。

7

相比于倒叙，普鲁斯特的预叙无疑更为可观，更为独特，也更有创造性。

所谓预叙，就是把未来的事情提前到现在叙述。这种预叙在传统小说里极为罕见，阅读巴尔扎克、狄更斯、托尔斯泰等现实主义小说时，我们从来没有遇到过这样的叙述方式，这样的穿插与预叙无疑突出了心灵情感的诡谲多样与人生命运的变幻跌宕。在《追忆似水年华》1994年版中译本第74页有这样一段叙述：

> 我们直到好多年后，才知道原来那年夏天我们之所以吃那么多芦笋，是因为芦笋的气味能诱发负责削皮的帮厨女工的哮喘病，而且发作起来十分厉害，弄得那女工只好辞职不干。

我们在《追忆似水年华》中到处可以看到这样的预叙，不断的重复的预叙可谓星罗棋布于整个小说的叙述中：

> 至于科塔尔教授，人们很久以后将在拉斯珀利埃尔城堡女主人家长期见到他
>
> 人们将看到（斯万）希望妻女在社交界成功的唯一抱负恰恰是他绝对实现不了的抱负，他至死也想象不到公爵夫人可能会认识她们，人们也将看到相反的情况，盖尔芒

特公爵夫人在斯万死后与奥黛特和吉尔贝特有了交往

至于像我母亲那样深切的忧伤，人们将在这篇叙事的下文看到有一天我会有亲身体验

（夏尔吕）恢复了健康，后来又变成在盖尔芒特王妃家午后聚会那一天我们将看到他的那幅模样……

8

普鲁斯特在叙述中还创造性地使用了更为复杂的叙述时间。比如倒叙中的预叙（在《让·桑伊特》的节录中两次重提过去的计划）；预叙中的倒叙（斯万葬礼的提前预叙引出弗朗索瓦丝在孔布雷的回顾）。

热奈特在《叙事话语》一书对此有专门阐述："'时间倒错'（倒叙与预叙）叙事在《追忆似水年华》中的重要性显然与普鲁斯特的叙事回顾的综合性和一体性有关，这种叙事每时每刻全部存在于叙述者的头脑中（与传统小说的故事不断发展直到谜底揭开不同，与传统小说家一直佯装自己不知道故事的结局不同），自从他在恍惚间领会其统一涵义的那天起，便不停地同时抓住一切线索，同时感知一切地点和一切时刻，并不断在其中建立多种'用望远镜测定'的关系：空间和时间的普遍存在，最后一卷《过去时光的重现》的一个片断作了完美诠释的'全时间性'：在德·圣卢小姐面前，主人公在一刹那间重新织出由他的一生变成的、并将成为其作品之经纬的纵横交错的'回忆网'。"

也就是说，无论是倒叙还是预叙，对普鲁斯特来说，其实都是为了回忆，都是为了回到那个已经失去的天堂所在的地方：梦幻般的过去。

9

如果说普鲁斯特主要发明了不断从现在和未来退回过去的叙事时间,那么,吴尔芙则创造了从现在跃向未来的叙事时间。

1982年5月,获得该年度诺贝尔文学奖的马尔克斯,与哥伦比亚的一位作家兼记者普利尼奥·阿普莱尔·门多萨进行了一次长篇访谈。《番石榴飘香》就是这次访谈的产物。在这次访谈中,马尔克斯回顾了自己的生活和创作生涯,也谈到了许多曾经影响过他的作家,比如卡夫卡,胡安·鲁尔弗,福克纳,海明威,格雷厄姆·格林,等等。当然,他也谈到了弗吉尼亚·吴尔芙。

马尔克斯特别提到了《达洛卫夫人》,提到开头不久那段令人震惊的叙述。他说多年以前,自己看到那一段落时非常吃惊和兴奋:"因为它完全改变了我的时间概念。也许,还使我在一瞬间隐约看到了马孔多毁灭的整个过程,预测到了它的最终结局。"

> 拉上遮帘的汽车带着深不可测的神秘气氛,向皮卡迪利大街驶去,依然受到人们的注视,依然在大街两边围观者的脸上激起同样崇敬的表情,至于那是对王后,还是对王子,或是对首相的敬意,却无人知晓。只有三个人在短短几秒钟里看到了那张面孔,究竟他们看见的是男是女,此刻还有争议。但毫无疑问,车中坐的是位大人物:显赫的权贵正悄悄地经过邦德街,与普通人仅仅相隔一箭之遥。这当口,他们国家永恒的象征——英国君主可能近在咫尺,几乎能通话哩。对这些普通人来说,这是第一次、也是最后一次千载难逢的机会。多少年后,伦敦将变成杂草蔓生

的荒野,在这星期三早晨匆匆经过此地的人们也都只剩下一堆白骨,唯有几只结婚戒指混杂在尸体的灰烬之中,此外便是无数腐败了的牙齿上的金粉填料。到那时,好奇的考古学家将追溯昔日的遗迹,会考证出汽车里那个人究竟是谁。(《达洛卫夫人》1988年版第16页)。

达洛卫夫人在六月中旬一个空气清新的早晨离开家,她想亲自为晚上的宴会购买一些鲜花。她在伦敦的街道上行走着,她头脑里飘乎的思绪和自由的联想也像街道一样轻逸自由地起伏伸展着。她在街上还遇到了熟人,与他们打过招呼以后她继续行走,先穿过皮卡迪利大街,然后来到商店林立的邦德街,走进了马尔伯里花店。这个时候,前面的街道驶过来一辆车,街上的人都看到了这辆有皇家标志的车,达洛卫夫人当然也看到了,大家都很好奇,纷纷猜测车里坐着的到底是谁。吴尔芙一路写来,她的叙述像街道一样蜿蜒伸长,像河流一样波澜不惊。但是,突然之间,我们看到了"多少年后"四个字,吴尔芙的叙述就像火箭升空一样一下子离开了现实的街道,离开了那个六月的早晨,跃到了遥远的假设的未来!

多少年后,让马尔克斯为之兴奋和吃惊的无疑就是这历史性的一跃。正是这异想天开灵光闪烁的一跃,让马尔克斯改变了时间观念,并在一瞬间隐约看到了马孔多毁灭的整个过程,预测到了它的最终结局。从而为《百年孤独》这部魔幻现实的小说找到了写作的突破口和切入点。

吴尔芙的惊人的一跳,在后来的文学理论中被命名为时间假设。

我想,吴尔芙是想通过这样的时间假设与前向跳跃,让压缩在一天时间内的生活和叙述延展到无限的地老天荒的时间维度,她想表明,一天就是永恒("所有的岁月"),或者说,她所叙述的分明就是永恒的一天(与《尤利西斯》一样,《达洛卫夫人》的故事也发生在一天之内)。

10

在普鲁斯特之后,把时间处理得最为复杂的作家一定是福克纳了。

发表于1929年的《喧哗与骚动》,表面上是乔伊斯和吴尔芙的意识流文学的自然延续,实际上,福克纳的改造和重铸要多于继承。他的叙事不再是单一的意识流动,他发明了多重人物视角,他的意识流是复合的多重的非线性的(《喧哗与骚动》是四个视角,《我弥留之际》则多达十几个)。从不同角度对同一故事的意识流叙事,无疑更接近事实与真相,这种叙事的多种可能性,会让我们想起后来的《罗生门》这样的电影。

而在叙事时间上,福克纳也超越了乔伊斯等前辈(乔伊斯是在同一时间内对不同人物与情节的叙述,是一种拓扑和自我增殖的时间,是一种时间停顿),创造了只属于他的时间技艺和哲学。

《喧哗与骚动》第一章的叙述者是白痴班吉,福克纳在创作谈中说,先让一个傻瓜来讲述这个故事,可以让故事更加生动云云,其实是某种障眼法。我个人认为,福克纳让白痴来讲述故事的第一遍,真正的目的是要发明一种新的叙事时间,我们不妨把它命名为"傻瓜时间"。说白了,"傻瓜时间"就是对时间的取消,就是没有时间,傻瓜怎么会知道时间呢?我们看到,福克纳的叙述或班吉的意识流动处在一种无时间性之中。班吉的意识从当下(1928年4月7日)流到遥远的过去(很多过去,比如1900年12月23日与姐姐凯蒂在一起的过去,1912年康普生先生去世后的某一天，1908年的春天或夏天等等。当然所有的日期都是作家或译者的注释，对班吉来说却完全不存在），并且常常从一个过去又流淌到更早的另一个过去（在中译本第三页，班吉的意识先从当下淌到1900年12月23日与凯蒂一起为毛莱舅舅送信的情景，然后又淌到同一天更早的时候与黑仆威尔许出门的情景）。福克纳的叙述从不跃向未来（他不信任未来，再说吴尔芙已经跃得太漂亮了），他总是不断地滑向过去，有时候在同一句话里，前半句还是当下，后半句已是过去（"我停住哼叫，走进水里，这时罗斯库司走来说去吃晚饭吧，凯蒂就说……"班吉在当下走进水里，可脑中倏忽浮现出来的是1989年与凯蒂玩水时的情景，那时，班吉只有三岁）。与此前的意识流文学的那种时间跳跃不同，福克纳作这样的返回和倒滑的时候，连"多年以前""很久以前""到了那时"这样的时间用语都全部省略，唯一的妥协只是在印刷字体上作了些调整。他拒绝任何时间标记，与此同时，他也拒绝了时间本身（我认为福克纳和海明威这两个美国作家分别创造了现代小说中的两种伟大的省略：福克纳省略了时间的任何标记；海明威省略了对话的所有前缀）。没有了标记的时间，就像失去了影子的物体，福克纳在这样的时间里的叙述，恰如武侠里的无影脚，来无影去无踪，神龙见首不见尾。班吉的意识就这样在当下与过去之间自由滑动，这种自由的程度是彻底的，班吉的意识运动，让我们联想起物理实验室中无摩擦气垫轨道上的滑块的自由运动，或是在无阻力的真空中的物体运动。福克纳的过去与现在构成的仿佛不是时间，而是一个怪异的空间，凭着疯傻和彻底的无知，班吉在这个空间里完全失重，自由漂移。

到第二章，叙述者换成自杀前的疯癫状态的昆丁，叙述时间从"傻瓜时间"变成混乱纠结的"疯癫时间"。

无论是"傻瓜时间"还是"疯癫时间",其实都不是时间本身。我们在福克纳的叙述中,感到时间仿佛是一个黑洞,人在这个黑洞中飘向过去,堕入深渊……

11

而马尔克斯在《百年孤独》中使用的时间技巧,既不是大跨度的直线跳跃(如果说在吴尔芙笔下,"多少年后"只是诗性的惊人的一跳,到了马尔克斯笔下,"多年以后"则被用来创建魔幻叙事的时间结构),也不是普鲁斯特或福克纳的无尽的后退或折返,而是循环的重复的圆形运动。这一点在小说开头的句子中已然清晰:从现在跃到未来,然后又以光速从未来绕回过去,形成一个封闭的圆圈,就像一条咬住自己尾巴的蛇。

多年以后,奥雷连诺上校站在行刑队面前,准会想起父亲带他去参观冰块的那个遥远的下午。

从第一章开始,我们发现马尔克斯就不断地把未来的事情提前叙述。除了开头这一次,第二次出现在高长荣译本第五页:"奥雷连诺的哥哥霍·阿卡蒂奥,将把这个惊人的形象当作留下的回忆传给他所有的后代。"第三次出现在第11页:"多年以后,奥雷连诺上校也来到这个地区的时候(那时这儿已经开辟了驿道),他在帆船失事的地方只能看见一片罂粟花中间烧糊的船骨。那时他才相信,这整个故事并不是他父亲虚构的。"第四次则出现在两页之后:"多年以后,政府军的军官命令行刑队开枪之前的片刻间,奥雷连诺上校重新忆起了那个暖和的三月的下午。"在小说的前半部,马尔克斯一直进行这样的叙述。

而到了小说的后半部,奥雷连诺上校死去之后,马尔克斯的叙述开始作相反的运动,他不断地把过去发生的事情延搁到现在来重叙,开始频频使用"多年以前,那时奥雷连诺上校……"这样的句式。

不断地向前(预述)与不断地往后(倒叙),最后首尾相接,循环往复,时间于是封闭成圆环。开始就是结局,一切都是重复。小说女主人公乌苏娜多次在不同时间,不同场合,面对不同世代的子孙,发出"时间像是在打转,我们又回到了当初"的感叹。

上校打完最后一次仗后,曾企图自杀,先让随军医生在胸口画了个红圈,然后朝那儿开了一枪,但医生所画的恰恰是一个避开心脏的红圈。从此,没有死成的上校把自己关在作坊里,每天做两条小金鱼,当积满二十五条后,又将之都回炉熔化,重新开始一次,这样一直到他肉体上的死亡。做小金鱼的这种循环象征着孤独,标志着永恒的停滞——死。由此证明,孤独与肉体的生死并不是相对等的,时间停滞才是孤独——死亡的分界线。

人在这样的封闭圆环中,形同囚禁在时间牢笼里,结果当然只能是坠入孤独、绝望和死亡(对生命而言,马尔克斯的时间圆环与福克纳的时间黑洞何其相似)。

多年以后,我们在马其顿导演曼彻夫斯基的电影《暴雨将至》中再次欣赏到美妙的时间圆环时,或在昆廷·塔伦蒂诺的电影《低俗小说》中看到画在黑社会老大的女人胸口的红圈时,准会想起马尔克斯的《百年孤独》,并发出会心的微笑。

但同样毋庸置疑的是,马尔克斯当时在创造这样的时间圆圈和叙述循环时,至少吸收和融铸了如下一些现代小说在叙事时间方面的智慧和精华:吴尔芙惊人的跳跃;普鲁斯特频繁而自由的时间还返和倒叙预叙;福克纳沿着黑洞一样的时间迷径所抵达的人类普遍的绝望境域……

叙述动力学

叙述的起飞

1

我曾经想写一本叫《叙述动力学》的书。倒不是要卖弄大学里学过的物理学知识,而是因为,多年的阅读和写作告诉了我,叙述的确是一种动力学过程。当然,心理能量、脑电波和神经电流等概念,在一定程度上也启发了我的思路。

在我看来,叙述动力学决不是一个比喻,它不仅与心理学有关,而且,也与生理学有关,与力学有关。

叙述不仅是心理过程,而且也是一种力的作用过程。叙述不仅是脑力劳动,当然也是一种体力劳动。叙述时涉及的力包括,手指对笔尖的压力,写字台对肘关节的支持力,身体相应部位肌肉的各种平衡力,心脏的弹跳力,大脑神经的张力,另外还包括,耐力和毅力等精神之力。

叙述的速度,不仅指情节发展的快慢,不仅指故事的迂回和曲折程度,而且也与书写或敲击键盘的熟练程度有关,与血液循环的速度有关。

叙述的过程无疑是一种能量流动的过程（美国作家谈到塞利纳与海明威时曾强调"句子之间的能量如海潮般前仆后继贯穿始终"），是一种做功的过程。叙述的能量包括情感和欲望的能量，想象和记忆的能量，沉着的呼吸或者喝水带来的能量，语词的特殊排列和组合所产生的能量，还有通过句子和细节的积累把故事推向特定强度和高度所具有的势能，以及释放这种势能之后所形成的动能（正是凭借这样的动能与冲刺才能把作品推向高潮）。

叙述不仅是一种与文字递增有关的标量，而且也是有方向有目的的向量，它涉及开头和起飞，涉及结尾和降落。叙述的方向性和目的性还体现在，作家叙述时的每一个细节、每一个句子、每一个词语，甚至每一个标点，都不是随意的，不是散漫的，而是能量和力的产物，是做功和酝酿的结果，它们都拥有特定方向和既定目的，仿佛这些字句都受一种无形而又神秘的向心力的作用，因而都像行星一样有自己的飞行轨道……

此外，节奏、形变、密度、延缓、阻滞、加速、聚焦、共振、偏离、迂回、波动、复沓，这些动力学范畴无一不是叙述的性质和品格。

毫无疑问，叙述动力学的第一篇应该是对小说开头的动力学研究，我把它叫做叙述的起飞。

2

像马尔克斯那样重视小说开头的作家，这个世界上，恐怕找不到第二个了。

1979年在哈瓦那会见古巴记者曼努埃尔·佩雷伊罗时，马尔克斯说过这样的话："最困难的总是开头。长篇小说或短篇小说的第一句话决定着作品的长度、语调、风格和其他一切。关键问题是开头。"(《两百年的孤独——马尔克斯谈创作》第144页)而在1982年接受本国作家门多萨的访谈中,马尔克斯又把这话重复了一遍:"第一句话很可能是全书各种因素的试验场所,它决定着全书的风格、结构,甚至篇幅。"(《番石榴飘香》第34页)

马尔克斯念念在兹的这些话,道出的不仅是他自个的创作体会,对开头的异乎寻常的重视与强调,实乃现代小说的普遍性特征。

当然了传统作家也重视小说的开头,但在重视的程度与方式上却与现代作家有截然的不同和区别。

对传统小说来说,故事始终是第一位的,传统作家更重视讲什么而不是怎么讲,更重视内容而不是形式。所以,传统小说的开头差不多只是意味着故事的开始。虽然传统小说的开头也追求先声夺人的文学效果,争取一开始就吸引住读者的视线,但在方式方法上毕竟是有限的,常见的不外乎是交待时间地点人物事件,从风景描写、人物对话等方式入手,或者干脆是从议论开始一部小说的叙述。因此,传统小说对开头的重视是一种战术上的局部性的重视。这样的开头,有点像走远路的人,迈开了坚实的第一步。

现代小说对开头的重视则完全是战略上的全局性的了。

现代小说的艺术重心无疑已经从故事转向形式,对语言与文体的追求被放在了第一位。简单地说,现代小说已经从"冒险的叙事转向了叙事的冒险"。用马尔克斯的话来说:"陀思妥耶夫斯基以后,留给作家们的只有形容词了。"纳博科夫在长篇《黑暗中的笑声》的开头开宗明义地表示,"如果讲故事的方式和过程不能带来裨益与乐趣的话",他这部小说是完全没有必要去写它的。

因此，现代小说的开头与其说是故事的开始，还不如说是文体的开始或形式的发端，是对艺术上的实验性与新的可能性的启动。它不仅先声夺人，而且事关全局，牵一发而动全身，"它决定着全书的风格、结构，甚至篇幅。"

3

2009年诺贝尔文学奖获得者赫塔·米勒在长篇小说《心兽》里，这么形容那个从没有脱贫的南方来的姑娘劳拉："脸上写着一个地域。"

现代小说的开头，差不多就是这样一张脸。

在某种意义上说，即使换一个开头，传统小说也不至于就伤筋动骨，差不多可以写成同样一本书（仿佛掐掉了植物的梢头它却会再长出来一样）；而若把现代小说的开头去掉，就等于取消了整本书（仿佛砍掉了动物的头颅）。

只有从这样的角度，我们才能理解马尔克斯所说的开头的重要性以及相应的难度问题。他不止一次地说起过，有的小说在他脑子里装了十几年一直没写，就是因为找不到那个要命的开头以及语调。对重视文体形式和艺术创新的现代作家而言，小说的开头真格像是一个关卡和魔咒，越过这个关卡解开这个魔咒（通关密码可能是灵感、经验、直觉、耐心和毅力甚或某种契机和运气），作家的身心才获得解放，他的写作才进入自由王国，他的叙述才能一下子跃入轻盈崭新的境域。

如果说传统小说的叙述像是走路，它的开头意味着迈开了第一步，那么，现代小说的叙述更像是飞翔，而它的开头差不多就是起飞了。

4

扣人心弦而又平稳有力的叙述起飞,是决定整个叙事飞翔的关键,起飞的着力点、独特角度、舒张程度和优美的姿势,往往决定了飞行的姿态、线路和高度。有了别出心裁新颖恰当的起飞,叙述的飞行差不多就成功了一半。

优秀的现代小说(它不是一个时间概念,也不是一个风格概念,现代小说与传统小说的区别简单言之就在于:现代小说重视怎么写更甚于写什么;而传统小说则相反。所以,十八世纪的一部小说比如《项狄传》完全可以称之为现代小说,而21世纪的许多以故事取胜的小说却应该归之于传统小说)差不多都有一个精彩的决定性的起飞式开头。在某种程度上说,现代小说的艺术性、开创性以及叙事智慧,在它们的开头、甚至在第一句话里就已然存在,至少可以看出个端倪。

5

比如赫尔曼·麦尔维尔的《白鲸》的开头:

> 管我叫以实玛利吧。几年前——别管它究竟是多少年——我的荷包里只有点点、也可以说是没有钱,岸上也没有什么特别教我留恋的事情,我想我还是出去航行一番,去见识见识这个世界的海洋部分吧。这就是我用来驱除肝火,调剂血液循环的方法。每当我觉得嘴角变得狰狞,我的心情像是潮湿、阴雨的十一月天的时候;每当我发觉自己不由自主地在棺材店门前停下脚步来,而且每逢人家出丧就尾随着他们走去的时候;尤其是每当我的忧郁症到了不可收拾的地步,以致需要一种有力的道德律来规范我,

免得我故意闯到街上，把人们的帽子一顶一顶地撞掉的那个时候——那么，我便认为我非得赶快出海不可了。

这可以说是十九世纪的小说中所能看到的最别致同时也是最有现代感的开头了。关于《白鲸》这部小说（作者曾写信给霍桑说："我写了一本邪书，不过，我觉得像羔羊一样洁白无疵"）的艺术独创性和另类文体，关于叙述的个性化与语言魅力，关于海洋，关于人性，关于这部书的不羁的怪异有趣的风格，在这个漂亮的起飞中都有恰到好处的征兆和暗示。这的确是小说史上一次让人刮目相看的叙述起飞。在传统小说的开头，我们听到的往往是上帝的声音或作者的声音，但《白鲸》的开头却让我们听到了人物（不是角色不是提线木偶）的声音，这声音那么亲切那么自然那么鲜活，这声音仿佛不是从遥远的十九世纪中叶传来，而是在十九个小时之前传来并刚好被我们的耳朵听到一样。这真是赫尔曼·麦尔维尔的一大创举。

另外，"管我叫以实玛利吧"这句话里，还预示着这部小说在叙述视角上的创新：作者、人物、上帝一样的纯粹的叙事者被融为一体。

6

法国女作家尤瑟纳尔的短篇《王佛保命之道》轻盈飘逸而又简巧结实，就像一部小说的诗篇。这部诗一样的小说是这样起飞的：

老画家王佛和徒弟琳两人，在汉朝的国土上，沿着大路漫游。

小说的开头，一般要交待人物、时间、地点和事件。可在尤瑟纳尔梦幻般的笔触下，汉朝既是具体的历史时期，又是一种弥漫绵延的抽象时光，而国土和大路当然也不复是现实意义上的确切地理，至于漫游，与其说是发生在小说领域的真实事件，还不如说是诗歌领域的空幻事端。这个轻盈飘荡空穴来风般的开头，这种既抽象又具象的灵感话语，击穿了历史和现实，跨越了文化和国度，使尤瑟纳尔的叙述拥有了一种微妙暧昧的诗性语感，为整篇小说奠定了一种不粘不滞不即不离的语言基调，尤瑟纳尔接下来的写作就具有了一种翅膀一样轻盈的可能性，因为完成了这个叙述起飞之后，作者已然摆脱了现实的束缚和历史的羁绊，从而让老画家和徒弟琳这两个血肉之躯拥有了足够的虚幻性和自由度，让他们完全置身于天马行空般的艺术的天际。

7

《在树上攀援的男爵》是一部后现代风格的长篇，卡尔维诺在这部小说中写了一个贵族男孩，为了摆脱沉闷压抑的现实生活，攀上了高大的圣栎树，在树顶上体验到了新鲜怪异的乐趣、自由和解放，从此再也不肯从树上下来，过起了史无前例的空中生活，直到生命的终点。卡尔维诺要写的不是一个童话而是一篇小说，为了让自己的叙述一开始就拥有足够的现实性和具体感，他为人物命名了一个如家族史般漫长迤逦的姓名；而为了通过叙述的翅膀把一个生活中的男孩送上树顶送上天空，卡尔维诺想出了一个悬念般的起飞式开头，这个开头几乎预兆了后面整部小说的叙述：

我兄弟柯希莫·皮奥瓦斯科·迪·隆多最后一次坐在

我们中间的那一天是 1767 年 6 月 15 日。

8

罗伯特·穆齐尔的小说《没有个性的人》是一部缓慢、延宕、放大、悬浮、分岔、自由的小说,是一部哲学论文般艰深滞重的小说,是一部逸出叙述历史的小说,也是一部弥漫的似乎是无始无终而实际上也的确没有写完的小说,很像是《项狄传》的现代版,但无疑更艰深更滞重。怎样的叙述的起飞才能带动这样一种写作历程呢?让我们看看这部小说的绝无仅有的开头:

> 大西洋上空有一个低压槽;它向东移动,和笼罩在俄罗斯上空的高压槽相汇合,还看不出有向北避开这个高压槽的迹象。等温线和等夏温线对此负有责任。空气温度与年平均温度,与最冷月份和最热月份的温度以及与周期不定的月气温变动处于一种有序的关系之中。太阳、月亮的升起和下落,月亮、金星、土星、土星环的亮度变化以及许多别的重要现象都有与天文年鉴里的预言相吻合。空气里的水蒸汽达到最高膨胀力,空气的湿度是低的。一句话,这句话颇能说明实际情况,尽管有一些不时髦:这是 1913 年 8 月里的一个风和日丽的日子。

9

《老人与海》的开头却简洁而又不动声色,海明威让自己的叙述起飞得平稳而又有力,恰如海明威一生的文学追求:

> 他是一个独自在湾流里用一只小船打鱼的老头,他到

那儿接连去了八十四天,一条鱼也没有捉到……那一面帆上补了一些面粉袋,收起来的时候,看上去真像一面标志着永远失败的旗帜。

10

麦卡勒斯的长篇《心是孤独的猎手》起飞得不仅平稳,而且张力十足:

镇上有两个哑巴,他们总是在一起。

从容淡定的叙述与语感中,却蕴含着诡异的悬念与诱惑力。镇里有两个哑巴?而且总是在一起?为什么呢?

11

文体大师纳博科夫的《洛丽塔》则是这样起飞的:

洛丽塔,我的生命之光,我的欲念之火。我的罪恶,我的灵魂。洛—丽—塔:舌尖向上,分三步,从上颚往下轻轻落在牙齿上。洛。丽。塔。

从这个别出心裁的开头,从这种诗性、轻灵、华丽的语感源头,我们已经可以感应和预期纳博科夫接下来的叙述会是一种多么才华横溢的滑翔历程。而且纳博科夫把这样的华彩语感贯彻在整部小说并延伸到了小说的终点。

12

塞林格在《麦田里的守望者》的开头,除了一上来就确立了那种简称为"少年侃"的叙述语调：幽默、愤世嫉俗，轻松的颓废背后隐含的是沉重的感伤，成功预告了这部小说绝非传统的所谓成长小说。塞林格仿佛代表现代作家调侃并告别了传统小说的老套开头：

> 你要是真想听我讲，你想要知道的第一件事可能是我在什么地方出生，我倒霉的童年是怎样度过，我父母在生我之前干些什么，以及诸如此类的戴维·科波菲尔式废话，可我老实告诉你，我无意告诉你这一切……

13

当然，最优异独特最轻灵自由的叙述起飞还数《百年孤独》的那个要多好就有多好的开头：

> 多年以后，当奥雷连诺上校站在行刑队面前，准会想起父亲带他去参观冰块的那个遥远的下午。

这个开头既像福楼拜那样客观，又像海明威那样简洁；既像卡尔维诺那样充满悬念感，又像尤瑟纳尔那样超越时空轻灵结实。这个开头不仅触及了核心形象（主人公奥雷连诺），奠定了叙述风格与语调（就像他姥姥讲故事：用坚定不移的语调讲述匪夷所思的故事），它还涉及小说叙事的循环结构与时间之谜（容纳了所有未来与过去的此刻与现在），涉及人类的记忆之谜（临终时想起的居然是冰块：非意愿记忆）。有了这样一个神启般的决定着全书风格、语调、核心形象以及叙事结构的绝好开头，《百年孤独》就得以在文学史的停机坪上悠然起飞：支撑有力，弧线优美，角度独特，从而使马尔克斯的叙述一下子处在了蓝天般新颖自由的状态,无论是过去、现在还是未来,无论是空间还是时间,都无法约束他阻碍他,连上帝也无法阻止他接下来的叙述的飞翔了。

叙述的速度

1

起飞之后,我们就面对叙述的飞行速度问题了。

叙述的速度应该与时间概念有关(叙述与时间的关系有两个层面:一个是时间的先后,它决定了叙事的秩序与结构;另一个是时间的快慢,它决定的则是速度与节奏)。它存在于叙述时间与钟表时间的差异之中,产生于我们对时间的艺术体验和独特想象,取决于语词的安排和写作的风格和目的。

当叙述时间大于钟表时间,我们看到的叙述就是膨胀、拖延和缓慢的,这种情况可以和"加法写作"连类;当叙述时间小于钟表时间,我们看到的叙述则是简洁、快捷和迅速的,这种情况可以和"减法写作"对照。而叙述时间等于钟表时间的情况几乎没有(除了小说中的对话),或者说,在这种情况下,叙述就不再存在了,因为艺术总是意味着形变和重塑。正像卡尔维诺所说的:

"无论如何,一篇故事都是依据一定长度的时间完成的运思,一件依靠时间的花费而进行的着魔般的活动,是把时间缩短或者延长。"

2

像《一千零一夜》这样的东方故事,是用特有的从一篇故事到另一篇故事的内在衍生手段来拖延时间放慢叙述的。谢赫拉查达讲故事,这故事里有人讲故事,这二道故事里又有人讲故事,这故事就可以一直讲下去。这种故事里套故事的方法,这种俄罗斯套盒一样的叙述,利用在散文叙述中那令我们迫切想要知道下文的本能和效果,使叙述的起飞到叙述的降落之间的距离无限延长,从而拖延了叙述的时间,放慢了叙述的速度。

3

关于叙述的速度,台湾作家张大春在《小说稗类》中曾经有过这样一个总结:"小说的内容越是进入细节,便越是调慢了叙述的时钟,甚至使之趋近静止。换言之,细节是调整小说叙述速度的枢纽。"我记得他在分析卡夫卡《变形记》的叙述节奏与速度时曾提出一个有趣的发现,这篇小说的忽快忽慢的叙述,其实在模拟昆虫跳跃突进的运动样式。

4

当然,在减缓时间流逝放慢叙述速度方面,我们的文学已经锤炼出了各种技巧和方法,而脱离主题的枝节叙述显然是一种常见的方法。这种方法利用思维的灵活性、机动性和趣味性,使叙述从容不迫自然而然地离开故事主线或主题,从一个题目跳向另外一个题目,可以脱离主线一百次,经过一百次辗转曲折之后又返回原主线。这是劳伦斯·斯泰恩的重大发明,后来为狄德罗所继承。劳伦斯·斯泰恩的小说《项狄传》完全由蔓生的枝节所组成,随心所欲的蔓生的枝节成了一种推延结尾的策略,延长了作品占有的时间,其叙述不断逃循又不断翱翔,不断迂回又不断延伸。这是一种脱离主题的精神,也是一种时间无限的错觉,正是借助这样的错觉,主人公项狄才可能逃离死亡的追赶。卡尔罗·列维在为斯泰恩的《项狄传》的意大利译本作序时这样写道:

"时钟是项狄的第一个象征物。在时钟的影响下他被孕育,他的不幸开始;他的不幸是和时间的标志同一的。像贝利所说的,死亡隐藏在时钟里;个体生命的不幸,这个片段生命,这个没有整体性的、被分开的、不统一物的不幸,就是死亡,死亡就是时间,个体存在的时间,分化的时间,滚滚向前奔向终点的、抽象的时间。项狄不想出生,因为他不愿意死亡。为免于死亡和躲避时间,每种办法、每种武器都是弥足珍贵的。如果说直线是两个命定的、无法逃避的点中间的最短距离,那么,离开主题的枝节则可以延长这个距离;还有,如果这些枝节变得足够复杂、纷繁和曲折,而且迅速得足以掩蔽其本身的踪影,谁知道呢?——也许死亡就不会找到我们,也许时间就会迷路,也许我们自己就会不断地隐藏在我们不断变化着的隐匿之地。"

这也许是我所见过的关于延缓叙述的最妙不可言的论述了。我记得博尔赫斯好像也写过一篇通过延缓叙述来逃避死亡的小说,那篇小说从行刑队员扣动扳机写起,到子弹命中目标结束,整篇小说的钟表时间大概只有一秒钟。在博尔赫斯的延缓的叙述中,这一秒钟差不多被放慢成永恒,在这样的叙述里死亡似乎真的失去了立足之地。

为了在这个高速发展的时代追求一种慢的乐趣,昆德拉写了一部顾名思义的小说《缓慢》，这部小说显然也是由蔓生的枝节和故事中套故事的方法写成的。

5

当然，延缓叙述除了拥有从容悠闲的品质和乐趣以及艺术地逃避死亡的功能，它还常常是尽可能真实地表达和穷尽人类无限丰富的心理感受的一条有效途径。普鲁斯特大概就是在这条道路上走得最远的作家。我们都知道，人类的感受在瞬间萌生，可对这种感受的分辨、捕捉和表达却耗时复又费力，两者之间存在着一种反差和悖离，存在着一道几乎无法愈越的时间鸿沟和语言屏障。为了克服这种悖离，普鲁斯特采取的是一种无限缓慢的叙述，这是一种纷繁、细腻、延宕的叙述，是一种需要无与伦比的记忆、敏感、耐心和毅力的叙述。在这样的叙述里，钟表时间被叙述时间拉伸、延缓、膨胀、放大到了极致。在对主人公品尝"小玛德莱娜"点心的一刹那产生的感受的叙述中，我们发现普鲁斯特真的用这种无限延缓的叙述之网和语言之箭，追上了那早已消逝的生命时光。

6

与伟大的普鲁斯特不同，同样伟大的乔伊斯则运用情节的拓朴来延缓叙述的速度。在《尤利西斯》中，乔伊斯通过这种拓朴学原理，让叙述和语言自我繁殖无限扩张，结果，别人用来叙述一百年的庞大篇幅，他却只用来叙述了一天。乔伊斯的叙述慢得几乎让时间停止了，他的叙述让我们不得不相信：一日长于百年……

7

与延缓叙述相比，使叙述加速也许是相对容易做到的。有时候,一个带转折词的句子就可以让钟表时间流逝多年,比如:"然而,十年后他再次回到故乡的时候,村里已经没有一个人认得出他了。"

其实,只要稍稍调整一下句子结构或语序,就可以使情节变得迅速,或使物体变得快捷无比。但丁在《神曲》中描写的那枝箭,就是一个卓绝的例子,这样迅疾的叙述可以说前无古人,后无来者:

  箭中靶心,离了弦。

叙述的能量

1

飞行当然需要能量。

接下来,我准备谈谈叙述的能量,谈谈叙述中的势能和动能以及两者的转换问题。

一部小说的生长和发展,一般都是先有效地积聚势能,然后在适当的时机释放,形成动能,向目标和结局冲刺。在长篇小说中,由于结构复杂,情节起伏多,这样的积聚、释放和转化可能有许多次,而在中短篇小说中,往往有一次就差不多可以达到叙事的目的了。

还是举例来谈吧。

在《罪与罚》中,陀思妥耶夫斯基为了让主人公即那个穷大学生拉斯柯尔尼科夫实施杀人行为,花了将近80页的篇幅来积聚那种必不可少的势能(就是平常所说的蓄势)。毫无疑问,杀人是这个世界上最险恶恐怖的事情,去杀人实际上比去死亡难得多（对拉斯柯尔尼科夫这样的涉世不深的年青人尤其如此）。怎样才能使一个大学生下定决心去杀人呢，怎样才能让拉斯柯尔尼科夫举起斧头向放高利贷的老太太阿廖娜·伊凡诺夫娜砍去？这是陀思妥耶夫斯基在作品的前80页要做的工作。为了攒起足够的势能，从而让杀人的行为水到渠成令人信服，堪称心理描写大师的陀思妥耶夫斯基使出了浑身的解数，细致入微曲尽其能地描述了主人公的复杂的心理和精神，有决心，有犹疑，有愤怒，有疯狂，有恐惧，然后辅之以社会的黑暗、生活的艰辛、家庭的困境，这一切混淆集合在一起，并用侦探小说一般的抑扬和悬念笔法把气氛不断推向噩梦一样的高潮，让拉斯柯尔尼科夫渐渐走向存在的深渊边缘，使他那异常的心理趋向失控，使他的精神一步步地走向病态和崩溃，直到积聚起了那种黑云压城城欲摧般的势能。这个时候，陀思妥耶夫斯基一定长长地松了一口气，因为他的叙述已经渡过了难关，接下来，他只要借助一两个偶然性细节（如事先得知老太太的妹妹第二天下午不在家）把这团势能开闸放水一样释放出来并变成动能就行了，人物所要做的差不多只是体力劳动，也就是说，拉斯柯尔尼科夫只要把斧头高高地举过自己的头顶就行了。

这里边存在一个典型的叙述能量积聚、转换和释放的小说创作模式。当然，作为一个伟大的作家，陀思妥耶夫斯基除了能够运用如椽巨笔一点点地凝聚积攒起这种罕见的不可思议的能量，他的叙述并没有被模式完全束缚住手脚，他在利用模式的同时又突破了模式，因为他不仅让拉斯柯尔尼科夫杀死了阿廖娜·伊凡诺夫娜，而且，还纯属意外地杀死了她的妹妹丽扎韦塔（原以为她不在家）。从而使恐怖的叙述变得更加触目惊心、毛骨悚然。

2

我们再来看看司汤达的《红与黑》。

于连·索黑尔只是一个穷木匠的儿子,在德·瑞那市长家,他只是一个地位低下的家庭教师,而德·瑞那夫人又是一个忠贞贤慧的成年妇女,至少她不是一个水性杨花的女子,于连怎样才能克服这种天堑般的客观地位的同时更是心理的落差,最终把德·瑞那夫人追到手呢?司汤达同样需要积聚叙述的势能。司汤达首先突出的是人物身上的叛逆精神和勃勃野心,于连虽然地位低贱,可他心目中却有一个偶像,这个偶像就是拿破仑。有了这样的榜样和心理支撑,于连身上的胆量和勇气就大大超过了德·瑞那先生和德·瑞那夫人的意料和想象。当野心在适当的时机和地点得以膨胀之后,自卑就变成了一种力量,越是自卑就越有力量。于连与其说是在追求爱情,还不如说是在释放内心的仇恨。这一切,司汤达都描写得淋漓尽致而又入木三分。在文学史上,司汤达可能是第一个用叙述一场战争的力气来叙述一场爱情的作家。在这样的叙述和积聚的过程中,司汤达还借助了时代背景的因素,利用了资产阶级身上的固有的虚伪,利用了他们的外强中干和色厉内荏。最后,于连的年青英俊和语言天赋也是不可或缺的重要的叙事法码。这使德·瑞那夫人令人信服地深陷于怜爱和清高、欲望和自尊的泥潭里不可自拔。当于连终于有了足够的勇气和果敢的时候,就是司汤达的叙述势能达到顶点的时候。余华说,当于连那天晚上终于紧紧地握住了德·瑞那夫人的手时,于连就像是结束了一场苦难。

事实上,这何尝不是司汤达结束叙述的磨难的时候呵!

3

类似的例子其实比比皆是。

比如,在加缪的《局外人》中,主人公莫尔索的杀人似乎是一种偶然和随意的行为。但加缪在写作时,就需要对这种偶然性和随意性做出描写铺垫和势能积聚。通过对母亲葬礼的叙述,加缪为主人公积聚的是一种精神的和心理的能量,而通过对杀人现场即海滩上的炽热的火一样的阳光的描写,则积聚了一种必需的生理能量,有了这些叙述的积累,莫尔索的杀人行为才具有一种艺术上的真实性和力量。而从整部小说来看,前半部的杀人,又为后半部的叙述积聚以必要的能量,从而使主人公在后半部的狱中能够充分地令人信服地体验和触及生存的虚无与荒谬,让他能够把自己的生死也置之度外。最终,使加缪得以顺理成章地建立那种存在主义的局外人的艺术哲学。

4

比如在《老人与海》中,为了让桑提亚哥老人在白忙活了84天之后钓到那条神话般的大马林鱼,海明威需要进行细腻、漫长的叙述积累,在他那简洁有力的语言推动下,似乎连每一个海浪都具备了可信的能量,这样的叙述能量足以让那条大鱼浮出水面。

5

比如在博尔赫斯的短篇小说《阿莱夫》中,为了让主人公也让所有读者相信神奇的阿莱夫的存在,并相信那个阿莱夫中的确蕴藏着一整个宇宙,博尔赫斯通过那种打通了哲理与诗意击穿了抽象与具象的叙述语言,为小说建立了一种幻想的梦幻的氛围、基调和能量,从而使那个阿莱夫得以脱颖而出。

6

再比如纳博科夫的小说《菲亚尔塔的春天》,他要写的其实就是女朋友尼娜的死，但尼娜却死在这篇小说的最后一行。因此，整篇小说其本上可以说是为这一行文字的出现所作的势能积蓄。而纳博科夫的如花妙笔使这一叙述积累显得那么如梦似幻那么如泣如诉，充满了生命的伤感和诗一般的灵魂质感。

7

我自己曾经写过一个中篇小说，叫《证婚人啊你是谁》，我记得是发在上世纪九十年代的《北京文学》上，我之所以记得那期杂志，是因为同期公开发表了王小波（那时已去世）的《绿毛水怪》。在这部中篇的写作过程中，我充分地体会到了这种叙述势能的积聚是怎么回事。这篇小说写了一个妻子女儿回老家后独守空家苦熬暑假的男人，在妻子女儿走后的第二天，忽然放弃了守家的责任，心血来潮一般离家出走，去看一个多年未联系的大学同窗。为了让人物的异常行为显得合理可信，我差不多用了小说的一半篇幅，去描写和叙述人物的那种悬置般搁浅般被时间和生活被具体的空幻也被抽象的迷茫所架空了的心理状态和生存境况，然后通过回忆，通过梦境，终于使主人公稀里糊涂地坐上了那辆驶往陌生的城市的长途客车。这篇小说的后半部分差不多只是对势能的释放，让主人公行动起来之后，一切就变得简单了。

当然，这类小说的结局不能是皆大欢喜，否则，心血来潮的行为会失去应有的文学意味，从而让好不容易偏离和超越了日常轨道的叙事重新掉进现实生活中去。这就像刘义庆《世说新语》中的那则著名的小故事，王子猷在某个雪夜忽然心血来潮，半夜里想念起自己的一个远方朋友，就马上乘小船去造访这个朋友。天亮后终于来到了朋友家门口，却又"造门不前而返"（如果见到了会怎样呢？惊讶状，寒暄，喝酒聊天？）后来有人问他这是什么意思，他说："吾本乘兴而行，兴尽而返，何必见戴！"我在处理这篇小说的结尾时，倒是让主人公见到了那个大学同窗，他曾经在毕业分配时帮助过那个朋友，可那个朋友可能早就忘了这一切，而且样子变化很大，发型也变了，几乎就像一个陌生人。结果是两个人在门口相见却不相识，有那么一刹那，他真担心自己是不是敲错了门，只好将信将疑地问道："这是 XX 家吗？"那个曾经那么和气乐观整天笑呵呵的朋友站在自家门口很不耐烦地回答了一声"是的！"然后几乎是愤怒地问他："你是谁？"

8

情况差不多就是这样，在一般的小说中，为了让故事的起伏或高潮如期而至，为了让异常的行为和状态显得合理可信，为了把人物送入并推向生活的边缘和现实的外围，为了让脱离了生活真实的叙述拥有一种强劲的艺术真实，为了让人物去体验生死，感受荒谬，也为了作者完成创作的目标，攻克叙述的难关，总是要通过这种能量的积聚、转换和释放的艺术机制。

不过事情总不是绝对的，有的小说基本上很难看出这种机制的存在，比如像《尤利西斯》这种意识流的弥漫性的文本就很难看出这种积聚和释放的痕迹；而有的小说甚至完全摆脱了这种能量蓄放和转换机制，比如，享利·米勒的《南回归线》这样的小说，通篇就是一种能量的涌动和汹涌，泥沙俱下，一往无前。当然，这样的小说不仅逸出了这个能量机制，而且也逸出了小说样式和概念本身。

叙述的降落

1

与飞翔一样,任何小说最终都要走向结尾,任何叙述最后无不要降落和着地。

结尾对一篇小说的重要性同样不言而喻。在某种程度上说,起飞和飞行过程的目的就是成功的降落。在小说创作中,我们往往需要一个清晰的或依稀的结尾在远处遥遥相应,否则,我们的叙述就会不踏实,就容易迷失方向。叙述是一条道路,而所谓道路自然既需要起点,又需要终点。

尘埃、树叶、鸟儿、飞机的落地的方式和姿势各不相同,同样,不同的小说也有不同的叙述的降落。

像欧·亨利的小说,降落的动作就很匆促迅急,往往是戛然而止,就像是汽车的急刹车。这样的降落基本上是对巧合的完成,是一种精巧的设计,是对前边所埋下的包袱的猛然抖出,虽然有一种令人惊讶的阅读效果,可由于它的巧合过于明显生硬，由于结构的人为设计的痕迹太浓，其艺术韵味就不那么深远悠长，有时候，甚至让人觉得不真实。欧·亨利小说的叙述降落，更像是那种意外的迫降。

相比之下，我更喜欢那种从容不迫的叙述降落，优秀的小说差不多都是这么降落的，它是飞翔的延伸，它会在空中划过一道优美的弧线，落地的时候却稳如磐石。这样的降落像瓜熟蒂落，像水从高处往低处流，像经济学上所说的"软着陆"。这样的降落也是对遥远艰辛的飞行历程的报酬，是幸福美好的归宿，是一种回家。

2

余华的小说《活着》的结尾，就是这样的降落吧。余华让福贵也让我们读者经历了一次人生般漫长苦难的叙述，它的降落从容、安宁、大气，像鸟儿归巢，像生命的息憩，像心灵的慰藉和酬劳：

> 炊烟在农舍的屋顶袅袅升起，在霞光四射的空中分散后消隐了，女人吆喝孩子的声音此起彼伏，一个男人挑着粪桶从我跟前走过，扁担吱呀吱呀一路响了过去。慢慢地，田野趋向了宁静，四周出现了模糊，霞光逐渐退去。我知道黄昏正在转瞬即逝，黑夜从天而降了。我看到广阔的土地袒露着结实的胸膛，那是召唤的姿态，就像女人召唤她们的儿女，土地召唤着黑夜的来临。

3

苏童的长篇《我的帝王生涯》写了一个少年帝王最终沦落为民间走索艺人。他让自己的叙述降落在空灵渺茫的历史迷津中，降落在圣贤古籍里，云烟散尽，我们看到的是一个静如白鹤的原初生命：

> 那个人就是我。白天我走索，夜晚我读书。我用了无数个夜晚静读《论语》，有时候我觉得这本圣贤之书包容了世间万物，有时却觉得一无所获。

而在中篇小说《已婚男人》中，苏童写了一个深陷于无谓的生活和婚姻的沼泽之中的男人，写了他的疲惫、他的无奈、他的伤感、他的绝望。到小说的结尾，这个男人终于不堪忍受生命中的轻和生存中的重，在孩子没完没了的哭闹声中，在依稀的安魂曲的乐声中，从自己家楼上的阳台跳了下来。结局是悲惨的，死亡坚硬如铁，可是苏童的叙述仍是那么迂回有致，他的降落仍然那么从容轻盈，这样的降落使已婚男人杨泊的生命悲伤更艺术更深动地切入读者的内心：

> 中午十二点一刻，杨泊纵身一跃，离开世界。杨泊听见一阵奇异的风声。他觉得身体轻盈无比，像一片树叶自由坠落。他想这才是真正的随风而去。这才是一次真实的死亡感觉。
>
> 楼下就是商业街。元旦这天街上的人很多，所以有很多人亲眼目睹了杨泊坠楼的情景。其中包括杨泊的妻子冯敏。冯敏当时在她熟悉的水果摊上买桔子。水果摊老板说，你好像很久没来买水果了。冯敏挑了几只桔子放到秤盘上，她说，水果太贵了，没有钱，吃不起了。冯敏抱着桔子和鲜花穿过街道时朝家里的阳台望了一眼，她看见阳台上有个人跳了下来，那个人很像杨泊。

那个人就是杨泊。

4

再来看看福克纳的《我弥留之际》的结尾。小说用多重视角描写了本德仑一家把过世的母亲运送到故乡的故事，这是一次充满痛苦与磨难的"奥德赛"，一次充满寓言色彩的"天路历程""一场不知道通往何处的越野赛跑"，表现了人类是怎样在盲目和无知状态中摸索着走向进步与光明的。小说是用人物的话语来结束的，这个人物就是小说中那个自私、卑鄙、丑恶的父亲，他送走亡妻的同时又为自己找了个新人。我们发现福克纳真是一个叙述的天才，他那么轻松自如地就把小说降落在了与生活平起平坐的地方，那种呱呱叫的语言和语感干脆带劲令人叫绝，真是好得不能再好了：

"这是卡什、朱厄尔、瓦过曼，还有杜威·德尔。"爹说，一副小人得志、趾高气扬的样子，假牙什么的一应俱全，虽说他还不敢正眼看我们。"来见过本德仑太太吧。"他说。

5

乔伊斯的小说《死者》是小说集《都柏林人》的压卷之作，言近而旨远，辞浅而义深。漫长的叙述围绕着"哀乐中年"的感触展开，写出了情与欲如何相互纠缠、生与死怎样渗透，也写出了内心的隐秘而又微妙的冲突和精神的麻痹和瘫痪。这篇小说是与一场大雪一起降落的，这次与落雪有关的叙述降落，沉着大气卓越非凡，堪称文学史上的一次最著名的降落：

玻璃上几下轻轻的响声吸引他把脸转向窗户，又开始下雪了。他睡眼迷蒙地望着雪花，银色的暗暗的雪花，迎着灯光在斜斜地飘落。该是他动身去西方旅行的时候了。是的，报纸上说得对：整个爱尔兰都在下雪。它落在阴郁的中部平原的每一片土地上，落在光秃秃的小山上，轻轻地落进艾伦沼泽，再往西，又轻轻落在香农河黑沉沉的、奔腾澎湃的浪潮中。它也落在山坡上那片安葬着迈克尔·富里的孤独的教堂墓地的每一块泥土上。它纷纷飘落，厚厚地积压在歪斜的十字架上和墓石上，落在一扇扇小墓门的尖顶上，落在荒芜的荆棘丛中。他的灵魂缓缓地昏睡了，当他听着雪花微微地穿过宇宙在飘落，微微地，如同他们最终的结局那样，飘落到所有的生者和死者身上。

6

《老人与海》是海明威冰山理论所结出的最壮观的硕果。它的降落就像轻功高手的着地动作，言简意赅，不露痕迹，四两拨千斤：

在路那边的茅棚里，老头儿又睡着了。他依旧脸朝下睡着，孩子坐在一旁守护他。老头儿正在梦见狮子。

而《太阳照常升起》的降落更加简约更加漂亮：

就这样想想，不也很好吗？

7

《洛丽塔》集中展现了纳博科夫的文学才华和语言天赋。小

说的降落气质不凡风度优雅:

> 我正在想欧洲的野牛和天使,在想颜料持久的秘密,预言家的 14 行诗,艺术的避难所。这便是你与我能够共享的唯一的永恒,我的洛丽塔。

8

《霍乱时期的爱情》表达了神话般的人类爱情。弗洛伦蒂诺·阿里沙对费尔明娜·达萨钟情爱慕了一辈子(五十多年),看着她成为别人的妻子、母亲和奶奶,一直等到她成为遗孀。现在,他终于可以带着她在一条船上沿河不断航行,他希望就这么一直航行下去,航程永无止境。小说的叙述就在航行的河面上降落了。因为船长已经不耐烦到了忍无可忍的地步:

> "妈的,您认为我们这样来来往往地航行能持续到什么时候?"他(船长)问。
> 53 年 7 个月零 11 天以来,弗洛伦蒂诺·阿里沙对此早已胸有成竹。
> "一生一世。"他说。

9

有这样一些小说,它们的叙述最后在形式上降落了,可在内蕴上却意味着新的循环和起飞。就像看《哥斯拉》这样的好莱坞恐怖片,当哥斯拉终于被人们消灭的时候,当人们如释重负一片欢呼的时候,在电影的最后,我们却看见在阴暗的一隅,一条小哥斯拉正在一颗巨蛋里准备破壳而出。加缪的小说《鼠疫》就是这样降落的:

里厄倾听着城中震天的欢呼声，心中却沉思着：威胁着欢乐的东西始终存在，因为这些兴高采烈的人群所看不到的东西，他却一目了然。他知道，人们能够在书中看到这些话：鼠疫杆菌永远不死不灭，它能沉睡在家俱和衣服中历时几十年，它能在房间、地窖、皮箱、手帕和废纸堆中耐心地潜伏守候，也许有朝一日，人们又遭厄运，或是再来上一次教训，瘟神会再度发动它的鼠群，驱使它们选中某一座城市作为它们的葬身之地。

10

而像约翰·福尔斯的小说《法国中尉的女人》，它的叙述降落可能是比较例外脱出常规的，因为这部小说有好几个可能的开放的结局。这种降落恰似狡兔三窟，给读者留下的是对人生对命运对艺术的无尽的思量、猜度和想象。

叙述的谱系

庄子的极限表达

1

在汉语写作的历史中,庄子的表达与叙述构成了其中一极。

老子说:"道可道,非常道",所以,一部《道德经》其实是放弃了对"道"的直接界定与陈述的;而庄子却创造了空前绝后的只属于他的语言表达方式与策略,言说并触及了常道。

2

人类创造了语言符号,使自己的文明发生了质的飞跃,语言不仅是交流工具,它也是生命的显现和存在的家园(二十世纪西方哲学的语言学转向并非偶然)。但就像任何人类的创造物都必然是不完满的一样(我记得契诃夫评说托尔斯泰的一部中篇小说时就是这么说的),语言也不是理想的东西,也必有其缺陷。语言从具体直接的事物生发出来(指事造形近取诸身),能指对应的所指总是相对确定与有限的。当我们用语言去表达一些丰富复杂微妙玄奥的事物与义涵时（传情、说理、状物、述事等），就显得勉强粗疏浮泛暧昧，显得不得要领不够方便，于是我们常常感叹"恒患意不称物，文不逮意"（陆机《文赋》）；"事物之真质殊性非笔舌能传"（歌德）。而"道"无疑是这个世界上最复杂最深奥最灵动的，它大含细入，理一分殊，变动不居，微妙而多义，无限而极致，所以用一般的陈述语句与理论术语根本无法直接去界定和言说（"心行处灭，言语道断"是也）。

3

实际上，连"道"的名字都是姑且与将就的产物，是权宜之计（名可名非常名）。

《道德经》二十五章："有物混成，先天地生。寂兮寥兮，独立不改，周行而不殆，可以为天下母。吾不知其名，强字之曰'道'"。

在老子的《道德经》里，"道"只是一个概念性的东西，是一个无法证实不可限定的理论预设。平实周正的陈鼓应先生归纳了老子的"道"的四种不同含义："一、构成世界的实体；二、创造宇宙的动力；三、万物运动的规律；四、人类行为的准则。"用现代哲学与科学角度看，这里就有概念混淆与意义矛盾的地方。要道出这样的"道"自然几无可能。

老子在《道德经》里，将"道""强字之"之后，对其概念的描述与阐释主要采用两种方式，其一是否定性修辞："恍兮惚兮""窈兮冥兮"（二十一章）、"寂兮寥兮"（二十五章）、"视之不见""听之不闻""搏之不得""无状之状""无物之象""迎之不见其首，随之不见其后"（十四章）等；其二就是比喻或形容："'道'冲而有之，或不盈。渊兮似万物之宗"

（四章）、"水善利万物而不争，故几于'道'"（八章）、"豫兮若冬涉川；犹兮若畏四邻；俨兮其若客；涣兮其若释；敦兮其若朴；旷兮其若谷；混兮其若浊"（十五章）、"譬'道'之在天下，犹川谷之于江海"（三十二章）、"明道若昧；进道若退；夷道若颣"（四十一章）、"天之'道'，其犹张弓欤"（七十七章）。读了这些比喻，我们对"道"仍不免一知半解云里雾里。"虽竭尽描摹刻画之功，却仅收影响模糊之效"（钱钟书《管锥编》）。

一部《道德经》展开去谈论的主要是"道"的表现与功能，是"德"与用，具体而言是一些治国为君、社会人生的准则与规律。比如"对立转化"，比如"循环运动"，比如"无为而为"，比如"虚静"，是从宇宙论到人生论再到政治论的一个渐次推衍与应用。老子很少正面言说"道本体"（而是将之"悬置"着），打个比方，他言说阳光，而不怎么言说太阳本身。

在现实生活中，我们也只能享受阳光，而不能盯视太阳本身，否则就会导致生命的眩晕。"道"与太阳何其相似。

4

但庄子却要言说"道本体"，言说那些终极与无限的东西，他要告诉我们太阳是怎么回事。而这，正是庄子与老子的最大的不同之处。

在庄子眼中，"道"当然不是物，不是实体，而是一些关乎宇宙关乎生命关乎心灵的终极性真谛，它超越社会现实，也超越政治权谋。

当然也超越一般的语言符号与逻辑辩论。

那么，到底应该怎样去言说这些终极性真谛？庄子的述道策略究竟如何呢？

关于《庄子》的语言表达及风格，历代学者无不大加赞赏并推崇备至。郭象说："其言宏绰，其旨玄妙"；成玄英说："其言大而博，其旨深而远"；司马迁则说："其言洸洋自恣以适己"；鲁迅先生誉为"汪洋辟阖，仪态万方，晚周诸子之作，莫能先也"（《汉文学史纲要》）；当代张远山认为："支离其言，晦藏其旨"；张默生称《庄子》为"文学的哲学，哲学的文学"；一个中国古典文学专业的研究生大约会这样总结："想象诡异丰富，语言奇峭富丽，文章汪洋恣肆，行文跌宕开阖，变化多端，自由浪漫"……

这些概括与评价虽然精要切近，虽然确实妥当，但在我看来，却并没有真正触及庄子述道的奥秘所在。

相比之下，我觉得庄子的夫子自道倒是更接近这个奥秘。《杂篇·寓言》开篇即言："寓言十九，重言十七，卮言日出，和以天倪。"《杂篇·天下》则透露说："谬悠之说，荒诞之言，无端崖之辞。"

作为多年来喜爱与研读《庄子》的主要收获，我自以为已经探摸到了庄子的述道奥秘，领会了庄子的述道策略。不揣冒昧，归纳如下：

庄子述道的战略——用寓言述道。

庄子述道的战术——用"极限表达"手法叙述寓言。

5

先说其寓言战略。

《杂篇·寓言》里是这么说的："寓言十九，藉外论之。亲父不为其子媒。亲父誉之，不若非其父者也；非吾罪也，人之罪也。与己同则应，不与己同则反；同于己为是之，异于己为非之。"这里讲了《庄子》为什么要用寓言的原因，其本身就有寓言色彩，说父亲不能给自己儿子做媒，因为父亲自己夸自己的儿子，是没有说服力和可信度的，如果是外人夸你儿子，才有效才可信。所以要"藉外论之"。《庄子》里确实有许多篇段是借助和依托孔子（儒相对于道不就是别人和外人吗）等人来说事的。

但既然是寓言（父亲给儿子做媒的故事），它的意思就不应停留在故事表面与字句本身，不仅仅是对人情世故的经验总结。北京大学的王博就曾指出："也许这只是庄子之徒的花枪，我们不应该完全局限在这个思路上面。"（即"藉外论之"），王博认为先秦诸子均有依托，如儒家依托尧舜，墨家借重大禹，但庄子并不是真的要借重于孔子颜回，王博认为庄子的做法与前人完全不同，庄子让孔子说出的话压根儿不是孔子该说会说的话，孔子等人只是在反串别的角色甚至是与本人相反的角色，而庄子的寓言则像是一出荒诞剧。我完全认同王博对"藉外论之"的这种看法，在我心目中，王博是当今中青年解庄者中的佼佼者，他的《庄子哲学》是一本极有见地且自成体系的书。不过，遗憾的是，王博并没有就庄子的寓言战略本身作出更多功能与效用方面的考量与论述。

我想，有一点可以肯定，庄子是个参透了语言的人，深知语言的有限与缺陷，对终极之道，直接言说（通常的确定的语言陈述方式）是无效的，所以庄子就想到了"因筌得鱼，因蹄得兔"，想到了寓言。这有点像是迂回战略，有点像隔山打牛，牛的抗击打能力强是可想而知的，直接打它几乎不痛不痒，隔着山去震撼它，才能把它掀翻。因此，"藉外论之"，未尝不能理解为"迂回论之"或"间接论之"。寓言的这种表现能力与特性，有点像曲径通幽，则景致奇异，而径直走去，是不可能通向幽微玄奥之处的。说白了，寓言其实就是特别有意思的小故事。除了生动有趣，一定还有丰富的内涵。张默生先生认为寓言是："言在彼而意在此"，有一定的道理，但理解得简单机械了一些。在我看来，寓言就是寓有深意的故事，寓言故事因为有结构有细节有情节有艺术想象有心理感受有生命意识，它本身构成一个有血有肉的综合机体，形成一个富涵寓意的立体界面，它的功能与指涉就远远超出普通的陈述与线性的界定。也就是说，作为事实的寓言当然比枯燥的理论更有生命力（作家辛格的哥哥曾经告诫他"事实是永恒的，而理论与想法则会过时"；歌德名言"理论是灰色的，而生命之树常青"），也更有阐释空间，它必然可以容纳与承载更加迂回含蓄的内涵、更加丰富的感受以及更加微妙复杂的意义（即庄子所说的"以寓言为广"），就像尼采所说的，寓言可以"让思想生发浓郁的气息，犹如夏日傍晚的庄稼地"。寓言的这些功能与特点恰恰是表达"道"所需要的。

关于寓言的"迂回"艺术与故事性魅力，庄子本人其实有所示意，《大宗师》里就有这样一段话：

> 南伯子葵问乎女偊曰："子之年长矣，而色若孺子，何也？"曰："吾闻道矣"……南伯子葵曰："子独恶乎闻之？"曰："闻诸副墨之子，副墨之子闻诸洛诵之孙，洛诵之孙闻之瞻明，瞻明闻之聂许，聂许闻之需役，需役闻之于讴，于讴闻之玄冥，玄冥闻之参寥，参寥闻之疑始。"

从文字到言说，从言说到观看洞察，从洞察到谛听，再到寂静和参寥，然后进入寥廓的所在，最后又回到疑始，回到《齐物论》中说的"未始有夫未始有始者也"的原初的无何有有所有的状态，抵达一，抵达道。庄子把闻道的过程解说得如此迂回如此复沓，如此有叙事性和细节性，无意之间，恰恰透露了他的述道战略与天机：用迂回的故事性的寓言述道。

当然，重言（道有万端，需从不同角度不同方式不断说之言之）和卮言（晦藏言之支离言之），对道的表达也有不可或缺的作用，但寓言却是最为基本和根本的（否则，一部《庄子》为什么只有《寓言》篇，却不见《重言》和《卮言》呢）。

6

再来说极限表达。

这是我为了阐释《庄子》而杜撰的概念（近于"无端崖之辞"）。普通的寓言固然比理论陈述更有趣而含蓄，但往往只意味着一些日常道理或人生经验。先秦文献除了喜欢引经据典，另一个特色就是有许多的寓言，诸子都喜欢用寓言讽刺、喻世或辩驳，如孟子喜欢采用民间传说形成的寓言故事来加强自己的论辩，韩非则多利用历史典故形成寓言以佐证自己的观点。这样的寓言很多，如《孟子》的"揠苗助长"，《韩非子》的"郑人买履"（《外储说左上》）、"守株待兔"（《五蠹》），《战国策》的"南辕北辙"（《魏策》）、"画蛇添足"（《齐策》）"狐假虎威"（《楚策》），《吕氏春秋》的"刻舟求剑"等等。这些寓言大多采撷自民间传说或历史典故，基本上都是"傻瓜叙事"（有人愚而我智的倾向），故事平实简单，有生活的质感与气息，但语言上没有越出语法的规定与范畴，想象与细节也都没有越出生活与常识的边界，其形式并不是唯一的，更不是极致的，没有什么不可替代的性质（如"揠苗助长"可以被"杀鸡取卵"替代，"南辕北辙"完全可以说成"东辕西辙"）；故事的内涵则囿于经验性、劝诫性的观点或道理，如"揠苗助长"是操之过急，"郑人买履"是认死理儿，"刻舟求剑"是太刻板等。这样的寓言自然还不足以触及"道",不足以表达"道"。

庄子的寓言则迥然不同戛戛独造。

我们看到,庄子在他的文章中,很少像其他诸子那样正经八百地引经据典,他总是喜欢编撰虚构一些故事和寓言(寓言十九),他更像是个小说家,因为虚构恰恰是小说的本质。庄子的寓言在调侃戏谑之间,就把想说的意思说得通透之极,而且给人无穷的回味和想象的余地,什么列子御风而行啊,庖丁解牛啊,罔两与景啊,倏、忽与浑沌啊,简直数不胜数。与其他诸子喜欢用寓言说理辩论不同,庄子的寓言却超越了简单的明理说事,不仅奥义丰澹,而且那么隽永谐趣,那么奇幻精僻,那么异想天开。他的寓言除了通向哲理,更通向文学和艺术,他的寓言在某种程度上还直接通向后世的传奇和小说。我们熟知的《桃花源记》啊,唐宋传奇啊,《西游记》啊,《聊斋志异》啊,近世的武侠啊,无不印染着庄子的身影和气息。

最为关键的是,庄子的寓言大多用极限表达手法写成和铸就。

我发现,为了触及终极真谛与道本体,庄子的寓言在形式与内涵两个维度上同时达至巅峰趋向极致:其一是形式上的极致,庄子寓言在想象力、语言运用、细节、人物话语、物象选择等方面无不超越生活经验与语法常规(超然物外),越过现实性边界,越过理性的限制,抵达终极的境域;其二是内涵上的极致,庄子寓言绝不仅仅通向简单的道理或讽喻,而是洞识生命的奥秘,烛照精神的浩茫,迂回地无限深入地接近道本体,最终道出了那个常道。

由于庄子把自己一生的时间和全部的心血都投入了思想投入了文字,再加上庄子的确拥有无可比拟的文学才华和语言天赋,庄子每每写一个寓言,总能把它写到尽头,做到绝处,从而形成极限表达。经他这一写,此路就再也不通了,后人再也无法企及无法模仿,而只能仰视只能敬佩,只能望其项背,只能望洋兴叹了。

道可道非常道,是的,一般的道白和旧有的言说的确无法表达道极,但庄子创造了一种崭新的非常的语言方式,创造了极限表达,它就像可以击穿任何黑暗的极光,照亮并洞明了幽微玄妙的道。正是运用极限表达,庄子才把道家思想推向了无人可及的极境,这既是哲学的精神的极境,同时也是艺术的文学的极境。

毫无疑问,庄子的极限表达,是形式与内涵同时登峰造极的表达,是独创的、空前绝后的、一剑封喉的表达,是融诗学与哲学于一炉的表达,是不可替代无与伦比的表达。

7

由于庄子的道家思想已然探入了至境,所以必得以这种极限的方式才能表达?或者说,正由于庄子掌握并运用了如此极限的表达,他的思想才被推向如此深远的道极?!

8

> 庄子送葬,过惠子之墓,顾谓从者曰:"郢人垩慢其鼻端,若蝇翼,使匠石斲之。匠石运斤成风,听而斲之,尽垩而鼻不伤,郢人立不失容。宋元君闻之,召匠石曰:'尝试为寡人为之。'匠石曰:'臣则尝能斲之。虽然,臣之质死久矣。'自夫子之死也,吾无以为质矣!吾无与言之矣。"(《杂篇·徐无鬼》)

我要分析的第一则寓言与惠子之死有关。它虽然不是选自内七篇，但因为这则寓言直接与庄子本人有关，是庄子说过的话，所以，我仍然把它当做是庄子的表达案例。

我们知道，惠子是庄子一生最大的论敌，差不多也是唯一的真正默契的朋友。

庄子的一生，不仅穷困、自由和旷达，应该还很寂寞（高处总是不胜寒呵，我们可以想象他独孤求败世外高手的模样），除了同国的惠子，不见得还有其他多少朋友，他的门徒和学生好像也不多，他活着时并无显赫的名声（除了荀子在自己的书中说起过庄子，其他诸子名士都没有提到他）。死后还埋没了很长时间，直至魏晋之间，庄子才声势浩大起来，那时的名人雅士几乎言必称庄子，一部《庄子》则成了玄学家们清谈的灵感源泉，庄子那逍遥闲旷放浪形骸的生存方式，也成了魏晋一代遵循的榜样或风行的时尚。

尽管庄子喜欢和惠子辩论和抬杠，尽管庄子在自己的文章中处处嘲弄惠子讽刺惠子，常常直接或间接、认真或戏谑地"糟蹋"惠子（有人甚至认为，"内七篇"专为驳斥惠子名学而撰）。可实际上，惠子却是庄子的晚年挚友，也是庄子生前能够直接对话的唯一的同时代大家。

惠子死了，庄子当然极难过。有一次路过惠子墓，估计是有人询问了他的心情和感受，就像现在的媒体记者，动不动拿着话筒用愚蠢的问题骚扰人，美其名曰采访："庄子先生，请谈一谈你此时此刻的内心感受好吗？"

庄子没有说很怀念很悲痛很心碎之类的话，如果这样说，就俗了，就不是大师庄子了。

当一个人悲伤到一定程度的时候，其实是无法用语言直接言说的，哭泣和眼泪同样也不足以表达。世人常常在葬礼中哭得眼泪一把鼻涕一把的,那多半是哭给别人看的,内心却未必真那么悲痛。君不见丧礼上还常有雇人哭泣的事情吗?眼泪并不一定意味着悲伤,所以我们常说"莫斯科不相信眼泪",我们甚或还说"鳄鱼的眼泪"。

魏晋时期倒是有个名人,曾用一种特别的方式表达过内心的深切的悲伤与哀痛。那就是阮籍。阮籍是个有名的孝子,很爱自己的母亲。母亲过世那天,他正在朋友家下棋,听到母亲去世的消息,他还是把棋下完,回家后,先蒸了一头小猪,喝了很多酒,然后他只大哭了一声,接着就吐出了大口的鲜血!这才是真悲真痛,才真是伤到心伤到肺了。当然,这样的方式不适合世上的一般人,鲜血可不是谁想吐就吐得出来的。

既然语言和眼泪都无法表达悲伤,而庄子那时已经年老体衰,我们总不能指望他用吐血来表达悲痛,况且母亲与朋友毕竟也不一样。这时候我们看到,大师庄子使用的还是他的杀手锏:讲一个寓言。

把庄子当时向身边人讲的寓言译成现代文大意如下:

说有一位泥水匠,滴了一滴白粉在鼻尖,像苍蝇翼般一薄层,叫一个名石的木匠,用斧头削去薄粉,木匠使劲运转斧头,像风一样快,尽它掠过那鼻尖,泥匠像无事似的一动不动,那层薄粉已没有,而鼻尖安然无恙。宋国的王听说了,找去那木匠,说,你功夫那么好,也替我试试?他说,不行,我的对手泥匠已不在,无法再试了。最后庄子叹息道:"自夫子之死也,吾无以为质矣,吾无与言之矣!"

让我们来看看这个寓言,看看庄子的语言表达吧。不是用树叶或衣袖擦拭,也不用铲子铲或小刀刮,而是用斧头劈白粉!这不是日常的一般的方式而是极致的方式,这不是有想象力,而是想象的极限(后人不可能超越这样的想象了);这种想象的表达的极限，导致的当然是令人震惊的极致效果（这是怎样的鬼斧神工啊），带来的是极度的内涵和寓意：泥匠和石匠无比默契，这两个人相互信任到了世所罕见的地步。

读这个寓言的时候，一般人往往总是惊讶于木匠那斧头功夫的快如闪电妙到毫颠，其实这只是这个寓言的直观表象（庄子的寓言从来不直接说事论理，其寓意不仅丰富多彩而且深奥隐晦，不殚精竭虑费尽心血，难窥其真意和深意）。在我看来，这个寓言的另一个人物泥匠即郢人也许更值得我们惊叹和关注：他对木匠的信任，他的纹丝不动的配合，才是劈白粉这一行为或事件的关键所在。也许我们可以在世上找到别的斧头功夫极好的木匠，可你很难再找一个当斧头呼呼生风闪电一样劈向自己时岿然不动的泥匠。只有寓言中的木匠本人深知这一点，所以，当泥匠不在于人世之后，他就再也不能向别人表演斧头绝活了，即使国王也不行。对木匠而言，泥匠是唯一的不可更替的。就这样，这个极限表达导致了表达的极限：两个人信任到了极点默契到了极点。两个人谁也离不开谁，就像光线离不开光源，就像硬币的正面离不开反面。

运用这个极限表达的寓言，庄子不仅表达了自己内心深处的悲伤，还道出了终极性的信任与默契，道出了生命的真谛。

9

庄子妻死，惠子吊之，庄子则方箕踞鼓盆而歌。惠子曰："与人居，长子老身，死不哭亦足矣，又鼓盆而歌，不亦甚乎！"庄子曰："不然。是其始死也，我独何能无概然！察其始而本无生，非徒无生也而本无形，非徒无形也而本无气。杂乎芒芴之间，变而有气，气变而有形，形变而有生,今又变而之死,是相与为春秋冬夏四时行也。人且偃然寝于巨室,而我噭噭然随而哭之,自以为不通乎命,故止也。"(《外篇·至乐》)

庄子之楚,见空髑髅,髐然有形。撽以马捶,因而问之,曰:"夫子贪生失理而为此乎?将子有亡国之事、斧钺之诛而为此乎?将子有不善之行,愧遗父母妻子之丑而为此乎?将子有冻馁之患而为此乎?将子之春秋故及此乎?"于是语卒,援髑髅,枕而卧。夜半,髑髅见梦曰:"子之谈者似辩士,诸子所言,皆生人之累也,死则无此矣。子欲闻死之说乎?"庄子曰:"然。"髑髅曰:"死,无君于上,无臣于下,亦无四时之事,从然以天地为春秋,虽南面王乐,不能过也。"庄子不信,曰:"吾使司命复生子形,为子骨肉肌肤,反子父母、妻子、闾里、知识,子欲之乎?"髑髅深矉蹙额曰:"吾安能弃南面王乐而复为人间之劳乎!"(《外篇·至乐》)

庄子将死,弟子欲厚葬之。庄子曰"吾以天地为棺椁,以日月为连璧,星辰为珠玑,万物为赍(jī)送。吾葬具岂不备邪?何以加此!"弟子曰:"吾恐乌鸢之食夫子也。"庄子曰:"在上为乌鸢食,在下为蝼蚁食,夺彼与此,何其偏也!"(《杂篇·列御寇》)

这三则寓言也都与庄子本人有关,是庄子的现身说法(道)。它们都是关于死亡这个话题的。

死亡是生命哲学中的终极话题,任谁也绕不过去。先秦诸子中,老子基本上把死看作是生的对立面或相反者(《道德经》七十六章:"人之生也柔弱,其死也坚强。万物草木之生也柔脆,其死也枯槁。故坚强者死之徒,柔弱者生之徒"),孔子之所以要避开这个话题（"未知生焉知死"），我想并不是因为他对死亡没有自己的哲学思考，而是因为冰冷的死亡与儒家的热心人生是有所抵触和扞格的。相比之下，庄子无疑是把这个话题谈得最透彻最极致的那一位（这也许是因为，对庄子而言生本身就是冷酷的，死也就并不更没有温度）。

先来看第一则寓言，即庄子妻死，鼓盆而歌的寓言。从内涵上，这一则寓言把死亡嵌入生命运动的过程：从无到气到形到生再到死然后又到无，这个从无到有的生命循环过程，堪称自然大化，恰如春夏秋冬，有和无因循相生，生和死不再对立，而是相继相续的两个环节，死亡也就不再是悲伤之事，所以无需嗷嗷而哭。世人都以为生就是生而死就是死，庄子却在纵浪大化的生命过程的基础上，推演出"生就是死而死就是生"（原话出自古希腊戏剧家阿里斯托芬）的真谛，从而洞察了死亡的本质。"适来，夫子时也；适去，夫子顺也。安时而处顺，哀乐不能入也"（《养生主》），这样的终极性的生死观（帝之县解），可谓一剑封喉，无可超越。而从形式和细节上看，面对死亡，悲伤哭泣，节哀顺变，世上人的举止行为大体相似，庄子却破天荒地"鼓盆而歌"，这是一个让人匪夷所思的举动（除了庄子没有人想象得出），连惠子这样的好朋友都惊讶之极难以理解。实际上，"鼓盆而歌"的细节可谓微妙之至恰切之极：庄子没有"鼓瑟而歌"，那样就真的没心没肺了（概然亦无），庄子也没有"鼓碗而歌"，敲着碗边唱歌的动作显然太轻佻太没正形。鼓盆而歌，恰到好处，声音厚实响远，敲盆并非奏乐，倒像是一种日常化了的仪式，内敛着一种沉痛，而其暗哑低回的歌声又超越了这样的沉痛上升到精神慰藉与心灵安抚之境（这样的境界，我们可以联想一下获得奥斯卡最佳外语片的日本影片《入殓师》）。鼓盆而歌，不悲也非喜，有的只是一种"通乎命"的概然与超然。这个看似平常的寓言,其实在形式与内涵上都趋向极致,从而构成了一个极限表达。

第二则寓言是关于庄子与骷髅的故事。它的寓意比前一则寓言更进一步,表达了"死胜于生"("虽南面王乐,不能过也")的超常观点。这样的观点当然超越了世俗与常识,抵达了生命哲学的极深之域。在语言形式与想象力方面,这则寓言突破了"谁也无法道说死后的事"的障碍与禁锢,庄子空前绝后地想象出了人与骷髅的对话,庄子谈生,而骷髅道死,人类终于可以让思维与语言伸向死后的黑暗之极幽冥之极的领域。后世文艺借鬼神或阎王之类的进入地狱进入死之领地,都没有庄子与骷髅的生死对话来得生动有趣令人信服,那真是一场无可超越的终极性对话。

第三则寓言涉及庄子本人的死,写的是庄子在弥留之际的事。对死亡的抽象认识或看待别人的死亡,与一个人面对迫在眉睫的自己的死亡的态度,完全是两回事。前者毕竟只是让一己的思维贴近死亡,后者则是让自个的生命走向死亡。毫无疑问,对马上就将降临到自己头上的死亡的态度,最能考验一个人。比如苏格拉底,他的从容就死比他的所有哲学话语都有力量(我们还可以联想嵇康面死时的抚琴与金圣叹临刑前的幽默),而有些人呢,英雄了一辈子,到末了,却怕死,成了狗熊。大师庄子在这则寓言里向世人显现了他对自己将死的那份无比的超然与达观,仿佛死亡真的只是归去来兮(《庄子·田子方》:"生有所乎萌,死有所乎归"),真的只是"荫凉的睡眠"(海涅诗句,可类比于《庄子·刻意》:"其生若浮,其死若休"),那么从容那么轻松那么诙谐,显示了他已经臻至道家的至高的生命境界,千年之后依然让我们震惊不已钦佩不已。

把这则气宇不凡胸襟无限的寓言译成现代文是:庄子快死

了，弟子们想厚葬他，庄子说"我把天地当棺椁，日月如连璧，星辰如珠玑，世界万物通是我陪赘送品，葬具已经足够齐备，你们就不要操心了！"学生说："没有棺材，我们怕老鹰乌鸦吃了你。"庄子说："弃在露天，送给乌鸦和老鹰吃，埋在地下，送给蝼蛄和蚂蚁吃，还不是一样吗？为什么非要夺了这一边的食粮送给那一边呢，你们这是偏心眼啊！"

庄子在弥留之际所说的话，想象力超拔奇绝无与伦比，把天地想象成棺椁，把日月星辰想象成陪葬的连璧与珠玑，把世间万物想象为赘送，这样的极致的想象力，无可企及，难以超越（如果你来个"宇宙为棺材"，别人只会笑话你的笨拙）。

魏晋名士兼狂人刘伶，那个历史上最有名的酗酒者，喝醉了酒，常"脱衣裸形在屋中"（估计也吃了药），别人看到了就嘲笑他，他说："天地是我的房屋，房子是我的衣裤，你们怎么钻进我的裤脚里来了。"刘义庆也许觉得这话怪异有趣，特意将它收入《世说新语》。殊不知，刘伶只是在邯郸学步似地模仿和挪用庄子的话而已。

10

> 昔者庄周梦为胡蝶，栩栩然胡蝶也，自喻适志与！不知周也。俄然觉，则蘧蘧然周也。不知周之梦为胡蝶与，胡蝶之梦为周与？周与胡蝶，则必有分矣。此之谓物化。（《庄子·齐物论》）

"庄周梦蝶"是庄子寓言中之最著名者，也是极限表达的最佳典范。

这个寓言到底奇妙在什么地方，卓越到何种程度呢？

我们先来看看这个千古一梦的旨意和内涵，也就是这个梦的内容层面，然后再接着谈它的语言表现即形式层面。

从意义和内涵上看，这个梦不仅表达了忘我无己物化平等的"齐物"观念（人与蝶之间的物化，所谓"天地与我并生，而万物与我为一"），而且也揭示了梦与现实的关系，它是对人类精神维度和思想限度的一个超越与挑战。

第一句话"昔者庄周梦为胡蝶，栩栩然胡蝶也，自喻适志与！不知周也。"表达的是梦中的情景与意识；第二句话"俄然觉，则蘧蘧然周也。"表达的是醒来后的现实的意识与情景；这个著名寓言的关键其实是第三句话："不知周之梦为胡蝶与，胡蝶之梦为周与？"这到底是梦里的情景还是现实的意识？或者说，它既是梦中情景又是现实意识，或者既不是现实又不是梦境，正是这句话，解构了现实与梦境简单的二元对立，体现了庄子对梦与现实这样的日常概念的击穿与超越。世人从来都以为现实就是现实而梦境就是梦境，两者泾渭分明不可逾越（就像世人都以为生就是生而死就是死），可庄子通过这个梦却告诉我们，现实有时候就像梦境，而梦境其实就是现实。在恍惚之间，人就可以从梦境渡向现实，或从现实坠入梦境。

我们都有这样的体会，当我们遇到一些特别的情景和时刻，比如你有一天突然听说自己的足球彩票中了五百万大奖，在那一刻，你不相信这是真的，还以为自己是在做梦，你也许会下意识地掐一掐自己的大腿，真实的疼痛告诉了你，哎呀，这原来是真的，不是在做梦。两千多年前，庄子就悟到了这一点，他悟到了现实有时候并不像人们想象的那么真实可靠，而梦境也不像人们以为的那么虚幻无凭（"且有大觉而后知此其大梦也"，也就是说，真正清醒的人才明白，人生不过是一场大梦）。通过"庄周梦蝶"这个不朽的寓言，庄子让自己成功地在现实与梦幻之间自由穿梭，往来如风。

也就是说，庄子在两千多年前就悟到，从生命本源与终极真相层面看，梦里有现实的介入，现实中有梦的影响，梦与现实在本质上其实是一元的相通的。只是在日常的经验的层面，人们习惯于将它们一分为二罢了。

在西方文明史上，我们也可以找到类似的梦，但却要晚许多，最有名的当数"柯勒律治之花"。这个故事讲了一个人梦见自己来到了天堂，为了证明自己确曾到过天堂，梦里的他在天堂花园里摘了一朵玫瑰，而当这个人从梦中醒来之后，发现自己的手里真就捏着那样一朵玫瑰花！我们完全可以这样说，正是凭借"庄周梦蝶"和"柯勒律治之花"这样的天才想象，人类才真正解开了现实与梦境的关系，从而极大地开拓了生命的深度和精神的维度，开放了思想弛骋的疆域，并且解放了真实和虚幻的观念。在时光流转了几千年之后，人类终于凭借卡夫卡的小说叙事，把现实直接演绎成了荒诞之梦；又借助弗洛伊德的精神分析，彻底拆除了梦境与现实之间的隔墙（像我们熟悉的美国导演大卫·林奇，他那晦涩难解的影像叙事，如《穆赫兰道》《妖夜荒踪》等，说白了就是对梦与现实的击穿：你很难搞清哪些场景是现实，哪些桥段是梦境）。我们都知道幻想文学大师博尔赫斯特别喜爱和推崇我们的庄子，曾多次谈到过"庄周梦蝶"的故事，我有时候想，他的幻想文学，他的"梦中之梦"（用庄子的话来说就是"梦之中又占其梦焉"），他的奇特风格和灵感，也许就来源于我们的庄子，来源于"庄周梦蝶"呢！

11

单从内涵上看，"柯勒律治之花"和"庄周梦蝶"基本上说的是一回事，可是，在表现形式上，"庄周梦蝶"显然要高妙得多，艺术得多。因为，"庄周梦蝶"是一个了不起的极限表达。

在天下万物中，想象并选择什么样的事物，才能让它轻而易举又真实可信地从现实切入梦境而又从梦境闪回现实呢？庄子的选择可谓精准无比一剑封喉，因为他选择了蝴蝶！事实上，蝴蝶是唯一的同时也是最佳的选择，庄子必须梦蝶，梦别的东西就不行，比如梦鱼啊梦鸟啊，都行不通，或者梦了也白梦，不会被千古传颂。为什么呢？因为鱼啊鸟啊都有不可忽视的质量和体积，都太结实太具体，都不具备足够的虚幻性，都不可能飞越现实和梦境，在这个世界上，我们压根儿就找不出第二种比蝴蝶更虚幻更飘忽更灵闪的东西。唯有蝴蝶，只有蝴蝶，才能够不费吹灰之力地飘忽来往于现实和梦境之间。在思考和写作这个寓言的时候，庄子的灵感在刹那间击穿了蝴蝶的形象和性质，他的天才和直觉一下子捕获了蝴蝶这个词所蕴含的全部虚幻和诗意。情况大约就是这样子（在中外文学史上，也许只有布莱克的老虎、里尔克的那只豹和博尔赫斯的阿莱夫这样的物象可以差堪与庄子的蝴蝶相媲美）。

让我们试着来想象一下蝴蝶吧。蝴蝶是轻盈的同义词，她要多轻就有多轻，她的物理重量几乎可以忽略不计，她有的几乎只是那么一些儿精神质量，何况她还忽闪着翅膀，所以她简直比轻烟还轻，既轻于一首诗，也轻过任何梦幻；蝴蝶的色彩既迷离又眩目，她静止时像魔幻的花瓣，翩飞时则无迹可寻，飘忽如闪灵。迷离飘忽之间，轻盈的蝴蝶早已从现实闪入梦幻，无需变形，无需过渡，蝴蝶已然虚幻如梦。

也就是说，蝴蝶的不可思议的轻盈，她的迷离恍惚的色彩，她那飘忽灵动的翩飞，造就了她在梦幻和现实之间自由来去的性质和能力。

更何况蝴蝶还有化蛹为蝶的绚烂刹那,这奇幻的一刹那,无疑是从现实跃向梦幻的最佳喻象:现实像毛绒绒的丑陋的蛹,而梦境像灿烂无比的蝴蝶。

正是通过庄子的千古奇梦,蝴蝶才成了奇幻而又不可思议的代名词,并广泛进入艺术的殿堂和思想的境域。除了我们熟知的"梁祝化蝶",超弦理论中则有这样的话:"世界上的事物有两个极端,一个是超弦,另一个,则是蝴蝶。"而蝴蝶效应则说:"拉丁美洲一只蝴蝶轻轻闪动一下翅膀,就可以在美国加州掀起一场风暴。"我想,这一切关于蝴蝶的美妙叙述,无疑都始自于"庄周梦蝶"!

"庄周梦蝶"就是如此精妙而极致,这是一个千古奇梦,也是一个最棒的极限表达:当庄子在两千多年之前"做"了这样一个天才之梦之后,后人就再也无法做类似的梦了,无论是梦鱼也好,梦鸟也好,都只能是笑柄了。

这才叫一剑封喉,这才叫空前绝后,这才叫极致。

12

读庄子文,一般人往往会被其雄奇瑰丽汪洋恣肆天马行空神骛八极的那一面所吸引。

如《逍遥游》开篇:"北冥有鱼,其名为鲲。鲲之大,不知其几千里也。化而为鸟,其名为鹏。鹏之背,不知其几千里也。怒而飞,其翼若垂天之云。"

又如:"藐姑射之山,有神人居焉。肌肤若冰雪,绰约若处子;不食五谷,吸风饮露;乘云气,御飞龙,而游乎四海之外;其神凝,使物不疵疠而年谷熟。"

再如《齐物论》里关于风的语言狂欢:"夫大块噫气,其名为风,是唯无作,作则万窍怒呺,而独不闻之翏翏乎?山林之畏佳,大木百围之窍穴,似鼻,似口,似耳,似枅,似圈,似臼,似洼者,似污者。激者,謞者,叱者,吸者,叫者,譹者,宎者,咬者,前者唱于而随者唱喁。泠风则小和,飘风则大和,厉风济则众窍为虚。而独不见之调调之刁刁乎?"

只有司马迁这样的叙述大师,才会关注并抓住庄子文章的另一面。我觉得司马迁在《史记·老庄韩非列传》中,关于庄子他主要指出了三点,其一是"终身不仕以快吾志",其二是"其学无所不窥",其三就是"善属书离辞,指事类情"。而后两者又有关连:正因为无所不窥,才可能指事类情,看穿才能写透。

指事类情,实际上就是庄子的寓言策略,他不是抽象地谈道,在他笔下,道根本不是概念;属书离辞,指的当然是庄子的叙述才华与表达天赋。

我一直以为,"庄周梦蝶""庖丁解牛"这样的寓言,是中国文学史上最妙不过最好不过的文字,是最顶尖的文字。除了庄子,天底下再也找不出第二个能写出这等文字的人了。也许是解牛的过程被庄子写透写绝了,所以后世就再没人敢写宰牛了;而庄子梦蝶后也不再有人梦蝶。

庄子的天才之处在于,他的叙述总能从现实的日常的行为和情景出发(比如"庖丁解牛"就从"始臣之解牛之时,所见无非牛者"这样的平常如废话的地方开始叙述),通过精准的细节刻画,借助超拔极致的想象,利用匪夷所思的创造性的诗学语言与修辞(如通感),从形而下升华至形而上,从物质跃向精神,从具象上出到抽象,从现实转向魔幻,从技术演进到艺术与自由之境,最后推向道极(这就是"道也,进乎技矣")。

正是这样的指事类情和属书离辞,正是这样的神笔妙文和极限表达,才足以道出常道。

陶潜的沉默诗学

1

汉语叙述的另一极,则是陶潜陶渊明所创造的沉默诗学。

如果庄子的极限表达是最大限度的叙述,那么陶渊明的沉默诗学就是最小程度的表达;如果把庄子的极限表达比作南极或阳极,那么陶渊明的沉默诗学就可以比为北极或阴极。

2

陶渊明的独特诗学的形成,显然受到了庄子的影响。

我们都知道,庄子是个参透了语言的人,深知语言的有限性及其缺陷(参见《庄子的极限表达》一文)。在人格塑造与精神修行方面,陶渊明亦儒亦道,儒道均衡,但在语言表达与诗文创作方面,他无疑是偏向道家的庄子的(陶诗用典,庄子最多),陶渊明的诗文随处可见《庄子》文意的回响,在他最好的一些诗歌中,庄子的影响昭然可见。"就其对语言的理解而

言,陶潜无疑更多地受到了庄子和庄子对意义、表达、沉默等全部问题的思考的影响。"(张隆溪《道与逻各斯》)

庄子文章指事类情的能力,他的极致想象,他的精准细节,他的神妙的文学效果,他对语言困境的突破与超越,陶渊明无疑是谙熟于胸并且心领神会的。

两个人虽然站在不同的时间坐标与历史节点,但他们遇到的语言难题和表达困境其实是相似的:一个要道出不可道的常道与真谛,一个则要说出难以言说的诗情与真意。

不过,在我看来,他们走出困境的方式解决难题的手段却完全不同,毕竟一个是诗人,一个是哲学家(让人有些遗憾的是,张隆溪先生在《道与逻各斯》第三章"无言之用"的"无言诗学"部分,对此的论述并不充分,并没有揭示庄陶两人在语言策略上的差异性)。

如果说庄子创立的是迂回策略:用寓言述道,且用极限表达叙述寓言,从而触及道极;那么,陶渊明建树的则是暗示诗学:不直接言说,而是通过意味深长的暗示抵达真意,因为就如海德格尔所说的那样:"一个暗示能够如此简单而又完满地把它所暗示的东西暗示出来"。

张隆溪先生把陶渊明的暗示诗学叫做"无言诗学",我想使用另一个也许外延更为宽广内涵更为深厚的概念——沉默诗学。

3

另一方面,我相信,陶渊明的沉默诗学的形成还与他的隐居生涯以及孤独闲静的个性密切相关。

隐居不仅让陶渊明的身心独立于那个崩塌纷乱的时代之外,而且也让他的所思所想所写,迥异并超越了那个时代。

鲁迅先生在那篇著名的演讲《魏晋风度及文章与药及酒之

关系》中曾简要指出,汉末魏初时的文风是"清峻、通脱"。而到了魏晋南北朝已经嬗变为"华丽、慷慨",曹丕《典论》里就提倡"诗赋欲丽"。"那个时代的'赋'极尽奢侈夸张之能事,而诗在所谓的六朝时期则以绮丽矫饰著称"(张隆溪《道与逻各斯》)。"六朝专事铺陈,每伤于词繁意寡"(清厉志《白华山人诗说》之卷二)。的确,极为挥霍地滥用辞藻,是那时候的文人们的普遍习惯,是那个时代的文学风气。

隐者陶渊明兀然忤逆于整个时代,反其道而行之,他的诗文"孤特独立"(司马迁在《项羽本纪》里的用语),那么简朴,那么平淡,用词的平易俭约,风格的朴实无华,几乎让人惊讶,几乎到了极致的程度。

而简约到极致,就是无言,就是沉默。

也就是说,在庄子等前辈的影响下,通过悠久绵延的深入阅读和语言感悟,通过无数的沉思默想和诗文创作,耿介内敛闲静如水的陶渊明,融入自然返璞归真的陶渊明,亦儒亦道特立独行于天地之间的隐者陶渊明,隐居于自然超越于时代的陶渊明,最终开拓的是一条迥异与时代(喧嚣与华丽)只属于自己的写作之道,即"沉默诗学"(里尔克:"谁在心中保持沉默,谁就触及言说之根")。说白了就是暗示就是无言之言:看上去好像没说什么,实际上什么都说了;看上去简单朴实,实际上意趣无穷。这种沉默寡言的叙述策略,有点类似于我们所说的"减法写作"(莎士比亚在十四行诗中面对难以表达的挚真至深之爱情,就常常运用这样的"沉默"策略,如第85首:"我的拴住了舌头的缪斯默默无语,人们对你的美评却累牍连篇";第23首:"去学会阅读沉默的爱写出的情书")。

如果说隐居生涯是生命的沉默,那么沉默诗学差不多就是叙述的隐居。

具体来看，陶渊明的沉默诗学主要包括两种策略，一为忘言（张隆溪在"无言诗学"中分析的就是这种方式），二为不言。

4

> 结庐在人境，而无车马喧。
> 问君何能尔，心远地自偏。
> 采菊东篱下，悠然见南山。
> 山气日夕佳，飞鸟相与还。
> 此中有真意，欲辨已忘言。（《饮酒》第五）

置身田园，结庐人间，陶渊明的身心处在一种宁静悠远的罕见境地，看着山岚夕阳，看着飞鸟在天空低飞，他的生命与自然融合如一，思接千载，情通天地。他看烟树时，自己好像就是另一棵树，他看飞鸟时，自己仿佛就是另一只鸟，他完全沉浸其中，终于体验到了那种一般人根本无法体验到的淳朴诗情和真意。

可如何通过外在的语言来表达这种内在的诗情呢？如何借助有限的文字来表达内心深处的无限的真意？

陶渊明这时候所面临的，正是陆机提出的诗歌语言难题："恒患意不称物，文不逮意，盖非知之难，能之难也。"陶渊明之前和陶渊明时代的中国诗歌，在很大程度上可以视为对这一难题做出的反应，但这种反应显然徒劳无功收效甚微（就像一个陷于沙涡的人越挣扎反而陷得越深），它们极为挥霍地滥用辞藻，拼命试图弥补和平衡语言的无力与不足（这种语言策略有点类于现代派的"加法写作"，但效果不可同日而语）。很显然，语言表达的难题不可能通过辞藻的堆砌来获得真正解决，因为，堆砌的语言仍然是有限的，真意却是无限和微妙的；堆砌和雕琢的结果常常是恰得其反，语词越堆砌，语义越不清，语言越雕琢，内蕴越空泛。

陶渊明的诗歌写作就是在这样的背景下展开的，他的"沉默诗学"或无言诗学正是在这样的反应面前建立起来的。我们看到，面对语言表达的悖论和难题，陶渊明选择的是"忘言"。

陶渊明选择"忘言"，一方面，是对那种奢侈夸张之"言"的拒绝，因为那样的语言只能使真意受损，说得越多，损耗越多，语言和效果恰成悖反。他当然还明白，绮丽矫饰的语言，常常是没有真意的表现，因为真意空泛，只好虚辞敷衍，刻意强说。另一方面，他发现自己也的确找不到得心应手准确到位的语言，他发现与洋溢于内心的真意相比，人类的语言要粗略得多有限得多，任何文字似乎都不足以表达这份真意。陆机的"能之难"，无疑切中了语言表达的要害。

既然任何表达都不能令人满意，那就只能不表达；既然任何语言都不能穷尽真意，那就干脆不言说。可如果真的无言，真的不说，真意的有无就得不到确认，别人也就无从感知，沉默只能意味着空无。于是乎，陶渊明面对的选择只剩下一种：既表达又不表达，既言说又不言说，即"无言之言"，具体来说就是佯装"忘言"。

所以，陶渊明先暗示这里有"真意"，然后又用"忘言"避免对真意的具体言说和直接表达（因为任何言说都是限制和减损，任何说明都会歪曲糟践诗人的直觉领悟），从而让读者通过这种间接的暗示去自行想象真意的丰富和深邃，真意的可能性和丰富性在这种富于暗示的无言中就得以保持着完整，保持着原样，这样的暗示可以使真意的阐释变得无限。也就是说，自然的真意并没有因为诗人自认无力表达而走样或减弱，相反却由于暗示所带来的无限的阐释可能而变得丰富微妙完整准确（济慈《希腊古瓮颂》："听得见的音乐是动人的，听不见的音乐则更加动人"）。

就这样，陶渊明终于给自己找到了独特的艺术策略或语言哲学：既然繁琐矫饰有害无益，我就尽可能简单质朴；既然直接表达无法穷尽，我就尽可能间接暗示。而简单和暗示的极限，自然就是"忘言"，就是无言之言。

我们不妨把真意比作一条水中游动的活鱼，用一般的直接的语言表达，相当于用鱼叉去捉，鱼虽然叉上来了，可也流血受伤了；而如果用繁琐矫饰滥施辞藻的语言表达，差不多就像用炸药去轰炸，真意之鱼必然被炸得粉碎炸得体无完肤；用尽可能简单的语言表达，则像用鱼网捕鱼，对捕获之鱼的损伤可以尽量避免；而只有用陶渊明的无言之言缄默诗学，只有用间接暗示太极功夫，才可以既抓到鱼，又让鱼完好无损鲜活如初，保持水中游动时的原样。这正是陶渊明诗学的高超之处和卓越之处。

除了《饮酒》第五，像《和郭主簿》之一："遥遥望白云，怀古一何深"；《岁暮和张常侍》："抚己有深怀，履运增慨然"；《饮酒》第十四："悠悠迷所留，酒中有深味"；《咏荆轲》："其人虽已没，千载有余情"等，均是"忘言"策略的案例。

5

与"忘言"异曲同工的"不言"，是陶渊明沉默诗学的另一种手段。

"不言"有二：一是不作表白和言说，二是指否定性修辞法。

言不及意，但言可及物，人类语言的陈述功能相对充分和发达,我们发现,陶渊明在诗文中总是避免直接言说微妙丰盈的情或意,而代之以指称和陈述确定性的具体的景与物,言景而不言情,说物而不说意,用景与物巧妙地暗示情与意,这就是陶渊明沉默诗学的不言方式之一。

如《归园田居》第一首中的名句:"狗吠深巷中,鸡鸣桑树颠。"陶渊明只是运用了名词与动词,不作任何形容与引申,也没说这样的场景与事物有什么含义,但这种故意的格外的简约表达中,却分明蕴涵着乡村生活的丰厚质感与韵味,暗示了隐居的生命状态,暗示了一种亘古如斯的静穆和悠闲。这样的诗句貌似简单,看上去没有丝毫特别之处,可实际上,对物象与场景的精准的选择,句子的罕见的对称,却需要有殊为深远的生命体验作基础,需要有举重若轻的语言功力为前提。

很多人偏爱陶渊明的四言诗,并认为《诗经》以后,四言诗写得最好的当数陶渊明。我以为然。像《停云》这样的诗歌,把人世间的友情与亲情写得真是感人肺腑,却全篇不着一个"情"字。像"安得促席,说彼平生"这样的诗句,淡定内敛得好像什么也没说,那份感动却让人揪心叫人疼痛。我特别喜爱《时运》中"有风自南,翼彼新苗"这样的句子。陶渊明只是说了风从南面吹来,新苗被吹得像鸟的翅膀一样振颤飘动,对这样的景物到底意味着什么,陶渊明却缄默不语。每一次读到这样的句子,我的脑海里都会浮现出童年的似曾相识的幻觉般真切的情景:天苍苍,野茫茫,田头的麦苗在倏忽而过的一阵微风中像鸟的翅膀一样乍起抖动顾自飘飞,撩人心魄,感人肺腑,自然永恒之境,悠古人世之心,尽在不言中。

再让我们回到《饮酒》第五中的著名诗句:"采菊东篱下,悠然见南山。"这样的句子,几乎是陶诗的代表与标志。它让我们明白,陶诗的简单绝不仅仅是简单,而是一种玄奥的艺术。

这种艺术也许是呕心沥血的产物，但却不露痕迹近于天然。

像"采菊东篱下，悠然见南山"这样的句子，如果换个人也许顺手就写成了"采菊东篱下，抬头见南山"，意思似乎差不太多，可艺术效果却天上地下。"抬头"是一个现实的可直接言说的举动，这个举动毫无诗意可言，没有任何独特的艺术感觉，而"悠然"则通向精神的自由通向诗意本身。"悠然"不是一个现实的可模仿的动作，任何可模仿可书写的动作事实上都不够悠然（比如"抬头"比如"回眸"），所以，陶渊明不写任何具体的动作，也不写任何内心的感触与情绪，陶渊明只自然而然地运用了"悠然"这样一个恰到好处妙到分毫的副词，我们在他的诗句中就分明感受并体会到：那人和山是熟稔如故的，亲如兄弟的，南山是抬头不见低头见的，无需特意去看，更不需要抬头去看，悠然之间就已经看见了，而且在心里了。陶渊明的确没有直接言说什么，指称什么，他的诗句纯属暗示性的，几乎是缄默的，可实际上，诗意啊，返璞归真啊，人与自然的相融啊（即顾随先生所说的"小我没入大自然之内了"），什么都有了，什么都在"悠然"这两个字里边了（汉语中"悠然"这个词，陶渊明用得最绝最妙，仿佛这个词就为他而存在）。我想这才是真正的沉默诗学。

"不言"的另一种手段否定性修辞，我们在讨论老子的述道方式时作过分析，因为常道不可道，所以老子除了用比喻，就是用否定性修辞，如第十四章中的："视之不见""听之不闻""搏之不得""无状之状""无物之象""迎之不见其首，随之不见其后"。而面对难言之真意，陶渊明也常常进行类似的否定表达。《赠羊长史》："拥怀累代下，言尽意不舒"（意在言外，不可申说）；《杂诗》第十一："愁人难为辞，遥遥春夜长"；《咏贫士》："赐也徒能辩，乃不见吾心"；《拟古九首》第六："伊怀难具道,为君作此诗";《饮酒》第十六:"孟公不在兹,终以翳吾情"等,均是否定修辞的案例。《五柳先生传》这个自传文,堪称文章中的极品,可谓陶渊明的人力所为的天籁。别人的厚如板砖的大部头自传,未必能生动真实地画出自己的人生,而陶渊明只简简单单用了区区一百多字,就写出了自己的人格、爱好、家境、艺术抱负和境界,写出了自己生命中重要的一切,写出了自己的一生。陶渊明的修辞策略其实很简单:以少胜多,否定修辞。短短一百多字的文章,"不"字倒出现了九次,当别人都唯恐疏漏地强调我是什么贵族之后我是什么名门子弟的时候,当别人都一个劲地说我是怎样我又如何的时候,陶渊明却连说了九个"不":"先生不知何许人也""也不详其姓字""不求甚解""不慕荣利""不蔽风日""不戚戚于贫贱"……钱钟书先生曾指出,"不"字是这一篇的"眼目",也是这篇文章的精神所在。于此同时,我觉得"不"字还构成了陶渊明沉默诗学的独特标记。

6

总而言之,忘言和不言共同构成了陶渊明的沉默诗学。凭借这样一些策略与手段,凭借其独特诗学,陶渊明最终抵达了迥然不同独一无二的诗歌境界与艺术高地:越是简单,越是玄奥;越是无言,越是有意;说得越少,蕴涵越多,说得越浅,触及越深。对陶渊明的诗学风格,张隆溪先生在《道与逻各斯》中的结论堪称精彩:

> 我们会自然而然地想起马拉美的沉默——那位了不起的"无言音乐家";同样我们也自然而然地想起里尔克的精彩诗句:"沉默吧,那心中沉默的人触到了言

说之根。"在这样的时刻,消极绝望的沉默把自己展开为积极的、有意义的无言,那由于语言的局限而不可言说的东西,此时却由于诗人发现了沉默的暗示力和召唤力而成为故意的缄默。最终,语言的局限性和暗示力不应该被视为相互冲突而应该视为彼此互补,因为它们是同一符号作用的两面。这样我们便不难理解:为什么陶潜那不假雕饰的平淡质朴反而比他同时代人的诗更能打动我们。他那素朴的语言所具有的力量恰恰来自其素朴。只要读过陶诗歌和当时其他诗人的作品就会发现:其他人极尽雕琢冗赘之能事却没有说出些什么,陶渊明却用自己的质朴和缄默给人以无限的意会。

其实,陶渊明自己就是一位真正的而非象征意义上的"无言音乐家"。

据沈约在《陶潜传》中的记载,陶渊明家中有一架奇异的无弦之琴(陶渊明在诗文中屡屡提到琴字),每当饮酒或心情好的时候,他常常会独自空弹虚抚,自我沉醉。这大概就是"此时无声胜有声",或者就是"听不见的音乐则更加动人"。我想,这把无弦之琴,以及陶渊明的独特弹姿,是"沉默诗学"的最恰切不过的隐喻或象征,也是他内敛人格的最生动形象的注解。对闭目沉醉的陶渊明而言,琴声和音乐不在琴弦上,也不在空气的振动中,而在他沉静的心里,在他默然的魂里。

汉语的叙述谱系

1

阐述了庄子的极限表达和陶潜的沉默诗学这两个阴阳两极后,一个完整的汉语文学的叙述谱系就水到渠成呼之欲出了。

这个谱系与一维的数值坐标系相仿佛。显然,大多数作家与作品(从先秦散文到《史记》一直到明清小说如《水浒传》等)处在这个谱系的中间位置,我把它叫做中间值写作(MID);而《庄子》与陶渊明诗文则像展开的左右两翼,它们构成了极值写作,其中,庄子的"极限表达"构成的是极大值写作(MAX),陶渊明的"沉默诗学"则构成了极小值写作(MIN)。

```
                     先秦散文
陶潜 ←—————————《史记》———————————→《庄子》
                    《水浒传》
```

极小值写作←————中间值写作————→极大值写作
　　（MIN）　　　　　（MID）　　　　　　（MAX）

2

所谓中间值写作，针对的是常态的一般性的事物与情感（记言记事记人），通过准确运用语言的技巧与修辞，通过呕心沥血的语言锤炼，就可以实现这样的写作。《诗经》中的赋比兴，《论语》中的微言大义与话语艺术，尤其是《史记》中的诸多细节与笔法，更是中间值写作的典范与重要资源。在整个文学史里，隶属或靠近这个范畴的作家与作品是最密集最多数的，因为相对来说，中间值写作是一种可学习可借鉴的写作（如《水浒传》对《史记》的学习与借鉴）。而杜甫的"诗律细"，贾岛的"推敲"，也都是中间值写作的历史案例。

这里所说的中间值，是指靠近中间位置的一个宽广的区域，而不是一个数值点。

3

极值写作则面对非常态的难以言说的对象，如庄子的"常道"与陶渊明的"真意"，他们因此更深地陷入语言的悖论与表达的困境之中，他们只有运用趋向极端的语言策略才能克服其困境。

正如我们在前面所阐释和分析过的那样，极值写作又分为极大值写作（庄子的"极限表达"）和极小值写作（陶渊明的"沉默诗学"）。极大值写作，是指为了解决表达困境，创作者必须把想象力、细节和语言艺术推向极致的写作，是最大程度最大限度的表达，是难以超越当然也是难以模仿的写作；而极小值写作，则是用最小程度的、最简约的语言方式进行表达，用沉默，用暗示，用不言之言，似乎什么都不说，却什么都说了。这种表达自然也不可模仿。

4

文学史里的所有作家，都处于这个谱系的相应位置和不同数值点上。靠近中间区域的作家无疑是最多的。

当然，这个谱系中的有些作家可能偏向极大值写作，如后世的屈原、李白、苏东坡等。当代作家中，莫言就显然偏于这一端，他的语言狂欢与魔幻风格有显著的极大值写作的倾向。王蒙上个世纪八十年代当《人民文学》主编时，编辑过莫言的一篇小说《爆炸》。他后来回忆说，莫言写一个农民的儿子挨了他爸爸一记耳光，"他这一个耳光，他把他的感觉、听觉、嗅觉、触觉……他的各种印象写得那么淋漓尽致。"王蒙说，"我只是在看完莫言的《爆炸》以后，我觉得我开始老了。"我想，让王蒙觉得自己老了的，正是莫言那汪洋恣肆天马行空的极大值写作的才华。

另外的一些作家则更靠近极小值写作，如古典作家中的王维、张岱等人。现代作家中，把小说写得像绝句的废名也有极小值写作的倾向。

5

有必要强调一下，汉语的叙述谱系，是我多年涵泳静读古典著作的产物，也许有些异想天开，但却纯属个人的发现与原创。

迄今为止，我所见过的唯一与我的叙述谱系相接近可参照的说法，是由顾随老先生提出来的。

顾随先生讲解古典诗词时表现出来的见地与思想，当今的学院派只能望其项背。他讲到韩退之的诗时，曾"杜撰"了中国文学中语言表达的两种风致（姿态、境界、韵味），一是夷犹，二是锤炼。顾随先生认为："'夷犹'表现得最好的是楚辞，特别是《九歌》，愈淡，韵味愈悠长；散文则以《左传》《庄子》为代表。屈、庄、左，乃了不起的天才，以中国方块字表现夷犹，表现得最好，前无古人，后无来者。后世有得一点的，欧阳修、归有光在散文中得一点；韵文中尚无其人，陶渊明几与屈、庄、左三人等，而路数不同。"

他虽然没有具体展开分析这两种风致，但我以为，他说的夷犹（不可模仿）类于我所阐述的极值写作（他没有区分极大值与极小值），而锤炼（可以借鉴学习）则近于我所阐述的中间值写作。

叙述谱系的比较

1

在研究小说叙事的时候,我发现西方小说的语言叙述体系里,至少可以找到一个与我提出的写作谱系相似的框架与结构。

对此,我觉得再正常不过,一点也不奇怪或意外。因为,虽然英语法语等符号文字与中国的象形文字在语言的性质与功能上有诸多的差异(这种差异也是道与逻各斯之间的差异),但中西方作家却面对着同样的表达难题与困境("性相近"也),所以,他们的解决之道与语言策略自然也就趋于一致。

2

首先,大多数作家的叙述风格当然是属于或靠近中间值写作的,这一点无需多言。像福楼拜、托尔斯泰等无数小说家对语言艺术与叙述技巧的锤炼与追求就是这方面的代表。

3

其次，是极小值写作的案例。最典型的就是海明威与他的冰山理论。冰山理论说白了就是省略与简化的原理，海明威仿佛不是带着纸与笔而是带着斧头或剃刀进入文坛的，他把之前的英语小说写作中的繁冗与累赘成分悉数砍掉剔净，什么定语从句状语从句，什么形容词副词，他全都不要，他也不要什么心理描写肖像描写之类的东西，他的小说叙述最后差不多只剩下了减得不能再减的部分：人物对话。被昆德拉等许多作家所推崇的短篇《白象似的群山》，无疑是冰山理论的代表作品。海明威的简化写作与减省风格，对西方现代小说写作的影响非常深远而普遍，马尔克斯等作家都表达过这种影响的存在以及对海明威的敬意。我自己读海明威小说的感觉是：风格过于明显，有点像美女减肥减过了头，显得形销骨立。只剩对话的小说未免有些枯燥乏味（简约而又丰盈的《老人与海》当然是个例外）。

美国当代作家卡佛与他的极简主义写作，也属于典型的极小值写作。卡佛的极简主义写作虽然与海明威有承续关系，但在我看来，他的简约更为自然，他的减省更恰到好处，其写作风格倒与陶渊明的沉默诗学更为契合一致：同样是不言之言，同样只写身边的生活，同样是看似简单实则丰盈、看似浅显实则深邃的叙述话语，两者的语言特征、叙述策略、写作资源等诸多艺术层面都极为形同神似。一个是诗歌，一个是小说，一个在中国古代，一个在当代美国，"沉默诗学"与"极简主义"、陶渊明与卡佛之间，却真的就如镜像对称，有一种令人惊讶的不谋而合。

4

最后，是极大值写作。普鲁斯特的极度细腻与博尔赫斯的异位移值（见本书《博尔赫斯的幻想叙述》）等其实都是趋于极致的写作案例。

这里不妨再补充一个案例，那就是诺贝尔文学奖获得者、法国新小说作家克劳德·西蒙的"最大密度"叙述：为了穷尽物象，为了把真实性与客观性推向极致，为了把瞬间延伸拓扑为永恒与无限，克劳德·西蒙的写作策略就是让描述细致到极限并把语言的密度推向惊人的最大值，这样的密度与细致，几乎接近了人类所能达到的极限（西方文学的极大值表达相对倾向于理性的极致，即语言密度与数量上趋向极大，而中国文学如庄子的极大值表达更多地是一种感性的想象的奇异度，一种细节的精准度与感觉的最大限度或程度）。

关于战场上的奔马与一具污泥中的马的尸骸，我相信这个世界上没有第二个人作过如此匪夷所思的极大值叙述：

> ……我老是看见马在我们前面呈现的黑色的外形轮廓（唐·吉诃德似的没有一点肉的形状，亮光把它的轮廓线啮食、腐蚀了）。它们在眩目的阳光衬托下难以磨灭的黑影，在大路上有时投在它们身旁像它们忠实的相似之物，有时缩短、堆积在一起，或更确切地说混杂在一起，变为矮小畸形；有时膨胀、拉长像长脚长嘴的禽类，同时以缩短、对称的方式重复相似之物垂直位置的动作。这些黑影似乎和其相似之物被一些无形的锁链联结起来：四个黑点——四个马蹄——交替地分开、会合〔完全像从屋顶滴下的水，或更确切说，这滴水断裂了，一部分还挂在檐槽的边缘上

(其现象可以分析如下：水滴由于自身的重量，拉长如梨形后，继续变形，然后变窄，最大的下端分离掉下，而上端似乎朝上收缩，像在分离后立即被往上吸，接着由于新加入的水分，这滴水又再度膨胀起来，一霎时后，似乎还是同一滴水仍然在同一位置上悬挂着，再次鼓起，如是可以无究地重复。这滴水像被一种一收一放的运动所推动，像悬在橡皮筋一端的晶体球）。同样的，马的脚和其影子分离后又再接合，不断地相互靠拢，影子往自己身上收缩，像章鱼的触须一般。这时候马蹄腾飞，马脚迈出划成一条自然的圆形线条，但那在马脚下稍后面的黑点往后稍退，压缩了起来，接着又回过来紧贴着马蹄——随着光线的倾斜度，影子返回接触到原物的速度，这黑影逐步拉长。虽然开始时速度缓慢，但到最后却像箭一般朝接触点、汇合点尽奔过云，仿佛是被吸过去似的〕像是由于相互渗透作用的现象。影子与原物双重的动作增殖四倍，相互交融的四只马蹄及其四个影子好像在原地踏步似的来去之中一分一合。与此同时，在黑影下相继展现尘土飞扬的侧道、砾石路径、野草。像浓重的化开的墨迹，像战争遗留在后面的一长条的拖痕、污迹、沉船的余波，在散开又在汇合。它们在残垣破壁上，在死去的人身上飘拂而过，不留痕迹。大概就是在这附近，我第一次看见马尸。就在我们停下喝水不久之前或者之后。在那地方我发现它，在半睡半醒中凝视着它，像是一堆栗色污泥的样子，这样的烂泥好像也把我全身糊住了。也许当时我们不得不绕路避开这堆泥，或是猜测是它，但没有看见它：（如同路旁连续展现的一切：卡车、小汽车、小提箱、死尸）这是一种异乎寻常、虚幻不实、非驴非马的东西。这曾经是一匹马（我是说，我们知道，认出来，识别出来这曾经是一匹马），但现在只是一堆有四肢、蹄、皮、粘住了毛的模糊东西，其四分之三已覆盖了泥土。佐治思忖，不完全认真地在思忖，只是平静地、带有点惊讶地看着。这十天来的经历，已使这种惊讶的感觉变得迟纯、疲塌。这十天中他已逐渐不会对任何事感到惊异了，他已经抛弃那种能够对所看见的或身边发生的事寻求原因或合乎逻辑的解释的精神活动。那就不问为什么吧，只是看见这样的事实：虽然长久没下雨——至少是根据佐治所知——这马或曾经是马的东西几乎全部覆盖着一片淡灰褐色的稀泥——好像是在一碗牛奶咖啡里泡过后拎了出来——这个马骸似乎已被土地吸收了一半，好像大地悄悄地开始重新占有原来来自它的东西，只是由于得到它的同意，它的居间作用（这是说大地生产的喂养马的草料和燕麦）得以存在。这样的东西必然要回归泥土中去，重新解体。大地分泌出的社种稀泥把它覆盖、包裹（像那些蛇，在吞食消化被猎到的动物之前，先涂上分泌的粘液和胃液），这已经像一个印章，一个明显的标记证明其归属，然后慢慢地最终把它吞入内部，大概同时还发出一种像吮吸的声音：（虽然马骸似乎一直是在这个地方，像变成化石的动物或植物返回矿物界中。它的两只前脚屈起，其姿势像腹中胎儿跑着作祷告的样子，如同螳螂的前肢似的。它的颈子僵直，发硬的头部向后仰着，下腭张开，露出上腭紫色的斑点）马死去没多久——也许是在最近敌机经过的时候？——因为血迹犹新。一大块鲜红的凝血，像油漆那样发亮，摊开在泥土的外层和粘结的马毛上面，或更确切说，这些东西之外，似乎这些血不是出自一只动物，一只被屠杀的牲畜，而是出自人在大地的粘土胁部所造成的亵渎神圣、无法补赎的伤口（像传说中的水或酒，经魔棍一敲就从石头或山岳中喷涌出来）：佐治望着马骸，不自觉地使他骑着的马走上了一个很大的半圆形以便绕过它……

这段叙述出现在克劳德·西蒙的代表作《弗兰德公路》里，在这部奇异的极端的小说中，类似的叙述比比皆是。

作家的叙述

卡夫卡的荒诞叙述

1

一方面，卡夫卡的《乡村医生》几乎是一篇拒绝解读的小说。评论家面对这篇小说肯定非常头痛，他发现自己的批评武库里没有一件武器足以对付这篇小说，他觉得横着竖着总也抓不住它以至于只能抓自个的头发，好在《乡村医生》这样的小说实在不多，卡夫卡这样的作家世界上也只有一个，否则评论家就只能让自己过早地谢顶。面对卡夫卡和他的文学创作，连加缪这样目光犀利身手敏捷的文学大师也放弃了擒拿的打算，只好放虎归山任其自然：

"卡夫卡的全部艺术在于使读者不得不一读再读。它的结局，甚至没有结局，都容许有种种解释……如果想把卡夫卡的作品解说得详详细细，一丝不差，那就错了。"

2

另一方面，《乡村医生》这篇小说可以说最集中最典型地体现了卡夫卡的创作风格和艺术气质,体现了他的人格特征和灵魂气息。在这篇小说的字里行间,我们的确可以感受到很多东西,比如卡夫卡与世界的冲突,他对存在的荒诞感的殊异体验,他内心挥之不去的孤独和忧郁,那种堕入深渊般的绝望,以及他对文学的独创性追求。

关于短篇小说《乡村医生》,卡夫卡自己曾在1917年9月25日的日记中写过这样的话:

> 我对如《乡村医生》这样的工作还能感到暂时的满足,前提是,我又成功地做出一点儿这样的东西(很不可能的)。但幸运只能是,如果我能把世界捧进纯洁、真实、永恒的境界。

在卡夫卡的写作生涯里,他几乎从不评价自己的小说,除了对一气呵成的《判决》表达过一点欣喜之情,他还真的没有使用过"满足"这样的字眼。与此相反,我们众所周知的倒是他的焚稿遗嘱(在遗嘱中,他只愿意让六篇小说行之于世:《判决》《司炉》《变形记》《在流放地》《饥饿艺术家》以及我们要谈的这篇《乡村医生》)。

3

我相信,卡夫卡之所以要焚毁自己的作品,当然是因为内心的绝望,这种绝望既是针对生活针对这个世界的,而且也是针对文学针对艺术表达本身的。卡夫卡深知文学艺术的限度和悖论性质,他曾在给妹妹奥特拉的信中说:

"我所写的并不是我所要说的,我所说的不同于我所想的,我所想的又有别于我应该想的。这样循环往复,一直到最深邃的暗处。"可想而知,像卡夫卡这样一个作家绝不会对自己的创作轻言满足,除非《乡村医生》真是他在"最深邃的暗处"捕捉到的一束文学亮光,除非这篇小说在某种程度上真正实现了他自己的叙述理想,并抵达了那种"纯洁、真实、永恒的"艺术境界。

那么,在《乡村医生》这篇小说中,卡夫卡到底是"怎么想的",又是"怎么写的"呢?通过这篇文章,我企图对卡夫卡的"所写"和"所想"作些个猜度,我写下的充其量只是感受和体会,而决不是断言和结论;我所做的工作更像是盲人摸象,但愿我能幸运地摸到大象的鼻子。

4

一般人在阅读《乡村医生》的时候,都会注意到它与梦境之间的强相关性。莫言在谈到"影响我的十部短篇小说"的那篇文章《锁孔里的房间》里干脆就说:"《乡村医生》是梦的实录"。我想,推测《乡村医生》这篇小说与梦境的内在关系,是阅读和领略这篇小说的关键所在,只有大体弄清了这一点,我们才能领会卡夫卡的写作动机和叙述策略,才能感知卡夫卡的"所想"和"所写"。只有从这儿出发,我们才有可能体会和把握这篇小说的艺术脉搏和奇异走向,小说的语言和氛围、画面和细节等才变得可以理解。

尽管有人考证并猜测卡夫卡的一个当医生的舅舅是《乡村医生》的现实原型,但谁都不会认为这篇小说是对现实的客观描述。那么,《乡村医生》是否真像莫言所说的那样,是"梦的实录"呢?答案当然也是否定的。道理其实再简单不过:没有人会因为做了一个荒诞的梦而得意,卡夫卡也不会因为仅仅录下了一个梦就感到"满足"。在卡夫卡的写作中,我们能够看到尼采和克尔凯郭尔的影响，我们也可以看到歌德和福楼拜的浸润，可卡夫卡与弗洛伊德却风马牛不相及，卡夫卡显然不是一个精神分析医生，也不是一个梦的解析者，在我看来，卡夫卡是文学史上最清醒最独特的艺术造梦者（所谓的梦都是无意识的，可卡夫卡的梦却是有意识的，卡夫卡的《乡村医生》不是在记录梦，而是在创造梦）。

5

在某种角度上说，卡夫卡的小说的确是一种崭新而又独特的梦幻艺术。在通常情况下，做梦只是偶发现象，弗洛伊德的精神分析已经够离经叛道的了，因为他想对偶然性的梦进行必然性的解析，并试图把梦还原为现实，并打定主意要科学地理性地探究似乎毫无意义的梦的意义。相比之下，卡夫卡显然走得更远，他的梦幻写作更让人瞠目结舌，卡夫卡所做的工作可以说与弗洛伊德背道而驰，他不是要把梦幻还原为现实，而是要把现实演绎为梦幻，弗洛伊德用现实来解析梦幻，卡夫卡却用梦幻来暗示现实。对于卡夫卡，梦幻压根儿不是偶发的非理性的现象，而是现实或生活本身，于是，非理性不再是理性的反面，而是全部的理性（这也许就是二十世纪的困惑或时代精神的本质）。

如果说卡夫卡的一生是一个长梦，那么他的小说就是一个个持续不断的短梦，而且卡夫卡好像从来没有做过快乐的明朗的梦，他的梦全是阴暗的荒诞的噩梦，全是十足的梦魇，做梦成了他笔下的人物的生活方式（而不是什么缓解和升华），他们的存在就是梦中的挣扎（这既是卡夫卡个人的内心图景，更是二十世纪的精神特征。所以，对这些梦幻对这些挣扎所做的任何弗洛伊德式的阐述肯定是隔靴搔痒的，对这种梦幻小说所作出的确定不移的传统式解析显然像加缪所说的"那就错了")。卡夫卡之所以能拥有这样的内心图景,既源于现实的外在的压迫,更源于他的精神气质、独特感悟以及天才的想象。接下来,卡夫卡所要做的工作就是如何揭示和表现这种精神特征,就是如何把这种内心图景转化为艺术。而这,恰恰是卡夫卡一生的努力和心血所在,也是理解他的创作和叙述的核心。

6

卡夫卡最擅长最独到的艺术手法也许就是把现实表现为梦境,从而最为有效地突出存在的荒诞。正是从这个意义上,我们才可以顺理成章地把卡夫卡看作是一个表现主义作家。

卡夫卡的创作,其实可以看成梦境的乌云所降下的小说的阵雨,而卡夫卡就是那个神奇的人工降雨大师;卡夫卡似乎发明了一种史无前例的文学化合术,正是靠着这种化合术,他创造出了前无古人的文学溶液,在这种溶液里,在《乡村医生》这样的短篇里,梦境与现实被以最隐秘最微妙最恰当的比例化合在了一起。

7

对卡夫卡来说,他所置身其中的世界是一个最可怕的悖论,虽然它的本质荒诞透顶,可上班下班的客观现实和一日三餐的生活表象看上去倒是有序而理性的。他深知这种反差的存在,他知道,如果就事论事地按传统的现实主义手法直接去叙述现实,肯定不容易捕捉那种内在的荒诞,所作的工作势必是事倍功半不得要领的。卡夫卡那先知一样孤独忧郁的目光能够像X射线一样击穿现实表象洞察其本质的荒诞性,可是看到它是一回事,表现它又是另一回事,想要得心应手地表现这荒诞,最好的办法当然是借助一个其现象本身就是荒诞的东西，这种东西不是别的，只能是梦境。梦境的天然的荒诞性，它的非理性外表，它的毫无逻辑的逻辑，它那不可思议的怪诞氛围，这一切正是卡夫卡所需要的。通过梦的外表，直取现实本质，这无疑应该就是卡夫卡为自己找到的艺术的杠杆原理，就是他奉行一生的文学策略，即他的"所想"（余华曾说"卡夫卡所有作品的出现都源自于他的思想"，我们不妨把这句话置换成"卡夫卡的'所写'总是源自于他的'所想'"）。

8

那么，卡夫卡是怎样从"所想"走向"所写"的，怎样才能让非理性的梦幻的马拉着理性的小说的车顺利地驶向目的地，梦境的无逻辑如何与小说的艺术逻辑并行不悖，梦幻笔触如何与现实笔锋相辅相成？为了摸索这些问题的可能答案，还是让我们把目光投向《乡村医生》的具体叙述吧。

必需说明的一点是，我们所阅读和分析的并不是卡夫卡的德文原作，而是孙坤荣先生翻译的中文文本（就我所知，这是《乡村医生》的最好译本），虽然原作和译文之间不可能没有语言的距离和艺术的误差，可这样的距离和误差是我们在接近卡夫卡并获得艺术收益时必然要付出的成本。事实上，我们所得到的卡夫卡总是翻译家笔下的卡夫卡，我们心中的外国文学差不多都是这样，比如我们所理解的福克纳其实是李文俊的福克纳，我们所阅读的村上春树也只能是林少华的村上春树（顾彬先生认为中国当代作家不能够成为大师的一个主要原因是不懂外语，我想他说这话的时候一定没少喝中国的白干）。

10

《乡村医生》的译文一共只有一次分段，在卡夫卡的小说中这是分段最少的一篇，它与人类的梦境总是连绵不断恰好保持形式上的一致。根据这个分段，我们不妨把小说划为前后两个部分，前一部分主要提到了那两匹横空出世的马，而在后一部分，乡村医生在马的帮助下经历了一次怪诞诡异意味深长的深夜出诊，恰似经历了他的一生。

11

"我感到非常窘迫"。这种突兀的开场，这种长驱直入的写法，这种简明扼要迅捷有力的叙述方式，是卡夫卡惯用的文学手法，它可以一下子让读者进入特定的悬念一样的情景，让你猝不及防地置身于他所营造的艺术磁场之中。我们可以联想一下《变形记》中格里高尔一天早上醒来突然变成了甲虫；或者《审判》中的主人公K某天早晨突然莫明其妙地被人逮捕。当然，这里的窘迫不完全是生理意义上的感受，与我们梦中找不到厕所的那种窘迫不同，这里的窘迫还是一种精神上的焦虑，它至少暗示了"我"是一个忠于职责的医生，恪守着治病救人的传统医德和道德原则。

12

可接下来应该怎么叙述呢？这是一个问题，解决这个问题的难度一点也不亚于哈姆莱特的那个著名问题："是生存，还是死亡？"

是遵循梦的非理性原则和无意识形态往下写呢，还是沿着现实的表象和客观性逻辑往下写？对一般的作家来说，这是个二者必居其一的选择，可卡夫卡却拒绝了这种选择，他要走的是第三条似乎本不存在的叙述道路。卡夫卡显然不想让自己的叙述贴着客观现实走，因为那样太被动太拘束，容易在表面打滑，很难深入到本质中去；卡夫卡也不想让自己的叙述走向单纯的梦境，更不愿仅仅去记录一个无意识的梦，简单的象征并不是他的目的（残雪的小说差不多属于这种情形）。实际上，他既不走向梦境，也不走向现实，而是走向了现实和梦境的焊接和融合，走向写作的自由，走向崭新的小说之维和独特的艺术之境。他的叙述就像一架神赐的天平，一端是梦的突兀和情节的荒诞，另一端是客观的细节和准确的语言，他有效地几乎游刃有余地控制着自己的叙述，使这架天平自始至终保持着艺术上的平衡，从而让自己的文本优游于梦境和现实之间、滑行于理性和非理性之间、周旋于本体和喻体之间、往返于写实和象征之间。

13

为了解释"我"之所以陷入窘迫之境，卡夫卡运用的是客观准确结实细致的语言，他的叙述可一点也不缺少理性和逻辑，至少在表面上看是这样的。"我得去看急诊"，如果说这还属于梦中人才有的模糊的想法，那么加上"必须"，又紧跟一个"赶紧"，还不忘"上路"这个动作，整句话就被赋予了足够的现实紧迫感，显得既清醒又理性，而且充满逻辑性。接下来，"十英里"这个量词定语也十分准确，"广阔的原野"似乎有些抽象玄虚，可"狂风呼啸"和"大雪纷飞"却很是结实，再加上"现在"这个前置词，没有人会怀疑叙述的现实性。梦里梦外的人都会记得"我有一辆双轮马车"，可后面三句描述马车的话却一定不属于梦中人："大轮子""很轻便""非常适合在我们乡村道路上行驶"。再接下来是三个连续而又客观的动作："穿上"皮大衣，"拿着"放医疗用具的提包，"站在"院子里准备上路。读者对这种现实性的客观的叙述一定很习惯也很轻松，我们甚至感到似曾相识，会禁不住联想起《包法利夫人》中的那次夜间出诊的场面。可卡夫卡并不想让读者继续轻松下去，不想让我们的头脑里产生那种熟悉的场景，他几乎不打任何招呼，忽然间就抖出了一个让"我"和读者都感到措手不及的尖利的转折，从而打断了现实性的亦步亦趋的叙述步伐："但是没有马，根本没有马。"按理说，在现实生活中，人们也会遇到这种急着出门却没有马的情况，没有马的事实虽然意外但并不荒诞，荒诞的是"我"明明知道没有马："我自己的马就在昨天晚上，在这冰雪的冬天里因为劳累过度而死了"（马"劳累过度"，"我"也肯定好不到哪儿去），却还要煞有介事地"站在院子里准备上路"。为了不让这种荒诞感强度太大（还不到时候）从而越过必要的现实感，卡夫卡适时地补充缓和了一句："我的女佣人现在正在村子里到处奔忙，想借一匹马来。"当然，卡夫卡并不想真的让"我"从窘迫之境现实地走出来，他在这里倒是设置了一个相对主观的原因："但是我知道，这是不会有什么结果的""谁会在现在这样的时刻把马借给你走这一路程呢？"卡夫卡其实从一开始就打定主意不让"我"拥有现实的马（自己的马在头天晚上死去既是现实的巧合也是艺术的偶然，不死肯定不行，死得太早也不行，那样医生就有充足的时间解决没马的问题），从写出"我感到非常窘迫"这句话那一刻或在那之前，卡夫卡就已经决定让"我"在窘境中越陷越深。正因为"我"已经客观地悬置在窘迫之中，正因为"我"根本没有现实中的马，那两匹文学史上最诡异最玄奥的马才水到渠成呼之欲出，卡夫卡的叙述才得以迈着貌似现实的脚步，走向惊世骇俗的荒诞梦境。这就是卡夫卡的艺术逻辑。

14

每个人都会为这两匹马感到迷惑不解，也有的人（如残雪）

无奈之下只好把它看作这样那样的象征。在我看来，这两匹荒诞之马更像是作为运输工具的常见的现实之马，骑上它们，卡夫卡的叙述只历史性地轻轻一跃，就从现实之境到了梦幻之境。如果这两匹马非得是一种象征，那么它们大概就象征着艺术的自由和异想天开的文学可能性。这两匹马完全解放了人们的文学想象力，彻底改变了人们关于文学中的现实的观念。我想，正是因为有了这两匹从猪圈里拉出来的横空出世的马，才会有后来出现在《百年孤独》中把人带上天空的白色床单，和从天而降的无数黄花，才会有博尔赫斯笔下的"阿莱夫"和蓝色的老虎。我记得余华在谈到《乡村医生》这篇小说的时候，最看重的就是那种几乎是无限的艺术自由度。

在写到这两匹马的时候，我们可以看到卡夫卡最常用最娴熟的艺术手法和叙述技巧：越是主观臆想的场面，卡夫卡描绘的笔调就越是客观周到；越是荒诞虚幻的梦境，卡夫卡叙述的语言就越是结实细致。这几乎可以说是卡夫卡的杀手锏之一，我们不妨称之为文学障眼法或艺术减震术，正是凭借这种手法和技巧，卡夫卡给荒诞的梦境套上了艺术的缰绳，给主观的画面染上了客观的色素，从而有效地避免了自己的叙述从小说变异为志怪或童话。

15

我感到很伤脑筋，心不在焉地向多年来一直不用的猪圈破门踢了一脚。门开了，门板在门铰链上摆来摆去发出拍击声。一股热气和马身上的气味从里面冒出来。一盏昏暗的厩灯吊在里面的一根绳子上晃动着。

卡夫卡在这段描述中贯穿着各种动词，几个次第发生的动作被写得何其生动细致，此外，就是视觉和味觉的逼真描写，这种高度客观的具象叙述所营造的是一种身临其境的现实氛围和效果。而"心不在焉"这个词用得最是精彩，充分体现了卡夫卡在叙述上的纯熟和老到，如果没有如此精妙的词汇像一叶障目般地顶在这儿，整段叙述的效果就会逊色许多，就会显得主观和做作，人为的故意的色彩就会泄露出来，艺术客观性就会受到损害，叙述上的说服力就会大打折扣。我还注意到，可能是为了提高叙述的速度，在此前的一大段叙述中，卡夫卡大量使用了分号，而句号一共只用了两次，而在这一小段里，卡夫卡好像故意放慢了叙述的节奏，一连使用了四个句号，从而很好地起到了对荒诞的缓和与减震。

我想，这种石破天惊而又令人信服的叙述正是让卡夫卡自己感到满足的叙述，因为这样的叙述包含着无边无际的艺术自由，这样的叙述弥合了从客观现实到荒诞梦境的巨大跨度，它的强有力的艺术逻辑足以涵盖梦境的荒诞逻辑。这样的叙述能够无中生有地创造出活生生的浑身直冒热气的马匹，这样的叙述既呈现了荒诞又制服了荒诞，从而把荒诞和梦境成功地限制在小说的客观性的界线之内。

16

在《乡村医生》这篇小说里，卡夫卡把如此奇特诡异的叙述策略与创作手法强健地贯彻在整篇小说之中，并一直推进到结尾与高潮。

为了减轻这两匹马的梦幻性质，让读者不至于被这两匹马弄得头晕眼花不知所措，卡夫卡没忘在接下来的叙述中恰到好处地及时地幽了一默："人往往不知道自己家里还会有些什么东西"（借女佣罗莎之口说出了这句话）。这句话堪称妙语，卡夫卡想必也曾为自己写出了这样的妙语感到过小小的"得意"。确凿地"知道"是理性,完全"不知道"是非理性,而"往往不知道"则介于理性与非理性之间的微妙地带,人们连自己家里有些什么都往往不知道,更遑论外面的世界和整个现实?这是典型的卡夫卡式的幽默,是一个置身于梦幻高度的人对低劣的现实的讽刺。写出这种微妙精彩的语言,是作家在叙述时的期望和理想,写出了这个句子的时候,卡夫卡一定体验到了那种叙述的快感。正是这句话,为卡夫卡的梦幻叙述提供了现实切口,或者说,为非理性的叙述找到了理性的支点。

17

当然,在讲述那两匹马的时候,卡夫卡还写到了那个马夫,关于这个马夫,残雪等人的评论里都没有提及。马夫的出现,应该不是可有可无的细节,卡夫卡之所以要叙述这个细节,除了让两匹从天而降的马显得更为可信更有艺术依据,是不是还有别的什么用意?对此我们也许只能作出一些猜想。在卡夫卡的叙述里,这个马夫俨然是邪恶的化身,是噩梦中的噩梦,他的出现,似乎意味着一种恶的力量,而且这种力量是如此强大,以至于轻易地从现实挤进了梦境。另外,这个睁着蓝眼睛的马夫还是一个淫荡的可怕的家伙,他对"我"的女佣罗莎的明目张胆的侵害行为,至少使"我"的阴暗绝望的生存困境变得火上浇油变本加厉。不过,在阅读的过程里,我们对马夫和罗莎的关系和行为也可以有完全不同的猜度和联想,"我"深知马夫对罗莎的不轨企图,所以一心想让马夫陪他到病人家去,可是马夫根本不干,在这种情况下,"我"本来应该也可以有第二种比较现实的选择:把罗莎带到病人家,让她离开不安全的是非之地,如果罗莎不是那么快就溜进房间的话,"我"完全是可以这么做的。因此，罗莎的逃避看上去倒像是与马夫的某种肮脏的合谋，况且，罗莎在前面所说的那句话"人往往不知道自己家里会有些什么样的东西"，似乎也暗示了她好像比"我"知道得更多。这样，马夫和罗莎所演绎的就不是邪恶的侵犯和被侵犯，而可能是欺骗、背叛与污秽。这同样还是邪恶，但性质却已经嬗变。如果蒙在鼓里的"我"面对的是这种更为难堪的邪恶，那么，"我"在后文中所表现出来的对罗莎的担忧和负疚，就使得这支荒诞阴郁的绝望之歌有了那么一丝滑稽的喜剧色彩。我们无法确知这里面存在的模棱两可是不是卡夫卡故意而为，但我们至少可以明确或放心，这种模棱两可并没有影响作品的整体走向，不至于影响叙述的进一步发展和生长。

18

有了两匹虚构之马和梦幻之马之后，卡夫卡的写作已然超越了传统文学的界限，他的叙述已然挣脱了客观性的约束，仿佛长上了自由而又神奇的翅膀："这只是一瞬间的工夫，因为我已经到了目的地，好像病人家的院子就在我家的院门外似的"。这既是艺术的夸张和幽默，同时也是梦幻中的现实：因为两匹马已然把"我"也把读者带进了梦境，在梦幻中，人可以飞翔，甚至可以用光速移动自己的身体。我相信，叙述到这儿的时候，那种写作的快感和喜悦必然会再度莅临卡夫卡的身心。接下来，卡夫卡就用结实细致的语言推动荒诞离奇的情节，为我们叙述了整个似梦非梦的诊治过程。

19

我们不妨把"我"的这次夜间出诊与福楼拜在《包法利夫人》中所写的那次夜晚出诊作一个简单对比。在那次同样非常著名的出诊中，医术平庸性情窝囊的查利凭着上帝给他的好运气，顺利地治愈了卢欧老爹的腿伤，并因此博得了卢欧小姐的青睐，最终为自己赢得了一个漂亮的妻子。同样是夜间急诊，同样是骑马出行，但福楼拜写的是几乎是一个传统的喜剧，而卡夫卡笔下的"我"却非常现实地经历了一个最荒诞不经的噩梦。

在这个噩梦里，我们看到的是一幅地狱般的惨淡景象。被救的病人拒绝被救，他深知自己的致命的病情，所以一心只想去死；而救人的医生对自己的精神困境和病人的病情均一筹莫展。"我"焦虑不堪备受煎熬，既无法救人，也无以自救，"我"的出诊甚至我的存在本身就是一种错误。而人们却要求"我"做到连上帝也无法做到的事情，所以，"我"与那个病人的境遇毫无二致，也想去死。区别也许仅仅在于，那个男孩可以一死了之（他的死在某种意义上是献祭或牺牲，甚至是一种摆脱和幸福），而"我"却求死无门。

20

在这个噩梦里，在这个最不幸的时代，只有那些铁石心肠的人才不会生病，他们背弃了上帝，对罪衍和惩罚一无所知，"他们已经失去了旧有的信仰；牧师坐在家里一件件地拆掉自己的法衣"。他们身体健壮，却没有人性，他们似乎更像是一群食肉动物而不是上帝当初所造的人（那个马夫见到女人就咬，罗莎的"脸颊上红红地印着两排牙齿印"）。这些人包括病人的家人、从月光下走进来的客人、村里的长者，还有老师和那帮学生（几乎构成了整个社会，这无疑强调了"我"的孤独）。他们的内心没有怜悯没有爱，只有"狭隘的思想"和欲望，他们和马夫一样，愚昧、邪恶而又残暴，对肉体的伤口和精神的伤口均熟视无睹（他们并不真正关心病人，他们关心的其实只是自己的感受，"病人房间里的空气简直无法呼吸；炉子没人管可是冒着烟"，至于"我"的内心感受他们更是无暇顾及）。在最需要祈祷和泪水的时候，他们却端出了罗木酒。他们的灵魂已经不可救药，他们既是冷漠的旁观者，又是不幸时代的缔造者，他们居然一边唱歌，一边脱光了"我"的衣服，并把"我"强行按倒在病人的木床上（多像耶稣被钉在十字架上）。

21

在这个噩梦里，我们看到了文学史上最触目惊心的伤口，天才的卡夫卡把它称之为玫瑰。病人带着这样的"陪嫁"，只能让自己嫁给死神。

22

深陷在这样的噩梦里，卡夫卡的叙述却始终那么清醒和冷静，甚至还不乏幽默。卡夫卡没有忘记那两匹仿佛是上帝所按排的马，两匹马虽然把"我"送进了噩梦里，但它们本身却似乎不属于这个噩梦，它们不断地出现在病人房间的窗口，并把头探进来，就像从地狱之外注视着地狱内的"我"。为了强调梦魇的氛围和特征，卡夫卡的叙述连绵不断不再分段，在所有的小说里，《乡村医生》的确是分段最少的一篇，除了在梦境开始时有一次分段，此后的叙述绵延不绝令人窒息，堕入噩梦的"我"再也不能醒来，就像溺水者再也不能得救，噩梦于是成了"我"唯一的现实。在这个荒诞的噩梦里，竟然还飘荡着歌声，滑稽而又阴森，让人倍感毛骨悚然。（这歌声，人们对"我"的态度，病人及家人的表现，"我"作为一个经验丰富的医生一开始却没有发现那么大的伤口，这些东西全都遵循着预设的梦境的逻辑和氛围。而"我"在安慰病人时所说的那句费解的话："可以告诉你：你的伤口还不算严重。只是被斧子砍了两下，有了这么一个很深的口子。许多人都自愿把半个身子呈献出来，而几乎听不到树林中斧子的声音，更不用说斧子靠近他们了"，其中的"他们"无疑是指涉自愿出诊自愿堕入噩梦的"我"自己的）……

23

在包括《乡村医生》在内的那几篇让卡夫卡自己感到满意的小说中，我们能够最为充分地领略卡夫卡作品的艺术特征和叙述之道。我们发现，卡夫卡在创作这些小说的时候，一方面坚执着内心的梦幻图景，另一方面，又深谙结实的真切的细节对叙述的说服力和推动力。此外，我们还可以感受到卡夫卡的叙述所特有的那种内在的幽默，这种幽默不仅是小说智慧和语言悟性的体现，不仅是艺术的技巧，而且也是站在梦幻的深处或高处打量或俯瞰所谓的现实时才会涌现的某种恰到好处的超然，这样的幽默，无疑还通向写作的快感，是对叙述的某种报偿。这样的幽默还告诉我们，尽管现实生活中的卡夫卡是忧郁和绝望透顶的，可写作和叙述时的卡夫卡却可以拥有真正的轻盈和快乐。我们不妨看看《判决》的主人公格奥尔格在小说结尾时的自杀："他急忙冲下楼梯，仿佛那不是一级级的楼梯而是一块倾斜的平面"（这样的倾斜的平面不通向现实的楼底而只能是通向梦境）；然后，格奥尔格来到了河边，他不是纵身跳入河里，而是先挂在桥栏杆上，然后，让自己在重力的作用下掉入河中（就像卡夫卡的小说总是从现实的边缘切入梦幻一样有个至少是形式上的过渡）："他悬空吊着，就像一个优秀的体操运动员"。接下来，格奥尔格与其说真的掉进了河里，还不如说一劳永逸地从现实掉进了梦幻;事实上,卡夫卡自己就是这样一个善于悬挂在梦幻与现实之间的优秀体操运动员。

24

在《乡村医行》这篇小说里,卡夫卡的这种幽默不仅突出了荒谬而且也超越了荒谬,这种幽默只有走到了绝望的尽头并摆脱了绝望的人才能够具有,正是这种幽默,使卡夫卡的叙述通向恰到好处的戏剧性和艺术而不是痛心疾首的控诉或声嘶力竭的揭露。这样的幽默还表明,虽然"我"深深地陷落在荒诞的噩梦里,可叙述者卡夫卡却凌驾于噩梦的上空,正是写作行为本身,使卡夫卡拥有了这种俯瞰的高度,这样的写作对卡夫卡既是拯救也是超越,置身于这种写作中的卡夫卡无疑是快乐和幸福的,他至少感到了暂时的满足(对现实生活中孤独忧郁的卡夫卡和写作时充实幸福的卡夫卡不加甄别,也许是我们接近卡夫卡小说艺术的一大障碍)——

我只得从猪圈里拉出马来套车;要不是猪圈里意外地有两匹马,我只好用猪来拉车了。
你不仅没有帮助我,还缩小我死亡时的睡床面积。
如果两匹马能像来时一样快速,那么我简直就可以从这张床一跳就跳回到自己的床上。

25

当然,置身于没有尽头的噩梦之中的"我",已经不可能回家不可能回到生活的现实,"我"的命运只能是在噩梦的现实里流浪:
"在这最不幸时代的严寒里,我这个上了年经的老人赤身裸体,坐着尘世间的车子,驾着非人间的马,到处流浪。"(叙事已经完成,卡夫卡觉得自己没有必要再遮遮掩掩了,所以他干脆就像亮出谜底一样说出了这两匹马的性质和真相:"非人间的马")

而在骑马出逃的慌忙过程里,"我把收拾好的那包东西扔进马车;皮大衣飞得太远了,只有一只袖子牢牢地挂在一只钩子上",就这样,"我"只好赤身裸体地在荒漠的雪地骑马流浪,因为"我的皮大衣挂在马车的后面,我够不着它"。这件飘扬在现实和梦境边缘的皮大衣就像一面旗帜,不过,它既不是胜利的旗帜,也不是失败的旗帜,而只能是一面荒诞的旗帜。

普鲁斯特的后向叙述

1

斯特恩在他那本堪称奇异的小说《项狄传》卷一第二十一章中,写到叙述者"我"的姑奶奶黛娜,她不顾家庭反对,私嫁马车夫并生了孩子,辱没了家门,为此,"我"的父亲常常愤愤不平,多有责难。其中有一段写道:

——我给你讲过,我父亲是个真正的哲学家,——善思辨,——有体系;——因而我的姑奶奶的事情对他来说后果严重,就如同行星的逆行对于哥白尼一样,——金星在自己轨道上的后滑反而坚定了以自己的名字命名的哥白尼体系的确立;而我的姑奶奶黛娜在她的轨道上的后滑,在建立我父亲的体系时也起了同样的作用。这个体系,我确信,从今往后会按他的名字而被称为项狄体系。

大凡世人总是朝着自己的人生不断前行的，因为几乎所有人都这样活着，从善如流，从众如蚁，从春到冬，从生到死。只有极少数异类，因为天赋独特，秉性异常，在某种神秘的能量或强大的动力作用下，竟然背向世人，逆着潮流，朝后滑动。"我"的姑奶奶黛娜就是这样一个人，作用着她的那种能量，无疑就是世所罕见的只属于她的爱情，正是这种"我"父亲根本不能理解的爱情，给了她"在轨道上后滑"的全部勇气和力量。

在漫长的文学史中，我认为普鲁斯特恰好是这样一个朝后滑动的作家，凭着一种独特的天赋和创造性才能，凭着前无古人后无来者的毅力和抱负，普鲁斯特为人类贡献了他的"后向叙述"。

2

首先，为了揭示生命的真实和心灵的秘密，普鲁斯特返身向后，"追忆似水年华"，用文字创立了一座辉煌的回忆的大厦。

对身患哮喘病和过敏症后半生一直呆在黑暗密室里的普鲁斯特而言，时间不再是行动的舞台，未来也不再是一种行动与自由的向度，时间现在和未来反而"是一种起分离作用的东西"（萨特语），时间不是发生一切的地方，而是让一切消失的地方，时间性就是丧失性（其实世人又何尝不是被囚在这样的时间暗室里呢）。所以，他背向未来，返身向后，追忆似水年华，探索过去的生命真实和曾经的心灵秘密。

因此，对普鲁斯特的小说主人公来说，未来只是一个宿命一样的虚无点，所以，他总是一而再再而三地让时间滑回过去。他唯一信赖的是过去。

普鲁斯特认为，过去存在过，但已在时间中丢失，时间差不多就成了丧失的代名词。《追忆似水年华》的叙述者在外祖母陪同下，第一次来到巴尔贝克海滩，体验到了陌生的荒诞感，体验到生命的丧失的不可避免，贝克特在《普鲁斯特论》中总结道："想到不仅他所爱的客体已经消失，而那爱本身也终会消失之时，所丧失的一切将不再是丧失。此刻他想到，我们对永葆个性的天堂的梦想是多么荒谬啊，因为我们的生命就是对天堂不断否定的过程，那唯一真实的天堂是已经失去的天堂，而死亡将医治许许多多渴望不朽的欲望。"所以，越过时间，追忆并重现过去，就成了普鲁斯特寻求安慰和解脱的唯一途径。回忆差不多就是《追忆似水年华》的全部。

3

从某种角度上来说，世上的小说都是回忆的产物，因为我们都知道，小说的内核是故事，而所谓故事就是故往之事，就是回忆中的事。可是，一般的作家笔下，回忆之事总是被叙述成现时之事，或者说，他们写回忆是为了展示现在，是为了表现时代和为现实服务的。所以，他们叙述的回忆其实不是真正的回忆，而只是一种改头换面的现在，是一种伪记忆。用普鲁斯特的术语来说，就是"意愿记忆"。"意愿记忆"虽然也使用过去时，可它总是被现在所影响所过滤所扭曲，写它的目的是为了实现某种外在的当下的动机或主题，这样的回忆总是被现在牵着鼻子走，不仅被动、不真实，而且常常趋于可笑甚至荒谬。"意愿记忆"是刻意的人为的，不是源于生命深处和内心底里，通常，是为了要表现什么主题思想而特意寻求故意编造的东西。而普鲁斯特要叙写的是真正的纯粹的生命记忆，他把这样的记忆叫做"非意愿记忆"。这种记忆往往看似细小碎屑没有什么显在意义，常常以嗅觉或味觉这样的纯感官形式出现，但它却是烙印在生命底里并自然涌现自动萌发出来的，决不刻意，绝无虚饰，因而实际上更能表现生命的真实和心灵的律动。普鲁斯特的写作真正让他自己也让读者回到了过去回到了当初，他的《追忆似水年华》可谓"非意愿记忆"的集大成者，是后向写作的纪念碑，而"小玛德莱娜点心""凡德伊的音乐""巴尔贝克附近的山楂树"等记忆叙述无疑是这方面的典范。

4

其次，普鲁斯特的追忆和叙述中还有另一种后向的特征和品质，迄今为止，在浩如烟海的文学史中，我还没有在别的作家和作品中看到过这种罕见的品质。

评论家和读者一般都看出了普鲁斯特文本和叙述的与众不同，看出了他那几乎是无限的细腻、迂回、繁复和逼真。其实，这只是表象。透过这种表象，沿着普鲁斯特细腻精微的文本肌里，深入他的迷宫般的叙述网格和脉络，我们就会发现，普鲁斯特的写作自有其奥秘。

人类的思维和语言遵循的是这样一个发展方向：从感性认识出发，慢慢提炼、梳理、总结、归纳，最终抵达理性认识。从感性经验的原始粗糙，到理性思维的清晰精细，是人类思维和语言发展并成熟的标志。

可作家要捕捉和叙写的却大都是生命感受和心灵事实，理论、真理、概念，这些都是哲学家关心的东西。作家们都相信，理论和想法迟早会过时，只有生命的体验及感受才会长存（就像歌德所言：理论是灰色的，只有生命之树常青）。那么，怎样才能准确地表达生命感受和心灵体验呢，我想，这可能是作家们几千年来最闹心最纠结的问题了。由于生命感受与心灵律动总是混乱、暧昧、无序、微妙，而思维和语言则越来越清晰、有序、逻辑、整齐，所以，表达工具和表达对象之间横亘着一道似乎不可愈越的鸿沟（思维与语言的理性化和现代化，其实意味着人类感受能力的贫乏和退化），作家们面临的是一个表达难题，是一个写作悖论。

5

在这个悖论和难题面前，作家们大都采取了妥协或简化，他们要么放弃对生命感受的逼真叙写和细腻挖掘，只表达一个大概和轮廓，感受于是被简化为形容词加名词，比如"刺骨的寒冷"（对冷这种触觉的表达粗浅而又空洞）；要么用比喻、转喻、暗示等修辞迂回包抄间接表达，让感受只停留在模糊状态，比如"浑身湿得像落汤鸡一样"（到底多湿，湿的感受究竟如何，我们不得而知）。很少有作家对感受进行正面的逼真的还原和叙写，很少有作家采取正面强攻，而不是侧面绕过。

其中，像福克纳这样的作家对生命感受的表达已经堪称精彩，他那缠绕的长句，他那奇异的比喻，他那神秘主义的梦魇似的策略，使他的感觉叙写独树一帜，收效甚好。他的语言常常紊乱、纠缠、无序、跳跃，他的表达接近了人类感受的原生状态，原汁并且原味。但他的叙述对读者常常既是一种诱惑和魅力，同时又是一种障碍和挑战。比如，在《去吧，摩西》的第二篇《灶火与炉床》中，写主人公路卡斯·布钱普为了隐藏自己的烧酒器皿，深夜到野外的土墩偷偷挖一个洞，却突然坍塌，不小心被一块崩出来的土坷垃打中脸部，福克纳这样叙述那种被打的过程和感受：

> 就在此时——也许那不过是叹息似的轻轻一声，可是在他听来却比一场雪崩还响，仿佛整个土墩都吼叫着朝他压下来——整个悬垂都塌了。它砸在空壶上，盖没了壶和

螺旋管，直漫到他的脚上，而且在他往后一跳绊了下跌倒在地时，也压到他身上，把土块、土坷垃朝他扔来，最后又把一样比土块大点儿的东西端端正正地打在他脸上，给了他最后一个打击——这个打击倒也不算特别毒，只是出手挺重，像是黑暗与孤独的精灵，是古老的土地，也许就是列祖列宗本身所发出的某种最终警告式的拍击。

这段被打感受的叙述浑厚、神秘、杂乱，奇特但却准确，所用的比喻也匪夷所思，让人感同身受印象深刻。福克纳的策略好像是这样的：反正那种感觉谁也说不清，所以，我完全可以胡说八道，只要我的胡说八道足够有想象力。也就是说，福克纳表达了那种特别的生理感受，那种异常的强烈的触觉与痛感，但其实他并没有具体清晰的描写和分析。接着阅读那篇小说我们知道，主人公被砸之后，发现那个地方，那个他刚刚被砸得七窍生烟的土墩里，原来窖藏着一堆金币。在这样的发财奇遇之前，叙述上必须有所铺垫，必须有前奏曲，所以，福克纳才会那样发力叙写那个拍击，仿佛是由于经受了这样的无端的拍击，主人公发现金币也就顺理成章了。这里边，当然现显了福克纳在叙述上的平衡与老道。

另外，福克纳还喜欢用通感来写感受，这是典型的以毒攻毒法：为了表达一种难以表达的感官感受，我不直接去表达，而是借用另一种感官感受去影射它，就像隔山打牛。比如在《喧哗与骚动》这部小说中，福克纳写白痴班吉明大冬天的非要出去玩，写他用手拉开大铁门时那种寒冷的感觉，福克纳用的就是通感叙述："我闻到了冷的气味"。

6

普鲁斯特比福克纳更早地采用了通感叙述，但这不是普鲁斯特的奥秘，通感只是亮点却不是秘密。普鲁斯特感觉叙述的独创性策略，是一种无与伦比的后向写作：他不直接界定、指称或简化回忆中纷至沓来的感觉，他也不是依靠通感和比喻，普鲁斯特的方法逆着人类的思维进程，他用理性分析去还原、去显现、去展示、去表达感性。普鲁斯特记忆中的那些生命感受，像一座座大厦，宏伟、复杂、细致、繁华，但构建这座感觉大厦的材料却是早已被文学艺术敬而远之的理性、分析和逻辑。用理性叙述感性，普鲁斯特凭此攻克了那个写作悖论，面对难以表达的人类感受和心灵体验，他从不绕弯，总是正面发起进攻，而且他的武器竟然是细密的理性分析！这是我不断重读不断细读《追忆似水年华》之后的一大发现，这个发现连我自己都感到意外和震惊。因为普鲁斯特化不可能为可能，让腐朽成为了神奇：他说清了说不清的东西！

只要你重新一字一句地不断地细读精读"小玛德莱娜点心"那样的篇章，我相信，你一定会像我一样为此感到震惊和意外。普鲁斯特似乎格外热衷于捕捉和表达那些格外微妙格外复杂的人类感受，他面对它们的态度差不多就像美食家面对一桌绝世佳肴一样，他好像不是在解决繁难的问题，而是在享受美餐。他的表达和分析（理性、记忆、想象、逻辑、敏锐的综合？）有条不紊，层层渗透，丝丝入扣，像物理学家在分析物质的分子结构，从分子到原子再到质子和电子，一直到中微子和更小的不可再分的粒子；他的表达和分析也像生物学家用高精密度的实验仪器在探索生命的神秘基因和遗传密码。普鲁斯特的叙述过程和机制，真的像自然科学一样缜密细致无微不至，同时又像外科手术一样精准有效。看到最后，你发现回忆中的那个复杂微妙难以言表的生命感受，已经瓜熟蒂落或水落石出。惊叹之余，我们怎么也弄不清普鲁斯特到底是个科学家还是魔术师。

7

"小玛德莱娜点心"那一段的最后,有这样几句话:

> 但是气味和滋味却会在形销之后长期存在,即使人亡物毁,久远的往事了无陈迹,唯独气味和滋味虽说更脆弱却更有生命力;虽说更虚幻却更经久不衰,更忠贞不矢,它们仍然对依稀往事寄托着回忆、期待和希望,它们以几乎无从辨认的蛛丝马迹,坚强不屈地支撑起整座回忆的巨厦……

最近我看到一则科学资料,布朗大学的心理学家拉切尔·赫兹撰写了一篇名为《测试普鲁斯特假设》的论文。通过神经生物学的相关实验,赫兹发现味觉和嗅觉是唯一与大脑中的海马区相连的感觉,而海马区正是负责长期记忆的。也就是说,现代科学证明了普鲁斯特的正确:味觉和嗅觉比视觉等其他感觉更持久更不易消失和遗忘。由此可见,与福克纳那样的"胡说八道"不同,普鲁斯的感觉叙述体现的是他的超人的理性想象,他简直就是一个科学家。

8

此外,如果有人读完了《追忆似水年华》的话,就不难发现,整个文本看似繁复迷乱,实际上却有拱桥一样的精确而又科学的结构。这个结构,显然也是理性的产物,看似不可思议,但既不神秘也不玄虚,我们可以清晰地看到它的梁柱、回廊和门窗。

普鲁斯特的策略和手法乍一看违反常理。我们都知道,感性认识可以上升为理性认识，但反之不成立，这是一个不可逆的过程，就像一头牛可以被某种现代工业的科学的流水线加工成无数牛肉罐头，但我们无法让这些牛肉罐头重新倒退回去成为一头牛一样。普鲁斯特是如何化解这一难题并最终逆向滑行的呢，除了他的惊人的记忆力，除了他的天赋的想象力，我们不能忘了，普鲁斯特还拥有无与伦比的逻辑分析能力（在《驳圣伯夫》这本文学评论著作中我们可以感受到他在这方面的才能）。我认为，正是靠理性分析的超常规的极限化的努力，靠他的无限细腻和繁复的叙述，靠他那最高密度的语言渗透，普鲁斯特才从理性出发抵达了感性。也就是说，正是靠那种滴水不漏无限细密的语言叙述和理性分析之网，普鲁斯特最终用理性捕获了感性！

事情差不多就是这样，普鲁斯特通过呕心沥血的超常规的极限化叙述，用理性的无数砖瓦一点点地构筑起了宏伟的感性大厦。

这让我想起了非欧几何：我们画的明明是一段接一段的直线，但由于这直线伸展得足够遥远，蔓延得足够漫长，最终，它构成了一条曲线。

这也可以让我们联想一下斯特恩的叙述策略：通过无数的离题、频繁的插入和奇异的分岔，时间的轨迹变得像迷宫一样，时间好像在时间本身中迷失了。最后连死神也被绕得晕头转向，搞不清项狄究竟在何处，到底在干什么了。

尤瑟纳尔的诗性叙述

1

如果在古今中外的文学史中推举一篇最靠近诗歌的小说，我首先想到的便是法国女作家尤瑟纳尔的短篇《王佛保命之道》。这篇小说是如此简巧结实，又是那么轻盈飘逸，在我的阅读想象中，尤瑟纳尔一定是使用羽毛笔写成这篇带翅膀的小说的，也就是说，尤瑟纳尔运用纯粹的小说叙事，完成了一次轻灵的诗歌飞翔。

2

这首小说的诗篇是这样起飞的：

老画家王佛和徒弟琳两人，在汉朝的国土上，沿着大路漫游。

这种别致轻盈横空逸出的语句,可以说一下子就紧紧地攫住了我的视线,这样的语言和语感,使时间和空间不再成为艺术家心灵的羁绊和障碍,遥远的历史倏然之间被一种灵感之语所击穿,从而使文学超然于历史事实之上。所叙述的人物虽然在大地漫游,但作家那自由轻灵的叙述却已然飞翔于艺术的天际。

我相信老马尔克斯关于一部小说第一句话的决定性作用的见解,在《百年孤独》《霍乱时期的爱情》《迷宫中的将军》等小说中,第一句话的确至关重要牵一发而动全身。在《王佛保命之道》这个短篇中,这第一句话同样决定了小说的独特风格,预示了叙述语言和语感的轻盈程度及方向。

这是一个典型的尤瑟纳尔式的小说开头。尤瑟纳尔的小说,无论是《阿德里安回忆录》《苦炼》还是这篇《王佛保命之道》,总是飞越一般的现实生活和自身的经历,深入遥远的历史时空,她的叙述就像一束罕见的艺术之光,不仅照亮古老陈旧的景象和事物,而且照亮无限时空中的情感和命运的轨迹,照亮事物的玄奥本质和诗意。请读者允许我在这儿援引《苦炼》第二部"深渊"中的一个片段吧,它是我多年的阅读生涯里所读过的最喜爱最难忘的片段,不乘此机会引它一下,我的心里就会痒痒得难受,因为它让我相信,文学的世界的确存在着一种诗性的叙述或玄妙的叙述:

> 房间被森林填满。这把算准了坐着的人的屁股与地面之间距离而制造出来的板凳,这张供人用来写字和吃饭的桌子,这扇将一个立体空间向另一个立体空间开放的门,都失去了匠人制作时赋予它们的存在理由,在他眼里,它们重新成了树干和树枝,就像从教堂的壁画里重新走下来

的巴底勒米圣徒一样。那些树干和树枝上宛然挂着树叶的幽灵，歇着肉眼看不到的小鸟，甚至还发出风雨袭来时的嘎吱声，虽然风雨早已平息，而且上面还有刨子留下的疙疙瘩瘩的树枝凝块。这床毛毯，这件挂在钉子上的袈裟，发出羊毛脂、奶和血的味道。这双在床前张着口的皮鞋，当初曾随着卧草的公牛的呼吸而翕动，而鞋匠用来给皮鞋上光的鞋油中，响彻着血被放尽的公猪的嚎叫声。到处都有暴力造成的死亡，就像在屠宰场或狩猎场看到的那样。一只被割断脖子的鹅，在用来写字的鹅毛笔的笔管里叫着，人们却用那笔在破旧的纸张上涂下自己认为值得传世的没有生命的思想。所有的东西都是另一副模样：这件由贝纳廷修女为他洗净的衬衣，是一片比天还要蓝的亚麻地，又是一堆沤在水沟里的纤维。他口袋里的这些铸着查理先帝头像的金币，他相信目前是属于他的，但在这以前，多少次经人兑换、用来付账、被人窃走、被陌生人攥在手心里掂着分量蹭来蹭去地磨损，可它在吝啬鬼或浪荡子手中流转之紊乱之频繁，比起金属本身轻易不变的性质和寿限，毕竟望尘莫及，因为金属本身早在亚当出世之前，就已经被输进地下的矿脉里了。而房子的砖墙不断地化成泥巴，总有一天它会重新变成泥巴的……

的确，尤瑟纳尔那智慧的灵性的语言之网，触及和捕获的不是所谓的历史真实，而是诗的真实和事物的本原，是艺术的多样性和无止境的想象力；尤瑟纳尔的叙述不是双脚走路，而是灵魂漫游，不是匍伏在地面，而是飞翔在天空。因此，尤瑟纳尔的小说开头，总是闪现出凌空展翅兀然起飞的姿态。《王佛保命之道》当然也不例外。

3

有了这样的起飞,尤瑟纳尔这篇小说接下去的叙述就犹如顺风滑翔。在那种轻盈飘逸的语感中,师徒两人的漫游恰似云中漫步:

> 王佛晚上要仰望星辰,白天要观察蜻蜓,一路上时常停留,所以师徒两人慢慢地向前走去。(王佛和琳就仿佛是中国古代山水画中的人物,他们压根儿不是行走于现实生活的烟火气息之中,而是漫步在似曾相识的绢纸画面里)
>
> 他们随身行李轻简,因为王佛喜爱的是事物的形象而不是物品本身。(这是对画家的最形象最准确而又最空灵的描绘。)
>
> 徒弟琳弯着腰,背着一满口袋的画稿,但他仍显得满怀敬意,仿佛背负着的是整个苍穹;在他的心目中,这个口袋里装满了白雪皑皑的山峰、春日的江水、夏夜明月的姿容。(这种轻灵优美的描述,完全逸出了小说范畴,进入了诗歌的境地)

4

接下来,尤瑟纳尔交待了琳是怎样从一个富家子弟演变成老画家的虔诚弟子的。但她的笔触始终不像讲究透视的西洋画一般写实,而是像水墨画一般写意,她的语言始终超越了小说范畴和界限,轻盈、微妙、暧昧,更像是不及物不分行的诗句。

要是根据出身,琳本来不会跟着这位朝捕晨曦、暮捉晚霞的老人到处流浪……琳就是在这样一个富有而安适的家庭中成长,但娇生惯养的生活使他变得胆小:昆虫、雷声和死人的面容都使他感到害怕……琳的妻子柔弱得像芦苇,稚气得好比乳汁,甜得如口水,咸得像眼泪……琳的双亲在儿子婚后就去世了,仿佛他们小心谨慎竟然到了如此地步,唯恐活着会干扰他的生活。从此,在那朱红色的宅院中,与琳为伴的就只有那个永远带着微笑的年轻妻子和一株年年春天开放粉红色花朵的梅树。

交待了琳的家庭和身世,尤瑟纳尔开始写老画家与琳的相识过程。尤瑟纳尔用纯粹的诗性语言,步步为营地实施着叙事的目的:

他侧着头,仿佛在用心度量自己的手和酒杯之间的距离……这天晚上,王佛说话滔滔不绝,仿佛沉默是一堵墙,语言是用来画满这堵墙的颜料。在这位老画家的启示下,琳看到了被热酒的蒸汽晕化了的饮酒者面容美丽之处,火舌不均匀地舔过酱色肉块的光泽,桌布上的酒渍像撒满了枯萎的花瓣一样具有一种雅致的玫瑰红色。当一阵狂风冲破纸窗,骤雨扑入室内时,王佛俯身,指引琳欣赏那一道道青灰色的闪电。赞叹不已的琳从此就不再惧怕暴风雨了。

于是,在中国古代的那么一个暴风雨的夜晚,翠玉般的青年琳就把餐风饮露仙风道骨的老画家从小酒馆带回了家:

在庭院中,王佛注意到一株小树轻柔纤弱的姿态,并把它比喻为一个在风中吹干长发的少妇……在走廊上,王佛着迷似地看一只蚂蚁沿着墙壁的裂缝游移不定地向前爬行,琳对小虫子的厌恶也因之而完全消失了。于是,琳明白了:王佛赠给他的是一个全新的灵魂和一种全新的感觉。

5

老画家和琳在一起生活了一段日子。在这段日子里,琳先是充当了老画家的模特,继而就成了老画家的徒弟。为了让琳摆脱俗世生活,义无反顾地跟随老画家去过一种艺术生涯,尤瑟纳尔只能让琳的美丽妻子美丽地死去,这与其说是一次悲伤的死亡,还不如说是一次艺术的诗意的死亡:

多年以来,王佛一直梦想画一位古代公主在柳下弹琴的画像,可是没有一位妇女具有足够的虚幻性可以当他的模特儿,不过琳却可以,因为他不是女人。后来,王佛又谈到要画一位年轻的王子在巨松下弯弓射箭,可是当时,虚幻的程度足以作为他的模特的青年一个也没有,琳就让自己的妻子站在花园的梅树下摆好姿势让他作画……自从她的丈夫喜爱王佛为她作的画像胜过她本人以后,她的容颜就日渐憔悴枯槁起来,像遭到热风熏吹和夏雨浇淋的花朵一样。一天清晨,她被发现吊死在那棵开着粉色花朵的梅树树枝上,自缢用的带子的尾梢和她的浓密的长发交织在一起飘动,看起来她比生在时更苗条,而且纯洁得像昔日的诗人所赞美的丽人。王佛最后为她画了遗像,因为他欣赏死者脸上呈现的那种罕见的青绿色。徒弟琳忙着为他研磨各种颜料,这种需要十分专心的工作使他忘记了流泪。(这大概是我们所见过的最美丽的死亡了,由于对艺术的痴

迷，琳对死亡的超越被写得真是干净利落）

为了替师傅购买从西域运来的紫色颜料，琳陆续地卖掉家奴、玉器和清泉中的鱼。当房子里的东西全部卖空以后，他们两人就离家而去，从此，琳与过去的生活告别了。王佛对这样一个城镇已经感到厌倦，因为从这里的人的脸上已再也看不到美或丑的奥秘了。师徒两人于是一起在汉朝国土的大道上飘泊。

6

就这样，经过了必要的交待和河流般的迂回之后，尤瑟纳尔又让自己的叙述呼应并拐回到了流浪和漫游的故事主线。师徒两人在乡镇之间漫游了一阵，他们的名声也在随着他们的漫游而弥漫扩散。不久，他们就被一群士兵逮捕，并被押送到了皇宫。尤瑟纳尔的叙述的诗行终于伸向了王佛保命的故事。

在这个中心故事里，尤瑟纳尔首先向我们叙述了想象中的中国古代的皇宫：

> 他们走到了皇宫的大门口。绛紫色的围墙在阳光下耸立着，就像一幅夜幕。士兵们带着王佛穿过无数方形或圆形的宫殿。这些宫殿的式样分别象征四季、四方、阴阳、长寿和天子的权力……在这里，人们感到，哪怕是一道无关紧要的命令也会显得那么可畏、不容更改，如同祖先的训诫一样。宫殿里，空气稀薄，而且深沉寂静到了如此地步，连一个受刑的人也不敢叫喊。
>
> 为了避免扰乱皇帝思索时需要沉浸其中的寂静，紫禁城内不许任何鸟雀飞入，甚至蜜蜂也要赶走。一堵巨墙把花园与外面隔离，不让那些掠过死狗或战场上的尸骸的风

闯进来拂动皇帝的衣袖。

尤瑟纳尔从来没有看见过中国古代皇帝的脸,你看她写得多么简约、准确而又传神:

> 他容貌俊美,但毫无表情,好像是一面悬挂过高的镜子,只反映出星星和无情的天空。

"悬挂过高的镜子"!这是一个多么天才的独创性喻象,这是一面非现实甚至非人间的镜子,当然只能映照出虚无。

7

尤瑟纳尔的叙述一直这样轻盈悠扬地向前延伸,虚实相间举重若轻,羚羊挂角尽得风流。尤瑟纳尔笔下的中国皇帝,是一个在清静孤寂的宫殿环境中长大的人,是一个在王佛的画中世界沉湎不醒的人,是一个混淆了梦幻和现实的界线的神经质的人:

> 日夜周而复始;一到黎明,你画上的颜色就变得鲜明起来;到了黄昏,颜色就显得暗淡了。在不眠之夜,朕总是观看这些画。几乎长达十年之久,每天晚上都看你的画……朕对整个世界有这样的想象:汉国居于中心,就像没有变化的、平坦而带凹陷的手掌,五条大河就像手掌上决定命运的掌纹……你使朕相信大海就像在你画上展现的那样,是一片蓝色的宽广的水面,非常之蓝,一块石头掉下去,只能变为蓝宝石……(只有梦幻中才有这样的大海,只有诗歌中才有这样的蓝色)

长大成人后，这个皇帝登上了皇位，开始面对现实，他恍然发现，他所统治的疆土和世界是那样的丑陋不堪，他置身其间的现实到处是烂泥和石块、受刑者的血、乡村里的跳蚤臭虫、像肉店钩子上挂着的死气沉沉的肉一样的女人肌肤和士兵们的粗俗笑声，这样的现实与王佛画中的梦幻世界相比简直有天壤之别。他一边厌恶这样的现实世界，一边羡慕和嫉恨王佛拥有的画中世界：

最值得统治的帝国只有一个，那就是你老王佛通过千条曲线和万种颜色而得以深入其中的领域。只有你，能悠然自得平安无事地统治着那些永不融化的皑皑白雪覆盖着的高山和遍地开着永不凋谢的水仙花的田野。

皇帝认为是王佛骗了他：

你的妖术使朕厌恶自己所拥有的一切，使朕渴望获得自己得不到的东西。

所以，他决定对王佛施行一种酷刑：

朕已决定下令毁掉你的眼睛，把你关在一个永无天日的、唯一的黑牢里，因为，王佛，你的一双眼睛是让你进入你的王国的两扇神奇的大门；朕已决定下令斫掉你的双手，因为这双手，是带领你到达你的王国中心的、具有十条岔路的两条大道。

8

一听到这样的判决，热爱王佛恰如热爱艺术的忠心耿耿的琳，突然从一个柔弱的青年变成了一个叱咤的勇士：

> 王佛的徒弟琳从腰间拔出一把有缺口的刀，向皇帝猛扑过去。

皇帝就命令先把琳杀掉。尤瑟纳尔这时候的叙述惊心动魄感人至深：

> 琳向前跳了一步，他不想让自己被杀时溅出来的鲜血弄脏了师傅的长袍。

尤瑟纳尔把琳被杀的场面写得如此迅疾轻简，几乎没让琳也没让读者感到疼痛：

> 一个卫兵举剑一挥，琳的头颅顿时从颈上掉下，就像一朵花被剪了下来。
> 王佛虽然悲痛欲绝，但仍在欣赏他徒弟残留在绿色石块铺成的地面上、美丽的猩红色血迹。（触目惊心鲜血淋漓的死亡并没有撼动王佛的内心，相反，王佛用艺术超越了现实和死亡，因为王佛就是艺术的化身）

9

在砍掉王佛的双手之前，皇帝要王佛完成一幅青年时代的未竟之作，这是一幅关于山峦、港湾和大海的画稿：

> 王佛，我要你把眼睛还能见到天日的时间用来完成这幅画，让它留下你在漫长的一生中所积累起来的最奥秘的

绘画技术。你那很快就要被砍掉的双手，无疑地将会在绢本的画幅上抖动，由于将要遭到不幸而使你画出来的那些晕线，将会使无穷的意境进入你的画中。你那双将被毁掉的眼睛，也无疑地将会发现在人的感觉极限内所能看到的事物之间的关系。（说起来，皇帝也算是一个懂得绘画的人，可他了解的只是艺术的皮毛，他根本不知道艺术的力量究竟有多大）

看到这幅已经勾勒了大海和天空的形象的早期画稿，"王佛擦干眼泪，微笑起来，因为这幅小小的画稿使他想起了自己的青春。"

在从前没有画完的大海上泼上了大片的蓝色之后，在开始画之前，尤瑟纳尔叙写了充满情感的必不可少的细致的一笔：

一名太监蹲在他的脚下磨研颜料，但干得相当笨拙，王佛因而更加怀念自己的徒弟琳了。

10

接下来，尤瑟纳尔就写了王佛的保命之道，故事进入高潮。在构思故事设计高潮的时候，尤瑟纳尔也许受到过诸如神笔马良的传奇和《聊斋志异》中的著名的画皮故事的启发和影响，但尤瑟纳尔的叙述无疑超越了中国古代的这些传奇故事，写得更精彩细致，更惊心动魄，更充满诗意令人叫绝。尤瑟纳尔令人信服地写出了艺术的神奇的力量，写出了艺术对生命的拯救的可能性，她让我们坚信，一方面，艺术会让人五迷三道走火入魔（如皇帝），另一方面，艺术也能给予人们终极的关怀，只要一个人真正拥有艺术,他就能够超越现实,飞越死亡。

毫无疑问,尤瑟纳尔对王佛的保命之道的叙述,是这篇小说的精华和中心,也是最值得我们分析和玩味的地方,在某种程度上说,尤瑟纳尔此前的轻逸诗性的叙述,只是对保命叙述的奠基和铺垫,只是为这里的叙述飞翔所准备的磁场和空气。尤瑟纳尔对王佛保命的叙述,其实是对某一文学风格或品质的发扬光大,这种文学风格和品质,卡尔维诺曾在《未来千年文学备忘录》中把它命名为"轻逸"。这与其说是一种小说的品质,还不如说是一种诗歌的品质,凭着这种品质,作家和诗人化现实之重为艺术之轻,从有限抵达了无限,把生活叙写成了梦幻,使空虚充实为具体,使人的心灵经由想象而走向了永恒的自由。这样一种风格和品质,这样一种轻逸的叙述,我们不妨称之为"神话的现实叙述""梦幻的真切叙述""小说的诗歌叙述",或者就叫做"不可能的可能叙述"(我们可以用蒙田的一句话来准确地概括这样的文学品质和叙述:"强劲的想象产生事实";我们还可以模仿蒙田的话说出这种叙述的真正品质:"语言可以创造奇迹")。正是运用这样的叙述,但丁在《神曲》中甚至把实体性赋予了最为抽象的精神思辨,而塞万提斯则成功地叙写了堂吉诃德怎样将其长矛戳入风磨叶片、自己也被拉到空中的场面,这个场面是全部文学中最为著名的段落之一,到了二十世纪,博尔赫斯又用这种风格和品质铸造了自己的幻想文学,马尔克斯则建构了魔幻叙事(正是依靠这种魔幻叙事,阿卡蒂奥的鲜血才能像老马识途一样穿过街道返回老宅;而俏姑娘雷麦黛斯凭着一张刚晾干的床单永远地飞上了天)。

其实,这种不朽的文学风格和品质的源头,我们可以一直追溯到古罗马的奥维德。他曾经用无与伦比的才华讲述了一个女人如何意识到自己正在变成一株忘忧树的故事:

> 她的两只脚深深地植入土地中，一层柔软的树皮渐渐向上扩展，裹起她的大腿，她抬起手梳理头发，发现手臂长满了树叶。

他还用同样的方法和技艺写了阿拉奇纳的手指，阿拉奇纳是梳纺羊毛、旋转纺子、穿针引线进行刺绣的专家，在某一时刻，我们看到阿拉奇纳的手指渐渐延长，变成纤细的蜘蛛腿，开始织起蛛网来。

11

尤瑟纳尔正是继承和发扬了这样一种风格和品质，才完成王佛保命的叙述的，她的叙述因而才能够超越神笔马良那样的简单传说，才能够使王佛画在绢纸上的海水真实地漫上皇宫的玉砖地面，并最终汹涌为一片汪洋大海（与奥维德等先辈相比，尤瑟纳尔的叙述无疑更漫长、更舒展、更富变化、更有难度）：

> 王佛又开始把山巅上的一片浮云的翼梢涂上粉红色，接着，他在海面上画上一些小波纹，它们加深了大海的宁静的气氛。这时，玉砖铺的地面奇怪地变得潮湿了，全神贯注在工作上的王佛没有发觉自己的脚已浸在水中了。

接下来，我们的眼睛看到王佛画出了一叶轻舟，可与此同时我们的耳朵却听到了现实的"有节奏的桨声"：

> 声音越来越近，慢慢地遍布整个大殿，接着这声音停息了，在船夫的长柄船桨上，那些凝聚着的水珠还在颤动着。

就是在如此奇幻轻逸的叙述中,尤瑟纳尔也没有忘记对现实的照应和眷顾,这样的照顾使她的叙述变得更为真实可信更为强劲有力:

> 为了烫瞎王佛眼睛而准备的烧红的烙铁早已在行刑者的火盆上冷却了。

这时候,"水已漫到朝臣们的肩头上,但慑于礼仪,他们仍然不敢动弹,只能跷起自己的脚尖。最后水已涨到皇帝的心口上,但殿中却静得连眼泪滴下的声音也可以听见。"

我们接着便看到,那个船夫就是王佛的徒弟琳:

> 这真是琳站在那里。他身上依然是日常穿的那件旧袍子,右边的袖子上还有钩破的痕迹,因为那天早上,在士兵来到之前,他没有时间缝补。

为了使幻想具有充分的现实性,为了使幻想与现实合而为一,为了呼应琳被砍头身亡死而复生的事实,才华横溢的尤瑟纳尔在这里补写了微妙而又惊人的一笔:

> "可是,他的颈子上却围着一条奇怪的红色围巾。"(我记得余华就曾经在文章中赞叹过这个细节)

经过生离死别,重逢的师徒两人的相互问候被写得简洁得不能再简洁感人得不能再感人:

> 王佛一边作画一边低声说:

"我以为你死了。"

琳恭敬地回答:"您还健在,我怎能死去?"(尤瑟纳尔也许读到过《论语》里孔子与颜回之间那句著名的对话)

琳说完就把师傅扶上了船,这时候,"朝臣们浸没在水里的辫子像蛇一般在水面摆动",而"皇帝的苍白的脸儿像一朵莲花似地浮在水中"。

上船后的师徒两人的对话简直是妙趣横生:

> 我过去一直没想到大海会有那么多水,足以把一位皇帝淹死。
>
> 只有皇帝的心中会记得一点儿海水的苦涩味。这些人都不是那种会在一幅画中消失的材料。

12

俗话说请神容易送神难,可尤瑟纳尔的叙述不仅能够让海水轻盈优异地漫上宫殿,而且能够从容自又卓越不凡地让海水消失退去,正是在这种飞翔之后的平稳降落中,体现了尤瑟纳尔对传统和前辈的超越之处:

> 王佛抓住船舵,琳弯腰划桨。有节奏的桨声又重新充满整个大殿,听起来就像心脏跳动的声音那样均匀有力。峭拔高大的悬崖周围,水平线在不知不觉地逐渐下降,这些悬崖又重新变为石柱。不久,在玉砖铺成的地面上一些低洼处就只剩下很少几摊水在闪闪发光,朝臣们的朝服已干,只有皇帝的披风的流苏上还留着几朵浪花。
>
> 终于,皇帝眼睁睁地看着,"老画家王佛和他的徒弟琳

从此在这位画家刚才创作出来的蓝色的玉一般的海上,永远失踪了。"

这部好得不能再好的诗歌小说就这样戛然而止。

《王佛保命之道》不是一首叙事诗而是独特的诗的叙事;或者说,尤瑟纳尔通过自己的独特才华和罕见的想象力,使小说叙事在艺术品质上内在地赶上了诗歌(纳博科夫在评价福楼拜时曾说过类似的话,我觉得尤瑟纳尔的叙述完全倾向于诗歌,尽管她写的确凿是小说)

最后,我发现自己的解读文章几乎被小说的原文所覆盖和淹没,此时此刻,我终于明白本雅明为什么想写一本全是由引文构成的书了。我差不多只是情不自禁地从头到脚地把这篇小说的诗篇抄录了一遍,就像博尔赫斯的小说《〈唐吉诃德〉的作者彼埃尔·梅纳德》所写的那样。我不由地想,面对《王佛保命之道》这样的好得不能再好的卓越的诗歌小说,最好的欣赏方式也许就是虔敬地一字一句地朗诵它。一遍又一遍地朗诵它。

博尔赫斯的幻想叙述

1

《交叉小径的花园》是博尔赫斯的小说代表作,也是整个二十世纪现代派文学最重要的一个短篇。这篇让我"眩晕"了多年的著名的小说,是从一段历史记载开始讲述的:

> 在利德尔·哈特所著的《欧战史》第二十二页上,可以读到这样一段记载:十三个团的英军(配备着一千四百门大炮),原计划于1916年7月24日向塞勒—蒙陶朋一线发动进攻,后来却不得不延期到29日的上午。倾泻的大雨是使这次进攻推迟的原因(利德尔·哈特上尉指出)。

利德尔·哈特确有其人,他是一名参加过那场战争的英国上尉,后来成了一个军事家;而《欧战史》也确有其书,它是利德尔·哈特根据自己的亲身经历和见闻撰写而成的,并正式出版于1934年。

2

不过谁都知道,历史著作虽然看似客观真实,但这种客观往往只是表面的客观,这种真实也只是有限的真实。粗线条的历史事件,往往掩盖、疏忽或湮没了大量的具体的细节,就像一条已知的轮廓化的河流下面,游弋着难以计数的未知的鱼;白纸黑字的历史日期中,我们不可能看见那些惊心动魄的闪电般的瞬间,就像在一幅关于森林的写意画里,我们看不见那些正在光合作用的叶脉。历史刻画的是一条涎迹一般的线索,而那只与涎迹有关的蜗牛却隐匿逃遁了,历史抓住的是那条空空的蛇皮,而那条蜕皮的蛇却溜进了子虚乌有。在历史记录的字里行间,留下了太多的漏洞,布满了太多的空隙,历史差不多是一种虚幻的倒置,它得到了果,却失去了因;历史太像是一座迷宫,我们能走进入口,却找不到那个唯一的出口。这倒给文学艺术提供了一个广阔的用武之地,因为艺术想象可以填补历史的漏洞,小说叙事可以充实历史的空隙,文学艺术因而也就成了复活历史还原真实的有效而又独特的可能途径。情况大概就是这样,历史学家在著作中遗留的不可避免的空洞,恰好给小说作家提供了写作和叙述的舞台。

3

在文学的长河里,这种填补历史空洞的小说叙事可谓比比皆是,在图书馆里渡过了自己大半生时光的博尔赫斯,对这样的小说当然耳熟能详,对这种叙事策略也必定谙然于心。所以,他接下来的叙述显得比老马识途还要轻车熟路:

"可是下面这一段由俞琛博士口述,经过他(本人)复核并签名的声明（译成"文件"似更到位），却给这个事件投下了一线值得怀疑的光芒（译成"光影"是否更好）。"

为了加快叙述的速度，减少不必要的枝蔓，直接地尽快地切入真实事件的核心，博尔赫斯还故意让那份"文件的开头两页""遗失"不见了。

接下来，按照某种似乎必然如此的文学惯例和经验，我们原本指望博尔赫斯会帮我们指点历史迷津，为我们揭开表面上是被大雨延缓的"那次进攻"的正真的推迟原因，从而瓦解历史的虚幻，填补历史的空洞。可博尔赫斯却完全违背了我们所熟悉的惯例和经验，彻底违拗了所有读者的阅读期待，他的写作走上了一条几乎悖离了整个文学史的空前绝后的叙述之路。我们惊讶地发现，这条从历史的虚幻出发的叙述之路根本不通向任何现实或真实，而是通向了比虚幻更虚幻的虚幻，通向了虚幻的平方甚至开方。具体一点讲，就是通向了迷宫，通向了纯粹的幻想，通向了"无限、混乱与宇宙，泛神论与人性，时间与永恒，理想主义与非现实的其他形式"（安娜·玛丽亚·巴伦奈切亚）。也就是说，博尔赫斯压根儿就没想去复原和修补历史，如果说历史是一座迷宫，那么这篇小说就是迷宫中的迷宫。小说开头的这段煞有介事的历史引子，完全是一个幌子，是博尔赫斯惯用的得心应手的叙述花招或圈套，虚晃一枪后，博尔赫斯接下去就用一种看上去那么明晰准确而又奇特诗意的方式，一种虚幻如铁的方式，让自己的叙述在读者的视线里如烟般飘了起来，于是，虚幻消失于虚幻里，恰如水消失在水中。

4

与《巴别图书馆》《皇宫的寓言》这样的抽象叙述不同，从表面上看，《交叉小径的花园》这篇小说写了一个具象的间谍故事，一个发生在那场战争延期的时间段里的隐秘故事。这样一个故事本来有望为我们解开历史的疑团，成为充实历史空洞的艺术想象物，一般的小说也的确就是这么做的。可在博尔赫斯笔下，这个间谍故事完全只是一个外壳，而不是真正的叙述目标，装在这个外壳里的根本不是什么历史真实和具体细节，而是另外一个南辕北辙的完全逸出艺术常规和现实理性的故事，一个关于迷宫的故事，一个关于时间关于永恒关于无限的故事，一个纯幻想的故事，一个故事中的故事。

当我们对这篇小说进行了如此这般的分解之后，我们其实仍然未能从那种阅读的眩晕中清醒过来，因为我们刚从结构的眩晕中勉强挣扎出来，可我们很快又跌入了叙述的和语言的更深的眩晕之中。博尔赫斯的魔术般的叙述是怎样从间谍故事过渡到幻想故事、并在现实与幻想之间像风一样自由自在地穿梭来往的？他怎么能够用这么简短而有限的语言去表达时间的永恒和宇宙的无限？怎样才能用文字作材料在纸上建造一座迷宫中的迷宫？

克服晕船的最好办法也许是多晕几次船，同样，要摆脱《交叉小径的花园》给予我们的阅读昏眩，唯一的方法也许就是一而再再而三地仔细地去阅读它。情况差不多就是这样，通过一遍又一遍的集中的不厌其烦的整体阅读和"词语品尝"，我似乎在昏眩中清醒地抓住了这篇小说的几个艺术要领，对博尔赫斯的叙述圈套和花招，我也确乎有了一些羚羊挂角式或水中捞月式的感悟和体会。这无疑有些让我喜出望外。

5

电话——

这个间谍故事是从一种最具有日常性质的生活用具开始叙

述的，这个用具就是我们再熟悉不过的"电话"：

　　……我挂上了电话。

　　我觉得博尔赫斯用打电话这个举动或行为开始叙述这个故事绝非偶然。因为在电话这种貌不惊人的生活用品中，恰恰暗藏着神秘和玄机。当电话铃声骤然响起的时候，当我们拿起听筒的时候，我们根本无法预知在电话那头的是一个什么电话机，拨号的究竟是谁（那时候的电话可都没有什么来电显示），实际上，与你的电话相联的电话，涵盖了这个世界上的任何一部电话（不包括不能打外线的分机和临时出故障的电话），几乎有无限之多。这个电话既有可能是只有一墙之隔的熟稔的邻居打来的，也有可能是置身于地球另一端的完全陌生的人打来的，如果天堂或地狱里也有电话，那么，这个电话甚至可能是上帝或魔鬼打来的。因此，你手里虽然握着现实的电话听筒，可紊乱幽暗的电话网络却通向未知性、悬念、最不可思议的可能性，一句话，就是通向神秘和梦幻。我们看到，基耶斯洛夫斯基的电影《红》和德国电影《罗拉快跑》等许多电影都是用电话铃声或繁杂的电话线网络的无限延伸画面来开启整个影像叙事的。毫无疑问，电话其实是日常领域里极具神秘性和玄机的事物，它意味着无限之多的可能性，它是现实与幻想的临界点。与被动接听的电话相比，主动打出去的电话也好不了多少，你有可能拨错号码（这种情况常有发生），因此接听的完全是一个陌生人；即使没拨错号，你打给上帝的电话，接听的却可能是魔鬼。在《交叉小径的花园》这篇小说里，情况恰恰是这样的。在这篇小说里，电话与其说是现实意义上的道具，还不如说是通向幻想的道具，电话是博尔赫斯让自己的叙述从现实趋近幻想的一个再适宜不过的契机或按钮。无独有偶，小说主人公后来也正是在电话簿上查到一个陌生人的电话号码之后，才开始他的行动计划和冒险的。

当"我"给间谍同事打电话的时候，接听电话的却是死对头马登上尉，这个最意想不到的电话，使"我"的间谍生涯急转直下走向了终点，同时，也使"我"的生命走向了终点。所以，当"我"挂上电话之后，我已经充分意识到了情况有多么紧急多么危险，"我"知道留给自己的时间已经不多了。

6

现实之果与幻想之因的对接——

不按合理的常见的游戏规则出牌，而用荒诞的方式瓦解因果规律，是博尔赫斯的叙述从现实层面切入幻想质地的花招之一：

> 这一天，既没有预兆，也没有征象，竟然会是我难以逃脱的死期。

"我"接到那个意外的电话之后，就开始面对死神的威胁。针对这种可怕的局面和结果，"我"本来应该去寻思或分析一些现实的原因，比如工作的疏忽，比如出卖或背叛，可博尔赫斯却在这时候为主人公也为读者提供了完全是幻想性质的原因分析和荒诞反省：

> 尽管我的父亲已经去世，尽管我是在海奉一个整齐对称的花园里长大的孩子，难道我就得去死？

在经过了这句莫明其妙的游离于现实之外和情理之外的反诘之后，博尔赫斯紧接着所作的进一步的正面分析和叙述则完全趋向了幻想：

> 后来，我想，什么事情都是会恰恰发生在一个人的身上的，而且恰恰是在现在。一个世纪一个世纪接连地过去，就是到了现在，事情才发生；空中，地下，海上，生活着无数的人，可是所有一切真正（可能）发生的事情，却就在我的身上发生了……

这样的叙述是可信的吗？有没有起码的艺术真实？博尔赫斯为什么可能或可以这么叙述？其实，原因很简单："我"已经濒临死亡，神思已经恍惚，对一个处在生死边界的谵妄的人而言，任何稀奇古怪的想法都不能说是不真实的。

当然，博尔赫斯在这里只是蜻蜓点水似地轻轻地触及了一下幻想，他并没有就此完全堕入幻想叙述，因为条件显然还不成熟，时机和火候都没有到，他的叙述首先需要让那个间谍故事继续向前延伸。他从幻想抽身并回到现实叙事的方式是那么迅疾简洁、那么轻松自然：

> ……一想起马登那张使人无法忍受的马脸，反而使我撇开了这些胡思乱想。

就这样，博尔赫斯的叙述又从容不迫地重新拐回到了间谍的故事。

7

天方夜谭的计划——

"我"为了把英国大炮新阵地的确切名字安克雷(又名阿尔贝)告知柏林的德国上级,决定杀掉一个名叫阿尔贝的英国人,以便让上级从有关凶杀的新闻报道中猜到轰炸的地点。当然,关于这个素昧平生的英国人的名字和地址,是"我"从电话号码簿上随机地查到的。

这个计划的可行性和可信度(即统计学上的效度与信度),也许不会超过天方夜谭中的故事,但也不至于低过艺术真实所需的最底线,因为这是一个关于间谍的故事,而间谍们都是熟谙和精通密码的人。关键在于,由于设想出了(是博尔赫斯的设想而非小说主人公的)这样一个匪夷所思的行动计划,"我"的间谍故事就从被追杀的故事演进为主动杀人的故事。

故事结构已经构架成形,来龙去脉已经交待清楚,接下来,这篇小说的真正的"主人公"——迷宫——就可以粉墨登场了。

8

在每一个十字路口向左拐弯——

"我"要马上行动,连夜赶到位于范顿郊区阿希格罗夫的阿尔贝的住所,"我"得坐半个小时的火车。博尔赫斯详细地描述了这半个小时的旅程,描写了"我"怎样小心翼翼地离开家坐街车赶到火车站,描写了火车厢里的人们("车厢里有几个农民,一个服丧的妇女,一个专心地读着塔西佗《编年史》的青年,还有一个快活的伤兵"),描写了追至火车站的死神般可怕的马登上尉,还描写了我的心情转变("我的这种惊惶失措,逐渐转变为一种几乎是丧魂落魄的快乐")。

这之后,博尔赫斯就开始用最为现实的笔触让自己的叙述伸向了奇特的梦一般的画面:

> 火车轻快地在白杨树中间行驶,然后,几乎就在田野的中央停住。

在前半句的叙述中火车还行驶在再现实不过的白杨树中间,而在后半句里,火车已然停在梦幻般的"田野的中央"。

"我"接下来碰到的是几个幽灵似的孩子:

> 没有人报车站的名字。"是阿希格罗夫吗?"我问月台上的几个孩子。"是阿希格罗夫。"他们回答。

孩子们的回答声显得真实可靠,可他们的存在却似乎是虚幻的:

> 月台上亮着一盏灯,但是那些孩子们的脸仍然是在阴影里。

接着,孩子们就显现了他们的幽灵本色:

> 他们中间有一个问我:"您是到史蒂芬·阿尔贝博士家去吗?"不等我回答,另一个又说:"他的家离这里远着呢,不过您不会找不到。您只要从左边的路走,在每一个十字路口向左拐弯。"

孩子们怎么知道"我"要到阿尔贝家去?这些孩子是谁派来的?博尔赫斯没有任何解释,他不想在这里解释。他故意在这儿卖了一个"破绽",他的目的当然是要让自己的叙述拥有那种迷惑人心的品质和复杂性,增加叙述的悬念。

不管怎么样,"我"已经向阿尔贝家走去:"这是一条土路,缓缓地向下倾斜。"(这条虚实莫辨的土路的坡度,也许刚好允许博尔赫斯的叙述从现实倾向梦幻。在稍后不久,博尔赫斯再次写到了这条路,"甚至这条不可能使我有任何疲劳感觉的下坡路")。

而"教我始终向左转的忠告,使我想起:这是发现某种迷宫的中心院子的通常方法。"有谁能说不是呢?

有了这样的铺垫,接下去,博尔赫斯对迷宫的叙述就变得水到渠成而且肆无忌惮了。更何况,我们还被告知,"我"恰恰是那个迷宫建造者、幻想大师、云南总督崔朋的曾孙呢!

不过,正如你所看到的那样,博尔赫斯此后的叙述并没有一味地沉溺在迷宫和幻想之中,而是始终维系着那条间谍故事的线索,用最现实的叙述去控制和约束最幻想的叙述,这可以说是博尔赫斯最擅长的。所以,在经过了一段关于迷宫的轻盈诗意的滑翔般的遐想之后,博尔赫斯又用下面这段语言让自己的叙述轻而易举地回归到了现实的疆域:

> 我沉浸在这些想象的幻景之中,忘掉了我所追求的目标。在一段无法确定的时间里,我觉得我成了这个世界的抽象的观察者。

"我"暂时"忘掉了我所追求的目标",可是博尔赫斯却始终没有忘掉自己的叙述目标:让现实与幻想相辅相成,交相辉映。

9

必要的阴差阳错——

"我"是崔朋的曾孙,这已经是够不可思议的了(也许让读者感到不可思议和昏眩本来就是博尔赫斯的叙事目的之一),可是,更为不可思议的是,我通过电话号码簿所找到并要杀掉的这个叫阿尔贝的英国人,居然是一个中国通,是一个精通迷宫的人,而且是一个研究崔朋的专家,他对"我"的曾祖崔朋的了解程度,几乎超过了"我"这个曾孙,更让人诧异的是,他竟然真的拥有一座迷宫,一座"交叉小径的花园"。这样离奇的邂逅和按排实在是过于荒谬了,荒谬得连非理性也不足以解释。老到的博尔赫斯当然不可能察觉不到这一点,为了缓和与化解这次邂逅过于巧合过于离奇的性质和色彩,狡黠的博尔赫斯故意把这次邂逅导演成阴差阳错:

"原来是郗本仁兄光临,来解我的寂寞了。毫无疑问,你是想观赏一下花园吧?"

我记起来了,郗本是我们一位领事的名字;我莫名其妙地重复着说:"花园?"(到这儿我们发现,站台上的孩子并不是非理性的幽灵,而是精通侦探小说的博尔赫斯所设下的"暗扣"或所埋下的伏笔。那些孩子应该是阿尔贝派去迎接首次来造访花园的郗本的,由于"我"和郗本都是中国人,所以孩子们就搞错了。虽然"我"的将错就错显得仍有些非理性色彩,可博尔赫斯那"钟表一样准确"的叙事风格却在这儿可见一斑)

为这次神奇的邂逅找到了至少是形式上的合理根据之后,博尔赫斯就让"我"和阿尔贝两人坐在现实的椅子上,开始了一场大剂量地涉及迷宫和幻想的交谈。他们谈论的是崔朋的迷宫,小说的迷宫,时间的迷宫,是迷宫中的迷宫,幻想中的幻想。因为阿尔贝以为"我"是歆本,一个是来自崔朋祖国的领事,一个是研究崔朋的中国通和迷宫的专家,这两个人接下来关于崔朋关于迷宫关于时间和幻想的谈话就显得水到渠成,既合情合理又充满艺术的逻辑和足够的现实性,而"我"实际上是崔朋的曾孙,进行这样一次谈话当然就没有任何障碍,因此博尔赫斯那看似让人迷惑的叙述其实却拥有钟表一样的内在的精确性。

10

现实与幻想合二为一——

"时间是永远交叉着的,直到无可计数的将来。在其中的一个交叉里,我是你的敌人。"

阿尔贝还在继续畅谈着关于时间关于人的命运的幻想,可不幸的是,这种幻想很快就变成了现实,或者说现实与幻想转瞬之间便合二为一了。心驰神往于无限和永恒的阿尔贝能够想到一切,却怎么也没想到"我"居然真的是他的现实的敌人,没想到将来已经提前到来,现在即将来(那关于幻想的谈论竟然是他自己在现实世界的命运谶语)。当马登上尉"塑像那样坚实"的身影出现在花园的小径上的时候,时间的幻想在瞬间枯萎剥落,裸露的脱颖而出的是死亡的现实。

"我十分仔细地开了枪。"(仿佛是幻想中的游戏而不是现实的暗杀)阿尔贝当场毙命,"就像一下雷击"。这雷击不仅击中了阿尔贝,也击中了"我"自己,因为打出那颗唯一的子弹之后,"我"的死期也已经降临了。

11

绝非多余的结尾——

当我枪杀了阿尔贝，当幻想坠毁在现实之中，这篇小说其实已经走向了完美的结局，博尔赫斯的叙述已经宣告完成。那么，博尔赫斯为什么还要在后面补充添加一个讲述式的结尾呢？

我想，一方面，这个结尾与开头的历史引子构成了一种结构上的对称，结尾的讲述与开头的讲述形成了一种叙述风格上的遥相呼应；另一方面，借这个结尾，博尔赫斯表达了一种必不可少的"无穷的悔恨和厌烦"。

"我"这个畅游了幻想领略了永恒的人，却不得不现实地去谋杀，而且我杀掉的是那个帮我领略和体验了迷宫、幻想和无限之境的人，一个像歌德那样优秀的人，"我"怎能不悔恨？

"我"这个参悟和把握了幻想和永恒境界的间谍，却不得不再次陷落在充满阴谋、凶杀和污秽的现实世界里，"我"怎能不"厌烦"？

12

然后来谈谈博尔赫斯的叙述与语言。

与阅读博尔赫斯的其他小说一样，当我们一遍遍地阅读《交叉小径的花园》的时候，我们的头脑里浮现的是一个生活在图书馆里的"词语品尝者"的形象。博尔赫斯的确是一个空前的炼丹术士般的词语提纯者，他那风格卓著的叙述语言，的确像一种魔术般的奇妙结晶。

关于这篇小说的语言魔术和特色，我只想集中谈两点。

13

一是诗性叙述。

纳博科夫曾说，福楼拜的创作终于使小说赶上了诗歌的水平。我想，把福楼拜的小说语言比作诗歌，主要是从他的语言的精致和考究的角度讲的,只是一种比喻。这与博尔赫斯的情况并不相同,因为博尔赫斯本身就是个非常优秀的诗人,所以,他的小说语言就从结构、性质、表达效能等诸多方面接近甚至等同于诗歌语言。在博尔赫斯的小说里,布满了纯粹的诗性叙述。

这种诗性叙述,打通了抽象与具象,比如"倒霉的钥匙"和"向镜子里的我告别",比如"在英国的树荫之下"和"迷惘的草地",再比如"在一段无法确定的时间里,我觉得我成了这个世界的抽象的观察者"。

这种诗性叙述,击穿了现实与幻想、理性和非理性,比如"我一边这样想着,一边以一个死去的人的眼睛回顾着这个流逝的白天和延长着的夜晚",比如"我将我的交叉小径的花园,遗给各种不同的(并非全部的)未来",再比如"我觉得房子周围潮湿的花园里充满着看不见的人物,直到无限。这些人物就是阿尔贝和我,正在时间的其他范围内暗暗地劳碌着,变换着形体"。

这种诗性叙述,可以从有限出发,轻盈奇妙地滑向无限,"我在英国的树荫之下,思索着这个失去的迷宫。我想象它没有遭到破坏,而是完整无损地坐落在一座山的神秘的山巅;我想象它是埋在稻田里或者沉到了水底下;我想象它是无限的,并非用八角亭和曲折的小径所构成,其本身就是河流、州县、国家……我想象着一个迷宫中的迷宫,想象着一个曲曲折折、千变万化的不断增大的迷宫,它包括着过去和未来,甚至以某种方式囊括了星辰"。

当然,这种诗性叙述必将通向哲理和诗意本身,比如"《交叉小径的花园》本身就是一局巨大的棋,或者说是寓言,它的主题是时间",比如"英雄们以宁静的心、凶猛的剑,奋勇战斗，委身于杀伐和死亡"。

14

二是异位移植。这种修辞比较特殊，我想分几段展开谈一下。

多年以前，我曾在《作家》杂志上发过一篇谈论小说语言的文章，叫《水消失于水中》。在写那篇文章的时候，我并不知道别人是怎么称呼这种文学修辞的，我只好凭感觉把它叫做"异类词连缀"。

后来我阅读福柯的著作《词与物》，发现福柯把这种修辞与技巧命名为"异位移植"，这个命名无疑更严整也更规范。

在《词与物》这本著作的前言里，有这样一段话：

> 博尔赫斯作品的一个段落，是本书的诞生地。本书诞生于阅读这个段落时发出的笑声……这个段落引用了"中国某部百科全书"，这部显然是博尔赫斯杜撰的百科全书写道："动物可以划分为：（1）属皇帝所有，（2）有芬芳的香味，（3）驯顺的，（4）乳猪，（5）鳗螈，（6）传说中的，（7）自由走动的狗，（8）包括在目前分类中的，（9）发疯似地烦躁不安的，（10）数不清的，（11）浑身有十分精致的骆驼毛刷的毛，（12）等等，（13）刚刚打破水罐的，（14）远看像苍蝇的。"

福柯把博尔赫斯这个令人惊奇的分类称为"异位移植"，并认为这种分类和排列侵越了所有想象和所有可能的思想，为人们打开了一个不可思议的空间。

15

在我看来,所谓"异位移植",就是把看上去毫不相关属性相异的词句连缀在一起,它切断了语法规定的传统的语言逻辑和习惯的能指链,从而造成一种特别的间离效果和强烈的语言张力。

16

在文学修辞中,有一种可堪比类的语言策略,就是"反义词并列法"。我举两个例子,首先是狄更斯小说《双城记》开头处的那个:

> 那是最美好的时代,那是最糟糕的时代;那是个睿智的年月,那是个蒙昧的年月;那是信心百倍的时期,那是疑虑重重的时期;那是阳光普照的季节,那是黑暗笼罩的季节;那是充满希望的春天,那是让人绝望的冬天;我们面前无所不有,我们面前一无所有;我们大家都在直升天堂,我们大家都在直下地狱。

在莫言的小说《红高粱》开头处也有一个很好的案例:

> 我曾经对高密东北乡极端热爱,曾经对高密东北乡极端仇恨,长大后努力学习马克思主义,我终于悟到:高密东北乡无疑是地球上最美丽最丑陋、最超脱最世俗、最圣洁最龌龊、最英雄好汉最王八蛋最能喝酒最能爱的地方。

反义词的并置,显然是一种诗学表达,这种并置超越了语法规则和要求,超越了简单的二元对立,造成了一种更复杂更丰富的艺术蕴涵与效果,更契合人性的复杂与心灵的丰富。

17

而与反义词并列相比,"异位移植"无疑更自由更富想象力、更有可塑性、扩展性和包容性,也有更广阔更开放的表达效能。异位移植就像把原有的(语法规定的)分子结构拆解并重新排列,得到的是一种全新的物质,就像原子链条的重新组合,像某种化学反应,甚至像物理学中的核裂变,产生的是威力无比的核能量。我认为,"异位移植"这种修辞方式的最大的叙述功能,就是用有限的创造性的异类词语的连缀和排列,去捕获无限的事物或事物的无限(在文学史中,表达事物的无限性一直是作家们的梦想,也是叙述的悖论和似乎是不可逾越的难关)。博尔赫斯曾在一篇文章里把这种修辞方法的创立归功于写诗的惠特曼,但据我所知,得心应手地把这种技巧运用于小说叙述并将它发扬光大的人却是博尔赫斯自己。

18

我们先来看惠特曼的诗歌《一个女人等着我》中的前两节:

> 一个女人等着我,她拥有一切,什么都不缺,
> 可是如果缺少性,或者缺少健全男性的滋润,就什么都缺。
>
> 性包罗一切,肉体、灵魂、
> 意义、证据、贞洁、雅致、成果、传送、
> 诗歌、命令、健康、自豪、母性的神秘、生殖的奶汁、

地球上一切的希望、恩惠、馈赠、一切的激情、爱、美、欢欣、

地球上所有的政府、法官、神明、被追随的人，

这些，作为性本身的部分和它自己存在的理由，都包括在性里。

惠特曼是民主的诗人，自由的歌手，他用充满现代性的狂野的诗行和完全解放了的韵脚和节奏，为人类树立了一座空前的自我的纪念碑（我想散文领域里的这座纪念碑是由蒙田建立的，蒙田的一生都投入到了对自我的无止境的探索和研究之中）。在惠特曼的笔下，自我不再是孤独的狭隘的有限的个体，而是像外面的世界一样丰富复杂甚至无限的存在，在惠特曼的诗歌中，自我本身就是一座浩瀚的无涯的宇宙。在《一个女人等着我》这首诗歌里，为了表现生命中的性，为了表达它的丰沛、复杂和健全，为了表达出它那几乎是无限的内含与魅力，也就是说，写出"性的一切"，惠特曼采用的正是"异位移植"这种修辞策略：肉体、灵魂、意义、证据、贞洁、雅致、成果、传送、诗歌、命令、健康、自豪、母性的神秘，这样一些非同类的词和句被奇异地堆叠排列在一起，造成了一种自由狂放的诗歌风格，具有一种一往无前不可阻止的气势，当然，它通向自我的复杂和"性"之无限。

惠特曼在诗歌中频繁地使用"异位移植"，比如在诗歌《从巴曼诺克开始》中就有这样的诗句：

胜利，联合，信念，同一，时间/不能分解的盟约，财富，奥秘/永恒的进步，宇宙，以及现代的消息。

有人要求看看灵魂吗/瞧，你自己的形态和面貌，人

物，实体，野兽，树木，奔流的河，岩石和黄沙……

这种超越性的自由的修辞几乎是《草叶集》的标志和特征，这种修辞既裨益于惠特曼那排山倒海摧枯拉朽般的诗歌形式和风格，同时又与惠特曼诗歌的自由的主题与民主的人性解放的思想内涵恰相一致。

19

在博尔赫斯的代表作《交叉小径的花园》里，我们在小说叙事领域中看到了"异位移植"这种修辞技巧。在"我"走近阿尔贝的花园之前，有这么一段描写：

> 我想，一个人可能成为别人的敌人，到了另一个时候，又成为另一些人的敌人，然而，不可能成为一个国家，即萤火虫、语言、花园、流水、西风的敌人。

你看，区区五个异类词的诗性连缀和创造性排列，居然就构成了一个偌大的国家（在这个奇妙的连缀和移植中，既有微观的萤火虫，又有宏观的流水，既有抽象的语言，又有具象的花园，有一种无孔不入一网打尽的叙述功能和效用；而在萤火虫和花园之间，在语言和流水之间，存在着极大的张力和弹性空间，这个疏而不漏的空间几乎可以容纳和包涵无限多的可以想象的事物，这些事物虽然没有被指明或被省略了，但却已然被暗含、隐约和统括）

20

而在博尔赫斯的另一个著名的短篇小说《阿莱夫》中，博尔赫斯曾经用一页半篇幅的异类词、句的匪夷所思的连缀和排列，表达出了无限的宇宙：

> 阿莱夫的直径大约为两三公分，但宇宙空间都包罗其中，体积没有按比例缩小。每一件事物（比如说镜子玻璃）都是无穷的事物，因为我从宇宙的任何角度都清楚地看到。我看到浩瀚的海洋、黎明和黄昏，看到美洲的人群、一座黑金字塔中心一张银光闪闪的蜘蛛网，看到一个残破的迷宫（那是伦敦），看到无数眼睛像照镜子似的近看着我，看到世界上所有的镜子，但没有一面能反映出我，我在索莱尔街一幢房子的后院看到三十年前在弗赖本顿街一幢房子的前厅看到的一模一样的细砖地，我看到一串串的葡萄、白雪、烟叶、金属矿脉、蒸汽，看到隆起的赤道沙漠和每一颗沙粒，我在因弗内斯看到一个永远忘不了的女人，看到一头秀发、颀长的身体、乳癌，看到行人道上以前有株树的地方现在是一圈干土，我看到阿德罗格的一个庄园，看到菲莱蒙荷兰公司印行的普林尼《自然史》初版的英译本，同时看到每一页的每一个字母（我小时候常常纳闷，一本书合上后字母怎么不会混淆，过一宿后为什么不消失），我看到克雷塔罗的夕阳仿佛反映出孟加拉一朵玫瑰花的颜色，我看到我的空无一人的卧室，我看到阿尔克马尔一个房间里两面镜子之间的一个地球仪，互相反映，直至无穷，我看到鬃毛飞扬的马匹黎明时在里海海滩上奔驰，我看到一只手的纤巧的骨骼，看到一场战役的幸存者在寄明信片，我在米尔扎普尔的商店橱窗里看到一副西班牙纸牌，我看到温室的地上羊齿类植物的斜影，看到老虎、活塞、美洲野牛、浪潮和军队，看到世界上所有的蚂蚁，看

到一个古波斯的星盘,看到书桌抽屉里的贝亚特丽丝写给卡洛斯·阿亨蒂诺的猥亵的、难以置信但又千真万确的信(信上的字迹使我颤抖),我看到查卡里塔一座受到膜拜的纪念碑,我看到曾是美好的贝亚特丽丝的怵目的遗骸,看到我自己暗红的血的循环,我看到爱的关联和死的变化,我看到阿莱夫,从各个角度在阿莱夫之中看到世界,在世界中再一次看到阿莱夫,在阿莱夫中看到世界,我看到我的脸和脏腑,看到你的脸,我觉得眩晕,我哭了,因为我亲眼看到了那个名字屡屡被人们盗用、但无人正视的秘密的、假设的东西:难以理解的宇宙。

我感到无限崇敬、无限悲哀。

呵,这是"异位移植"的极致,这是人类用有限捕获无限的典范,何其开放和扩展,何其自由和复沓,何其绵延不绝,何其跳宕何其逸出常规,何其包罗万象,何其浩瀚,何其没有限度!

21

《交叉小径的花园》不仅是博尔赫斯的代表作,也是"幻想文学"的典范。有人曾撰文把它和《尤利西斯》《追忆似水年华》和《百年孤独》等巨著一起,合称为"20世纪最重要的十部文学作品"。世界各地的人都众口一词地为博尔赫斯没能获得诺贝尔奖而鸣不平,认为这不是博尔赫斯的遗憾,而是诺贝尔奖的损失,这样的加冕,如此的盛誉,既充分地表达了人们对博尔赫斯的应有的敬仰,肯定了他的小说的空前绝后的艺术创造性,与此同时,也不可能不包含着一丝阅读的昏眩所自然导致的崇拜情结和迷信色彩。

对博尔赫斯及其小说，我们其实也应该一分为二地来看待。

22

一方面，博尔赫斯的确是20世纪最伟大的作家之一，他创立了"幻想文学"，开拓了文学的疆域，提纯了文学的语言，当20世纪的众多作家纷纷感叹"文学的枯竭"的时候，他那横空出世般的后现代叙事为文学提供了崭新而又耀眼的可能性，他对文学的创造性功绩可谓有目共睹。博尔赫斯最了不起的地方也许在于，他为世人重现了"柏拉图梦想的世界，那里有永恒的十全十美的事物""有典型和耀光在等待"（博尔赫斯）；博尔赫斯用奇妙而又独特的文学叙述（用最简洁准确的语言所完成的最虚幻莫测的叙述），表达了抽象而又深奥的哲学理念，时间、幻想、迷宫、神秘、偶然、生死、无限、永恒，这些哲学大师们（休谟、赫拉克利特、贝克莱、爱因斯坦）曾用大部头的哲学著作进行过艰深探索的命题和概念，博尔赫斯却用简短的小说进行了清晰、质朴、简约、轻盈的叙述和洞察。以致于我们在阅读他的作品的时候，常常会觉得眼前的文字是某种古老的神谕或启示录式的预言。

23

可在另一方面，博尔赫斯的伟大之处也许恰恰隐含着他的不足或缺陷。我们都知道，文学艺术是想象和虚构的产物（就像大鹰是飞翔的产物），是对现实生活的某种撒离和超越，可文学艺术最终仍然要回归和作用于现实生活，就像飞鹰总要回归大地。博尔赫斯似乎厌倦了或不屑于这种往返和回归，他采取的是一种凌空蹈虚的文学方式和姿态，他的写作不仅是对现实的超越，也是对生活的悬置或逃避，他的叙述"从外围的神话转入时间和无极的游戏"，从有限转入无限，从现时转入永恒，从生活之屋转入抽象迷宫。他不想回归形而下的现实生活，他留给我们的始终只是一个远去再远去的苍凉背影。博尔赫斯的作品给予我们形式和美感，给予我们哲理和诗意，给予我们梦幻和乐趣，却不给予现实的温情，不给予生存的悲悯，不给予生命的感动，不给予任何现实的激情和生活的气息。博尔赫斯的小说真的就像水消失在水中，我们看到的只是清澈透明的纯粹的幻想的水，我们看不到现实的鱼，真应了中国古人的那句话：水至清则无鱼。博尔赫斯的作品对我们的意义，也许更多的是形式与技巧方面，是叙述和语言方面（博尔赫斯曾经坦言："我知道我的作品中最不易朽的是叙述"。事实上，中国先锋作家们曾普遍接受的真是这方面的影响，无论是马原式的"叙事圈套"，还是格非的那种伴梦语体和语感，无不来源于博尔赫斯的小说）。因此，博尔赫斯更像是一个"作家们的作家"，而不是"读者们的作家"（博尔赫斯的确说过他只为"内心的少数人写作"）。博尔赫斯就像那个"用栎树花和金雀花，还有合欢叶子创造"的世界之外的女子，几乎是一个文学之外的作家。也就是说，博尔赫斯不仅游离了生活的历程，而且也游离了文学的历史。

博尔赫斯通过小说给予我们的是渊博的知识、丰富的想象和清晰的思辨，可文学毕竟不仅仅是知识、智慧或智力游戏。因为读者不仅需要理智的共鸣，而且需要情感的震撼。

博尔赫斯曾经作过这样的夫子自道："我从不在自己的生活中寻找创作题材""我是利用哲学问题作为文学素材的作家""我不是思想家，因为除萦回的时间问题外，我对任何哲学问题都没有得出结论"。其实，即便是时间问题，博尔赫斯在《交叉小径的花园》这样的小说中所作的表达，无论是在意象上还是在深广度上，也没有完全超出庄子（庄周梦蝶）和艾略特（《四个四重奏》："时间现在和时间过去，也许都存在于时间将来，而时间将来则包容于时间过去"）的水平。余华说得有道理："即便是在一些最简短的故事里，博尔赫斯都假装要给予我们无限多的乐趣，经常是多到让我们感到一下子拿不下。而事实上他给予我们的并不像他希望的那么多，或者说并不比他那些优秀的同行更多。"而陈林群先生在《迷宫中的博尔赫斯》一文中的评价也可谓客观和凯切："他的纸上迷宫精致然而失之纤巧，严密然而失之空洞，复杂然而远离丰富，趣味盈然然而情感贫弱，智力超绝然而哲理有限。"

24

因此，事到如今，无论是从欣赏评论的角度还是从学习借鉴的角度，我们对博尔赫斯及其作品的崇拜和迷信都应该有一个限度。而为了掌握好这个度，我们首先需要做的，也许就是克服那种阅读的眩晕。

事实上，我写这篇解读文章的一个主要的也是原初的动机，就是企图摆脱博尔赫斯给我造成的长期的阅读昏眩。我相信，当我经过一遍又一遍的阅读、分析和思考，当我终于完成了这篇比《交叉小径的花园》本身还要漫长的评论文章，自己差不多好像已经从那种眩晕中醒来。

但愿我不是在做梦，但愿我不是在梦中梦见自己已经醒来。

莫迪亚诺的失忆叙述

1

尽管在获得诺贝尔文学奖之前,莫迪亚诺的大部分小说其实已经被翻译成中文,尽管莫迪亚诺是西方当代文学中最活跃最重要的作家之一,可他在中国好像并不走俏。迄今为止,除了王小波在随笔《小说的艺术》里以十分肯定和赞赏的口吻提到了莫迪亚诺的名字,并在他自己的长篇小说《万寿寺》里对《暗铺街》进行了一次互文性操作,除了王朔在《玩的就是心跳》里借鉴了《暗铺街》的叙事手法,我们就很少看到与此相关的其他信息,很少听到谈论莫迪亚诺的其他声音。这真是一件既奇怪又遗憾的事情。

2

《暗铺街》的中译者王文融女士在"译后记"中对莫迪亚诺和他的作品作了这样一番简略的介绍:"帕特里克·莫迪亚诺

是当今仍活跃于法国文坛并深受读者喜爱的著名作家之一。他1945年出生于巴黎西南郊布洛涅－比扬古的一个富商家庭。父亲是犹太人，二次世界大战期间从事走私活动，战后在金融界工作。其母为比利时籍演员。他有个哥哥吕迪，但不幸早逝（《暗铺街》正是题献给吕迪和他父亲的）。莫迪亚诺自幼喜爱文学，10岁写诗，十四五岁便对小说创作表现出浓厚的兴趣。1965年他在巴黎亨利四世中学毕业，后入巴黎索邦大学学习，一年后辍学，专事文学创作。1968年，莫迪亚诺发表处女作《星形广场》，离奇荒诞的内容和新颖独到的文笔，使他一跃而成为法国文坛一颗熠熠闪光的新星。他的文学才华受到评论界的瞩目，该小说获得当年的罗歇·尼米埃奖。嗣后他接连发表了多部作品，几乎部部获奖。1969年的《夜巡》获钻石笔尖奖。1972年的《环城大道》获法兰西学院大奖。1974年与名导演路易·马尔合作创作电影剧本《拉孔布·吕西安》，它搬上银幕后，成为70年代电影的代表作之一，获奥斯卡金像奖。1975年的《凄凉的别墅》获书商奖。1977年带有自传色彩的《户口簿》问世。1978年的《暗铺街》获龚古尔文学奖。"

3

王女士还指出，莫迪亚诺早期小说都是以二次大战法国被德军占领时期为题材的。莫迪亚诺虽然生于二战之后，没有亲身经历过占领年代，但是，再度营造这个时代的氛围是作者挥之不去的念头。这个主题在《暗铺街》中得到了最充分的表现。对莫迪亚诺的小说特征，王女士是这样评价的：真实与想象的结合，现时与往昔的交错，不同空间的叠合；小说家时常打破时空的界限，把支离破碎的回忆片断揉合在现时的叙述中，给我们留下了充足的阅读空间；复原历史并非作者的目的，他力求用清晰准确的语言营造西默农侦探小说似的变幻不定、诡谲多变的气氛,一种精神的和心理的气氛;他的作品结构紧凑,文笔流畅,语言精炼,虽无惊天动地的事件,或繁复错综的情节,但深刻的内涵和作者的艺术造诣使他的小说引人入胜,令人爱不释手。

4

王文融女士的译文堪称优秀,简短的译后记对读者了解莫迪亚诺及其作品无疑是有帮助的,她的蜻蜓点水似的评价和分析也不无道理可谓正确,至少没有任何走火的地方。但是,我觉得要真正领略和感受莫迪亚诺的创作特色,并充分品味《暗铺街》那独特的艺术造诣和文学神韵,这样的介绍和评价当然还远远不够。我甚至觉得,要想贴切地评论和透彻地分析像《暗铺街》这样充满玄机与奥妙的小说几乎是一件不可能的事情(除了一遍遍地去阅读和体会,似乎没有别的什么办法)。从这样的角度或意义上来说,我的这篇评论充其量只能算是一篇比王文融女士的译后记更详细或更具体一点的读后感而已。

5

第一次阅读《暗铺街》已经是二十年前的事了,后来又陆续读了两遍,直觉告诉我,这部11万字的小说是20世纪二战之后西方当代文学中的顶尖级作品,而且,它绝对是一部浩如烟海的文学史中独树一帜的珍品,这一点,几乎是勿庸置疑的。与有的小说如瑞士作家弗里施的长篇《逃离》中的主人公施蒂勒总想企图通过逃离过去否定自我来摆脱失败的人生与存在的困境相反,《暗铺街》中的"我"则尽其所能地从飘浮的现在出发,利用任何若有若无的依稀的蛛丝马迹返回过去潜入历史以便确认自我并破解存在之谜。莫迪亚诺在小说中曾借"我"的朋友兼恩人于特之口说过这样一句话,"在生活中重要的不是未来,而是过去"。这句话构成了《暗铺街》的创作旨归和叙述向度,是整部小说的点睛之笔或"文眼",也是解读这部小说的一种角度。小说的主人公"我"是一个失忆症患者,由于失忆,"我"的生命一直处于被架空和悬置状态,"我"的现实生活则成了水中之萍般的漂泊。小说开头的第一句话就再简洁不过地点明了"我"的真实处境:"我什么也不是。这天晚上,我只是咖啡店露天座上的一个淡淡的身影。"这样,"我"活着的唯一依据和意义似乎就是设法重新返回过去以便寻找失去的自我。《暗铺街》这部小说写的就是一个失忆症患者孜孜以求地梦游般地寻觅失去的记忆的故事(当然这是从最简而言之的意义上来说的)。

6

小说的主人公"我"十年前失忆后,曾在朋友于特的帮助下在"C·M·于特私人侦探所"长期从事私人侦探的工作。而于特"之所以同情我,是因为——事后我听说——他也失去了自己的踪迹,他的一部分身世突然间好似石沉大海,没有留下任何指引路径的导线,任何把他与过去联系起来的纽带。我目送这位身着旧大衣、手提黑色大公文包的筋疲力尽的老人在夜色中渐渐远去,在他和过去的网球运动员、英俊的金发波罗的海男爵康斯坦丁·冯·于特之间,哪有什么共同之处呢?"(生命是多么虚幻多么像指缝里的水一样容易漏失啊)。"我"虽然在侦探所工作了八年,可对自己的过去和身世却一直一无所知。现在(即小说开头的时间),年老的于特关闭了侦探所(把它委托给"我"照看),离开巴黎,回到尼斯去过他的退隐生活了,

"我"才终于下定了决心鼓起了勇气,开始着手调查和寻找那失去多年的身世和中断已久的生命轨迹。"我"觉得这是自己活着唯一值得去做的事情。"我"必须进行了断,必须给自己一个交待,否则,自己永远只是飘浮在生活上空的一个气泡,一只断了线的风筝。尽管这种调查与寻觅就像大海捞针,就像梦中的游走,尽管面对早已消逝的时间和历史,自己就像是一个盲者,但"我"已没有退路可言;尽管自己的那段身世和经历就像一条干涸、蒸发或隐入地底的河流,不知其源头,莫辨其踪影,可"我"不能放弃希望,哪怕这希望再渺茫,它也是"我"继续活下去的唯一理由和根据。

笔者曾在自己的中篇小说《模糊的邂逅》里写过这样一句题记:"他正在寻找的这种花,名叫昨日黄花",虽不免拙劣,但也许正可用来隐喻《暗铺街》主人公"我"的这种渺茫的希望与寻觅状态。

在文学艺术领域,"失忆"的题材其实很常见,比如好莱坞影片(像《特工狂花》等)就经常运用主人公的"失忆"来设置悬念衍生故事。但莫迪亚诺在《暗铺街》中并没有把"失忆"当成顺手的工具来使用,它最多只是莫迪亚诺的叙述背景或平台,在这个平台上,莫迪亚诺"玩"出了自己的艺术绝活。

7

与博尔赫斯(《交叉小径的花园》)、弗里施(《逃离》《蓝胡子》)、罗伯特·格里耶(《橡皮》)等现代派作家一样,莫迪亚诺的《暗铺街》也是借用侦探小说的形式或外表来建构自己的文体和叙述框架的。但在这里我必需强调并指出两点,其一,莫迪亚诺(包括上述那几位作家)的小说与传统的通俗的侦探小说之间,存在着几乎是本质的不同和区别。一般的侦探小说

（如西默农、柯南·道尔、克里斯蒂）总是利用巧合与悬念来营造紧张恐怖的气氛编制离奇曲折的故事从而吸引和诱导读者的阅读视线，并用这种虚拟的方式和充满智慧的文字游戏给人以享受和愉悦，满足常人那破案解谜的本能。而《暗铺街》这样的纯小说则无疑旨在通过"侦探""破案"的外在模式去揭开内在的人生真相和生命之谜，它侧重于探索的是偶然性与命运之间的迷雾般复杂深奥的函数关系，因此，这部小说虽然悬念丛生但却始终没有谜底，到最后，主人公的迷幻般的生命历程依然瞻之在前忽焉在后，他的寻觅和追忆似乎永无结果。其二，莫迪亚诺与前述几位作家的文学倾向和创作特点也有较为明显的差异，与博尔赫斯的抽象和哲理不同，莫迪亚诺趋向具象和诗意；与弗里施的沉稳质实不同，莫迪亚诺的文风轻盈而又飘逸；与前辈罗伯特·格里耶的物化和静态的叙述特征相比，莫迪亚诺要显得更人性化更变幻灵动。从总体风格上看，我觉得莫迪亚诺在继承了前人尤其是法国"新小说"派创作的基础上，以其独特精妙的语言叙述和与众不同的艺术个性，趟出了一条只属于自己的崭新的创作途径。

8

关于作家之间的相互影响和承续关系，余华在《文学和文学史》一文中说过这样一段饶有趣味的话："任何一位作家的前面都站立着其他的作家。博尔赫斯认为纳撒尼尔·霍桑是卡夫卡的先驱者，而且卡夫卡的先驱者远不止纳撒尼尔·霍桑一人，博尔赫斯同时认为在文学里欠债是互相的，卡夫卡不同凡响的写作会让人们重新发现纳撒尼尔·霍桑《故事新编》的价值。"在这一点上，莫迪亚诺当然也不例外。比如，他的写作显然受到了"新小说"派的影响，他在描述"我"潜入历史寻求过去的逶迤漫长的过程中,就采纳了那种物化的客观的叙述策略,他不断地具象地描绘了那些跨越时空似曾相识的事物,那些比脆弱而又虚幻的生命更为坚固耐久的种种事物:房屋,街道,树木,杂草丛生的庭院,秋千架,砾石小径,彩绘玻璃窗,十字路口和死胡同,咖啡馆,跑马场,拱门、楼梯和环形弯道,旧雪茄盒里的旧照片,萨克斯音乐,不同的灯光与暗影,各式各样的脸孔和名字和表情,塞纳河与埃菲尔铁塔,海滩和白雪……它们像蒙太奇一样不断地在失忆者的眼前晃过,不断地与"我"的寻觅的目光和隐约的记忆擦肩而过。这样的叙述不仅唤醒了那种物是人非的感触和伤痛,并且,使作家那种试图在过去的时光中捕捉失去的记忆的轻盈诗意的语言拥有了具体感性的触须似的质地,使作品的不断向历史纵深延伸的整体叙述有了依靠、标记和落脚点,因而不至于显得过于虚无和空幻(我记得加缪曾在最后那部长篇《第一个人》的注释里说过这样一句话:"书必须有分量,充满物体与肉体")。

9

当然,《暗铺街》决非"新小说"的简单的翻版,两者之间或许有些依稀的血缘关系,但绝不是近亲繁殖;与罗伯特·格里耶、克劳德·西蒙、米歇尔·布托、萨洛特等"新小说"派作家相比,莫迪亚诺的创作无疑具有自己的新质的引人注目的特色。我们知道,"新小说"派作家(这自然也只是笼统的称呼和粗糙的界定)普遍否定带有感情色彩的主观化的小说语言,反对传统的一厢情愿的描述方式,为了表现并达到"真实性",为了追求纯客观化的效果,他们特别强调非人格化视角,特别重视对物质的描写。为了突出这种客观效果和真实性,他们甚至不惜矫枉过正,摒弃作品的"意义"和"深度",使物体

(《弗兰德公路》《嫉妒》）和事件（《橡皮》《吉娜》）在小说中占据着比人和意识还重要的地位（罗伯特·格里耶当然是最典型的代表，他认为人决非世界的中心，他还认为"世界既不是有意义的，也不是荒谬的，它存在着，如此而已"）。在具体的操作中，"新小说"作家一般不用带有感情色彩或人格化的形容词，而喜欢使用表明视觉或触觉的纯描绘性的客观明确的词汇和语言。莫迪亚诺并不严格遵循"新小说"派的这些主张，虽然他也擅长并喜爱运用客观但却轻简的笔触去具象地描写事物，可醉翁之意不在酒，他想用自己的语言叙述去突出的并非事物本身，而是冥冥中与这些事物有牵连、相契应的生命的踪影和痕迹（"屋子唯一的一面墙漆成了绿色，上面有株模糊不清的棕榈树。我尽力想象昔日我们用餐时这间屋子的样子。我在天花板上画了蓝天，我想通过这株棕榈树给墙面增添一点儿热带情调，微蓝的光线透过彩绘大玻璃窗落在我们脸上。可这些脸是谁的脸呢？"类似这样的语言描述几乎遍布整部小说）。《暗铺街》这部小说虽然没有刻意地去追求什么主题或"意义"，但它至少在追究一种与"意义"相似或平行的东西，这种东西就是关于生命的刻骨铭心的遥远的记忆，或者更准确地说，这是一种生命的神秘与虚幻所必然导致但却难以磨灭的感伤与诗意。

10

《暗铺街》对后现代派那种拼接和碎片似的写作方式也有一定的借鉴。我们看到小说的叙述过程中穿插和拼接了许多档案材料、社交人名录和电话号码、明信片和信件以及一些稀奇古怪的标记（我们不妨联想一下秘鲁作家略萨那部被称为结构主义的小说《潘达雷昂上尉与劳军女郎》）。这些东西的频繁出现加强了作品的形式感，使文体显得更为多样化，也使作家的叙述变得更加自由和灵活。这些尘封已久的档案和电话号码簿对"失忆"的小说主人公似乎具有两种相互矛盾的作用。有时候，它们是"我"摸索和寻找失去的记忆的有效工具与指南，是连接历史和现实的可靠的甚至是唯一的纽带，小说刚开始有段话，指的就是这层意思："身后，一排深色木书架占去了半面墙，上面整整齐齐摆放着最近五十年的各类社交人名录和电话号码簿。于特常对我说这些是他永不离开的无可替代的工具书，这些人名录和电话号码簿构成了最宝贵、最动人的书库，因为它们为许多人，许多事编了目录，它们是逝去世界的唯一见证。"可在另一些时候，它们又会对"我"构成误导，使"我"陷入更深的疑团，这些抽象而又紊乱的档案，这些物化而又枯燥的名字和记号，就像一颗颗烟幕弹，不是彰显反倒遮闭了"我"的存在和身世（这又不禁使我想起了中国诗人于坚的长诗《0档案》）。

11

毫无疑问，莫迪亚诺的《暗铺街》与前辈普鲁斯特的《追忆似水年华》之间的文学脉承关系是最为密切也最为亲近的。两部作品存在着诸多的感应和类似之处，莫迪亚诺对普鲁斯特的承续和发展，是文学史上又一个"相互欠债"的典型范例。从承续和类似的角度来看，两部作品都是把"时间"作为总体或基本的主题的，两部作品都是以"回忆过去"的叙述向度构筑而成的，两部作品都把第一人称作为主要视角（两位作家的精神气质似乎也有许多相似的地方，比如两人都很敏感，都富有想象力，对"消逝的时间"均情有独钟）。而用发展和创新的眼光去看，两者之间又存在明显的艺术上的异彩与差别。尽管普鲁斯特的叙述也是旨在回忆"过去"追忆消逝了的"似水年华",尽管他也采用了倒叙和意识流等现代派手法,但他的叙述与回忆基本上是在经典的牛顿时间中进行的,也就是说,他的叙述虽然高度主观和个性化但却指向客观性,他的回忆虽然充满直觉、顿悟和无意识但总的说来是针对过去的物象和具体的情景的("通过钟声"意识到具体的"中午的康勃雷";"通过供暖装置所发出的哼声"意识到真实的"清早的堂西埃尔";"通过玛德兰点心的味道"想起的是美丽的康勃雷和"莱奥妮姑姑"),他的创作目的似乎是想要通过文字通过感觉、印象和记忆完成一项前无古人后无来者的浩大而又艰巨的艺术工程,这就是打捞或表现失去的时间和过去,并探幽烛微地体味和还原逝去了的生命历史。普鲁斯特的文风可谓绝无仅有,他把叙述语言的细腻、浓密、繁茂和精致推向了极限,以此来表达和穷尽生命的全部曲折细微之处。

但由于《暗铺街》的主人公是一个失忆症患者,由于小说的旨归和艺术追求上的差异(作者的确无意还原真实的历史,他知道,从当代的角度来看,真实的历史本身就是一个矛盾的概念,失去的时光其实永难追回),莫迪亚诺的叙述就显得与前辈迥然不同,他那看似轻描淡写的语言就像起于青萍之末的微风一样轻盈、迷蒙和玄妙(与普鲁斯特叙述风格的繁复、致密与详实几乎相反,莫迪亚诺的叙述是那么简淡、轻灵与迷幻),他的叙述无意捕捉消逝了的具体事物,而是指归于恍兮惚兮的梦幻之境;他的笔触常常在不知不觉间倏忽而又自然地逸出牛顿时间,进入谜一般的爱因斯坦时间(即柏格森所言的"绵延"或当代哲学中的"生命时间"),他的叙述具有一种微妙的质地和魔术般的语感,可以轻而易举地穿越时空,像风一样往返于现在与过去之间。

12

比如:"布满灰尘的桌子中间有一颗几十年前的白色弹子,仿佛一盘台球暂时中断,随时都会接续下去。盖·奥尔洛夫,或者我,或者弗雷迪,或者陪我来的那位神秘的法国女子,或者鲍博,已经俯下身瞄准";又比如:"我拧灭电灯,但没有马上离开于特的办公室,就这样在黑暗中呆了几秒钟。然后,我打开灯,又把它关上。我第三次开灯再关灯。这唤醒了我心中的某件事:我看见自己在我无法确定的一个时期关了一个房间的灯……";再比如:"于是,我心里咯噔了一下。从这间屋里看到的景象使我产生了已经领略过无数次的不安和忧虑。这些房屋的正面,这条僻静的街道,这些在暮色中站岗的人影,暗中令我心慌意乱,正如往昔熟悉的一首歌,或一种香水。我确信,过去在同一时刻,我经常呆在这儿窥视,纹丝不动,不做任何动作,甚至不敢开灯。"在这种充满魔力似的叙述中,在这种奇妙的穿越和往返中,作家除了让我们感受到那么一种如在眼前的占领时期屠犹年代的黑暗而又恐怖的特殊气氛,感受到人在无可逃避的历史漩涡与黑洞中的挣扎与陷落,更为主要的当然是,作家让我们看到了那种若即若离若隐若现的谜一样的生命痕迹,这弥足珍贵的依稀的生命痕迹就像水汽(飘荡于两种时空)和光线(射穿了现实与历史)一样稍纵即逝,像过眼烟云一样难以把握,于是,我们终于认识或领略到了存在的莫名和生命的脆弱,终于体会和感受到了那种难以言说的虚幻与感伤。

13

在这部举重若轻别开生面的小说中,到处都可以看见那种往返自如迷幻伤感的叙述和充满想象力的描写。在莫迪亚诺笔下，生命真的就像水汽一样不可触及，真的就像回声一样难以追忆：

> 古怪的人。所经之处只留下一团迅即消散的水汽。我和于特经常谈起这些丧失了踪迹的人。他们某一天从虚无中突然涌现，闪过几道光后又回到虚无中去。美貌女王。小白脸。花蝴蝶。他们当中的多数人，即使在生前，也不比永不会凝结的水蒸汽更有质感。于特给我举过一个人的例子，他称此人为海滩人：一生中有四十年在海滩或游泳池边度过，亲切地和避暑者、有钱的闲人聊天。在数千张度假照片的一角或背景中，他身穿游泳衣出现在快活的人群中间，但谁也叫不出他的名字，谁也说不清他为何在那儿。也没有人注意到有一天起他从照片上消失了。我不敢对于特说，但我相信这个海滩人可能就是我。即使我向他承认这件事，他也不会感到惊奇。于特曾一再说，其实我们大家都是海滩人。我引述他的原话："沙子只把我们的脚印保留几秒钟。"（在某种角度上说，"海滩人"是解读莫迪亚诺小说的一把钥匙）
>
> 我相信，在各栋楼房的入口处，仍然回响着天天走过、后来失去踪影的那些人的脚步声。他们所经之处有某种东西继续在颤动，一些越来越微弱的声波，但如果留心，仍然可以接收到。其实，我或许根本不是这位佩德罗·麦克埃沃依，我什么也不是。但仍有一些声波穿过我的全身，时而遥远，时而很强，所有这些在空气中漂荡的弥散的回声凝结以后，便成了我。

14

到小说的结尾,这种生命的不可知的虚幻所导致的感伤终于达到了疼痛的程度,这种感伤和疼痛比具体的不幸更为不幸,比真实的悲剧更为悲伤,也更为动人心魄更为萦回悠长绵延不绝:

> 我不由自主地从衣兜里掏出本想给弗雷迪(主人公在占领时期的伙伴)看的那些照片,其中有盖·奥尔洛夫(弗雷迪当时的女朋友,俄国移民。据说她后来自杀了)还是小姑娘时拍的那一张。我一直没有注意到她在哭泣。从她蹙起的眉头看可以猜到她在哭。一刹那间,思绪把我带到远离这片大西洋礁湖的世界的另一端,那俄罗斯南方的一个海水疗养地。这张照片就是很久以前在那里拍的。黄昏时分,一个小姑娘和母亲从海滩回家。她无缘无故地哭着,她不过想再玩一会儿。她走远了,她已经拐过街角。我们的生命不是和这种孩子的悲伤一样迅速地消逝在夜色中吗?

也许是想充分展示和说明莫迪亚诺的创作特色与艺术个性,也许是《暗铺街》的语言真的是太有魅力太让人爱不释手,不知不觉间,我已经摘引了太多的原文。不过我坚信,当你在阅读这些文字的时候,也一定会像我一样被深深地迷住的。事实上,我觉得《暗铺街》最感人心魄最吸引我们的地方,或者说这部长篇最悠久深远的艺术魅力,恰恰体现在它那新颖独特另树一帜的语言和语感之中,而且这种语言形式和小说的精神内涵是那样的水乳交融浑然一体。

15

窃以为,《暗铺街》之所以能够拥有如此轻盈迷蒙的叙述质地和如此梦幻般的、轻而易举地击穿了时空的语言张力,之所以能够抵达如此诗意如此微妙的精神境界,一方面,或许是缘于作者的天赋与气质,另一方面,也是由于作者为自己的小说设置了一个巧妙的恰到好处的叙述依据或前提,那就是主人公的"失忆"。

因为"失忆",作者的叙述才有一个最佳切入点或突破口,叙述的自由和艺术的想象力于是没有了限度。

因为"失忆",小说的整体叙述才能如此诡谲变幻而又真实可信。

因为"失忆",生命的虚幻和感伤才能被如此突出。

正是因为从"失忆"出发,莫迪亚诺终于在探索了生命之谜的同时,也创造了文学史上的叙述之魅。

卡佛的极简叙述

1

二十世纪七十年代，美国文坛涌现出了一个被称之为简单派极简主义的新的小说潮流，他们那别树一帜自成一格的写作，很快就获得了广泛的影响和普遍的好评。我记得中国当代的一些新锐作家如苏童和格非等都非常喜欢简单派作家的小说，他们曾直言不讳地对简单派的领军人物卡佛表达过自己的偏爱和推崇。

格非在《1999：小说叙事掠影》这篇文章里谈论了卡夫卡、普鲁斯特，谈论了博尔赫斯，在文章的最后部分，他重点谈到了卡佛，里面就有这样一段话："继海明威和福克纳之后，在叙事文学的领域内，美国也许还没有一个作家可以和雷蒙德·卡佛相提并论。"无独有偶，苏童在一篇叫《我的短篇小说"病"》的文章里曾用"令人叫绝"这样的词汇来形容卡佛的作品，他说："我记得当我在《外国文艺》杂志上读完雷蒙德·卡佛的《马缰头》和其他几个短篇时，深叹短篇的艺术境界居然可以如此精妙而朴素，如此深邃而瑰丽。"

2

可当我们去阅读卡佛等人的小说时，我们既没有看到惊心动魄的故事，也没有看到标新立异的形式和技巧，而作品的语言和叙述也似乎显得有些平淡。我们一时之间的确很难看出简单派的小说究竟好在什么地方，究竟有什么独到之处和过人之处，我们也弄不清简单派的简单到底是怎么一回事。

经过多年的阅读和思考，我个人认为，简单派的简单与海明威的冰山理论并不是一回事，与契诃夫所说的"简洁是才能的姐妹"的简洁也不完全是一回事，我想，简单派的简单实际上很不简单。

3

作家们所追求的简洁也好，海明威的冰山理论也好，说到底，都只是一种叙述技巧和修辞方式。海明威最引人注目的地方其实就是把这样的技巧和方式推向了极致，从而形成了自己的写作风格和叙述范型。我们看海明威的小说，比如《杀人者》，比如《白象似的群山》，总觉得他不是用常见的打字机或铅笔在写作，而是用锋利的奥卡姆剃刀在写作。冰山理论事实上是一种切削理论，海明威故意切去了一些什么削去了一些什么，他的叙述总是给人一种切削的人为的痕迹，就好像在玩一种藏宝游戏。人们常常把这样的写作方式叫"减法写作"。海明威巧妙地费尽心机地把八分之七的冰山埋藏在语言以下，只让你看到八分之一的冰峰，他的电报式文体有时候干脆只留下人物的对话，他的小说艺术常常就趋向舞台艺术。海明威的表达于是就变成了一种表演。虽然演技高超，可表演毕竟是表演。

4

相比之下，以卡佛为代表的简单派作家的简单，显然不只是一种技巧和修辞，而首先应该是一种新的文学抱负和写作观念，他们的抱负和观念说起来很本质又很简单：小说不应该去表演生活而应该去表达生活。与以往总是把生活复杂化或戏剧化的文学传统反其道而行之，简单派作家认为生活往往是简单而平常的，所以，他们要做的就是尽可能简单准确地去表达（在这个意义上，他们更靠近契诃夫而不是海明威，因为海明威的叙述虽然简巧，却仍然摆脱不了戏剧性和传奇色彩）。虽然任何表达事实上都远非那么简单，可简单派作家却坚守着一种简单质实的写作立场，他们绝不让自己的叙述凌驾于生活之上，决不对生活进行任何技术的切削和人为的割裂，他们的简单绝不是简化的同义词，甚至也不仅仅是修辞的效果和技巧的产物。简单派作家看上去都是些与生活平起平坐的作家，他们不是生活的旁观者或局外人，他们要通过写作让自己回到生活并更深地置身其中，他们的写作因而都是设身处地的写作，都是现在进行时的写作，都是简单中肯的写作。

而卡佛无疑是他们中的佼佼者。

5

在国内的作家当中，格非也许是唯一一个对卡佛的创作展开过具体分析的人，但他的分析主要涉及语言和技巧的层面，比如"谁都不会否认卡佛小说叙事上的简洁与朴实，但这种风格的出现正是以他对短篇叙事艺术的深入理解，他的精湛的叙事技巧为基础的。因此，在卡佛身上，简单主义恰恰是深藏不露的叙事技巧的代名词"。比如"卡佛喜欢用短句子,很少运用修饰成分,而且经常使用貌似平庸的词汇"。再比如"和二十世纪的许多伟大作家一样,卡佛对于情节的处理别具匠心。他的独特之处在于,他将悬念从情节中解放出来,使它具有独立的叙事功能""卡佛的叙事对二十世纪短篇小说的贡献,也可以看成是他对叙述的戏剧性的一种改造,他的小说在描述琐碎的日常生活时,既保留了戏剧性的感染力,又避免了造作的痕迹"。

这些分析虽然自有其道理,但可惜只停留在表面,并没有真正触及简单派的实质,没有指出卡佛在文学上的内在追求和抱负,没有论及卡佛对创作对生活的那种全新的理念。

在另一篇就叫《雷蒙德·卡佛》的文章里,格非还探讨了卡佛与契诃夫、海明威、欧·亨利等人的渊源关系,他说:"海明威与卡佛的缘分最深。打一个也许不太确切的比方,如果把《白象似的群山》挂到卡佛的名下,似乎也没有什么问题。两人中我还是偏爱海明威多一点,理由是海明威的短篇更多天然、自由之境,而卡佛则相对风格化一些。"

我当然无法苟同这样的观点,我认为事情可能刚好相反,《白象似的群山》一看就是海明威的作品,相对风格化的应该是海明威而不是卡佛。

我认为要真正理解卡佛的创作特色并领略他的叙事艺术的精髓,就必须从他的创作理念和抱负出发,必须从他的文学追求出发;要弄清卡佛是怎么写的,我们首先要弄清他为什么要这样写。只有在这个基础上,我们才能更好地把握他的叙述技巧和语言特征,才能更好地体会他的作品的独创性,也只有这样,我们才会发现他与海明威与许多现代派前辈的关系事实上是同床异梦的关系。

6

二十世纪的世界文学可谓流派众多新潮迭起，它们虽然手法迥异技巧纷呈，可也有殊途同归的地方，那就是普遍地撤离现实主义文学传统，反对文学是对生活的模仿，强调想象和虚构的作用，从某种角度上看，这些文学都是远离现实生活的文学，都是主观的而不是客观的文学。无论是卡夫卡的表现主义，还是乔伊斯、普鲁斯特的意识流，无论是美国的黑色幽默，还是博尔赫斯的幻想小说，都更偏重于形式的创新和技巧的探险，更倾向于形而上的存在，或热衷于玄想和梦幻，触手可及的眼前的现实反而只剩下了回声和影子，字里行间几乎闻不到生活的气息，飘逸或艰涩的叙述里有诗意有哲理却独独没有体温和心跳，我们能够欣赏到各种艺术真实，可生活真实却似乎被作家们普遍忽视、遗忘或否定了。我们在众多现代派小说中读到的是各种生活的可能性，可作家们置身其中的现实生活却一直受到了冷落，生活似乎真的只在别处。

7

比简单派稍早的法国新小说派，其实就是一种文学的逆流，他们反对文学中的主观性（无论是现实主义的内容上的主观性还是现代派的形式上的主观性），企图让文学重新回到客观性的怀抱。可惜他们的追求有些矫枉过正，他们的叙述最后通向了冷冰冰的物质的客观，他们的笔触更愿意去描述桌子上的一个杯子或一把空椅子，而不愿去描写人和他的内心感受，他们的写作拒绝意义也拒绝情感。他们所追求的客观性事实上是一种做作的客观性，做作的客观性其实只是一种新的主观性；他们讨厌过时的形式和技巧，可最后，新小说为文坛所贡献的只是另一种枯燥的形式和客观化的叙事技巧。也就是说，在罗伯特·格里耶这样的新小说作家的作品中，人和他们的现实生活依然是缺席的或被悬置起来的东西。

8

直到简单派的悄然出现，这种局面才得到真正的改观和突破，文学和生活的关系才真正走向了柳暗花明。我觉得卡佛的文学抱负或梦想正体现于此。

在卡佛等简单派作家的眼里，置身其中的生活本身就是无限丰富不断再生的文学脉矿，足够一个作家用一生去体验去感受去挖掘，而回避或冷落生活的艺术至少是舍近求远的艺术，甚至是不负责任的艺术；在他们看来，生活是有血有肉的，有体温也有心跳，几乎蕴含着人性的全部秘密和生命的所有脉动；在他们的笔下，生活不再是被虚构架空的形式，不再是没有温度的物质堆砌，不再是幻想，也不再只是可能性；在卡佛等人的小说里，生活真实和艺术真实不再南辕北辙背道而驰，文学和生活的关系重新变成了鱼和水的关系。卡佛的弟子杰·麦克英尔奈在纪念文章《良师雷蒙德·卡佛》中曾这样说："卡佛经常对我们说的一个观点是，文学可以从严格观察真实生活中得以形成，文学随时随地存在着，甚至在餐桌上的一瓶海因兹牌番茄酱里也存在着，何况电视也在那儿发出嗡嗡的声音。"

9

在一篇就叫《简单之至》的小说里，卡佛成功地把卡夫卡短篇小说《乡村医生》中的那两匹著名的想象的非人间的马叙述成了现实的活生生的马，把艺术真实还原成了生活真实，这篇小说完全可以看成是卡佛对简单派的自我注解或定义。

10

关于生活和写作,卡佛在一次访谈中说过这样的话:

"要想写小说,一个作家就应该生活在一个有意义的世界;在这个世界里,作家有所信仰,有目标,然后方可准确描写;这个世界在一个时期里不能挪动位置。此外,作家还应该相信那个世界基本上是正确的。"

这段话乍一看似乎有些出人意料,它的意思与卡佛小说中弥漫的迷惘、伤感、失望乃至悲观几乎是相冲突相悖离的,实际上,这段话恰恰透露了卡佛对生活的关注和信赖,透露了他的写作秘密和文学抱负。

在某种意义上说,卡佛的写作就是用一种信赖的本然的目光去重新打量生活,他的文学追求就是让生活重新变成生活,这种生活就像火焰一样简单,又像火焰一样丰盈。

因此,卡佛的文学梦想说起来其实真的很简单:回到生活并表达生活。

11

但回到生活当然并不是回到传统的现实主义。在巴尔扎克或欧·亨利的小说中,生活其实是一种被人为地结构化和故事化的东西,他们的小说中,生活变成了戏剧或传奇,那样的生活其实只是伪生活。卡佛等简单派作家的写作则致力于把生活从结构的围墙和故事的牢笼中解放出来,在他们的小说中,生活不是传奇不是标本,在他们的叙述中,生活恢复了那种无形而又弥散的原生形态。

我们读卡佛的小说时,看不到完整的故事和情节,看不到那种刻意的起承转合和结构,也看不到明显是预设的高潮或结局，我们看到的是像生活一样的生活，像西红柿一样的西红柿，是尽可能取消加工痕迹的生活，是简单自然的生活，它无始无终，原汁原味。

12

回到生活当然也不是沉溺于生活，不是臣服于生活的平庸和琐碎。

卡佛等简单派作家眼里的生活，与上世纪九十年代中国新写实主义作家眼里的生活显然也不是一回事。虽然两者在某种意义上都是对先锋和形式的反动，都要重新返回现实和生活，但他们观察生活看取生活的视角和目光却全然不同，因此他们所看到的生活也就大相径庭。池莉这样的作家在生活中看到的主要是感官和欲望层面的东西，是迎合大众心理和趣味的东西，在她们的作品中，生活要么是不可收拾的琐碎的一地鸡毛，要么只是一场不痛不痒的生活秀，里边有烟火气息和欲望浮动，却没有真正的生命的疼痛，有心脏却没有心灵，有呼吸却没有心跳。这样的作品，能够麻醉读者的肉体和感官，却不能给读者带来精神的慰藉，我们能看到浮泛的斤斤计较的生活真实，却看不到那种与心灵生存息息相关的艺术真实（新写实小说或回到身体的下半身写作都只面对生活的侧面或局部）。

与此相反，在卡佛的小说中，生活虽然也是平淡无奇的，甚至是简单琐碎的，但他却简洁地写出了这种平淡无奇的生活对生命的缠绕和刮擦，准确地写出了简单琐碎的生活给心灵造成的疼痛和迷惘、失望和悲观，我们看到的不仅是生活的迷雾，而且也是生存的质感和生命的迷津。只要细心阅读我们不难发现，卡佛不仅表达了生活，而且他的叙述和笔触总能穿越生活的表象，把握生活的内核；通过简单准确的生活叙事，卡佛总能抓住那根生活的敏感神经，正是这根神经，艺术地暗暗地连接着生活与生命、肉体与心灵。因此，卡佛这样的简单派作家的创作告诉我们的是这样一个艺术原理或文学真理，艺术真实可以回到生活真实的怀抱，但生活真实却并不等同于艺术真实。

13

如果说回到生活还只是一种艺术立场，那么，表达生活则是一种文学的挑战。

就像俗话所说的那样，画鬼容易画人难，表达我们置身其中的眼前的生活绝对不像人们想象的那么容易和简单。放弃传统的故事和人为的结构，不依赖现代派的形式和技巧，不要任何花招（契诃夫告诫年轻作者时说的是：不要玩弄蹩脚的花招。这句话到了卡佛那里就变成了：不要玩弄花招），只是简单准确地表达生活，表达生活和生命的内在关系，表达心灵在生活中的真实律动，这既是简单派作家的文学追求，同时也是他们为自己设立的艺术难度。因为，真实的生活既像火焰一样简单，同时又像火焰一样难以触及。

面对无形的复杂的弥散的生活，卡佛是如何表达的呢？怎样的叙述和语言才能描写生活的现象并且触及火焰的中心呢？

14

首先，简单派的写作是没有故事的写作。

我们读简单派的作品，读卡佛的《马辔头》这样的小说，明显可以感觉到一种散淡和开放的品质，故事性很弱，戏剧性被减少到最低的限度。在他们的小说中，现实并没有被结构所间离或割裂，生活并没有被故事所约束和封闭，读他们的小说，我们会有这样一种新颖的别开生面的感受：在小说开始之前，生活早就开始了；在小说结束之后，生活却依然在继续。

从小说诞生之日起，故事就成了模仿生活表达现实的最基本最有效的途径，面对无形而又弥漫的生活，故事就成了最方便最常用的构形手段和串连工具。可是，生活往往并不是完整的因果故事，生活也没有固定的模式和结构。在故事的固有模式和完整结构与生活的无形和弥散之间，在故事的封闭与生活的开放之间，其实存在一个写作的悖论。放弃传统的故事，拒绝外在的结构，的确可以在很大程度上克服人为的色彩和做作的痕迹，使叙述处在开放的而非关闭的自然状态。然而，没有了编造的故事，放弃了外在的结构，也就失去了构形生活的手段，无形的雾一样的生活也就很难凝聚为艺术的雨露。

窃以为，卡佛解决这个矛盾和悖论的方法，一方面是用生活的细节和印象代替人为的故事和情节；另一方面，他通过自己的叙述，为小说创造了一种凝聚生活勾联生活的新的手段，这种手段就是叙述的语气和语调。

15

与外在的理性的结构不同，特定的感性的语调可以内在地规约生活把握生活，让生活拥有某种内在旋律和调式，于是，生活就可以像音乐一样被表达，又可以像音乐一样保持那种无形和微妙的原生态。因此，我们在阅读卡佛的小说时，体会叙述的语调是最为关键的。这是一种不温不火的语调，但绝非不痛不痒的语调，这种语调充满着对生活的感悟和体味，散发着迷惘、伤感、无奈甚至悲观的品质和气息，这种气息其实就是置身于生活中的真正的生命气息，也就是人所无法摆脱的命运的气息！同时，这种语调里还蕴含着同情和怜悯，蕴含着不可或缺的人性体惜和温情。

我记得纳博科夫曾说过:"人的一生唯一能够获得的不就是忧伤吗?"在卡佛的小说里,就弥漫着这种忧伤的氛围和语调,这是一种关乎人生的根子上的忧伤,所以,这样的忧伤事实上何尝又不是一种对生命的真正的包容、理解和达观。

16

作为这种语调的语言特征之一,卡佛在叙述时经常喜欢使用似问似答自问自答的疑问句式。

他的很多小说的标题就是用这样的句式构成的,这样的标题形式差不多是卡佛的文学专利,比如,《真跑了这么多英里吗》,《我们谈论爱情时都说什么》,还有《你在圣·弗兰西斯科做什么》等。

在《马辔头》这篇小说的开头,就有这样一个句子:"有谁能责怪他们呢?"这样的句子小说里还有不少,小说快到结尾的时候,写到叙述者"我"看到人生失意命运受挫的霍利茨和贝蒂一家无奈地离去的时候,心里有一种说不出的滋味,而"我"的丈夫哈利却全然麻木无动于衷,所以当电话铃声在这个节骨眼上响起来,而懒在椅子上的哈利又嚷嚷着让"我"去接电话的时候,卡佛写了这么一句:"我没有答理他。我干吗该去接电话呢?"

17

形成卡佛叙述语调的另一种句式就是带"也许"的语式。这是一种试探性的小心翼翼的语式,是一种不愿轻易对生活妄下结论的语式,这种语式隐含着叙述者对生活的尊重,隐含着心灵对事物对生活的潜在的感悟和理解愿望,它更像是一道温情有加地细心地观看和凝望生活的目光,透露出叙述者和作者对生活的真切体验和暗暗的猜想。

在卡佛的小说中，这样的语句随处可见，《马辔头》的结尾处，当霍利茨一家离去之后，"我"在收拾他们住过的房间时，又一次看到了那副马辔头，他这样写：

> 在抽屉里面一边的犄角那儿，我看见了他那天搬进来的那副马辔头。他们在匆促地收拾行李时，这件东西一定是给忽略过去了。但是也许并不是这样。也许是故意留下的。

18

当然，卡佛小说的独特语调不单单与语言和修辞有关，卡佛的叙述之所以能拥有这样一种恰到好处的独特语调，还有更为内在的原因。关于这一点，格非的论述是切中肯綮的：

"不论是叙述者，还是隐藏在文本后面的叙述代言人，其身份和口吻均属于在社会上明显感到不适应的一类人，属于中下层生活中苦苦挣扎、没有希望、但也不并怎么绝望的一个族群。这种口吻与海明威那样的'文化精英'当然不可同日而语了。它显然比海明威更具有某种优势，也更亲切、感人。不过，这种语调却不是卡佛装出来的，那是他的一生的辛苦和痛苦积攒起来的。如果一位养尊处优或自命不凡的作家要去模仿卡佛的风格，我想一定会走火入魔的。事实上，卡佛本人就是一个酒徒，为生计四处奔波，写作就意味着生命的消耗，然后析出一些带着自己体温的文字精灵。"

也就是说，卡佛在艺术的角度对自己的生活是信赖有加的，因为相对于上层生活的养尊处优和单调空虚，奔波不定的中下层生活中无疑蕴藏着更丰富的生命内涵和文学资源。

我觉得卡佛的这种情形倒与中国四世纪的伟大诗人、被称为"古今隐逸诗人之宗"的陶潜十分相像,陶潜诗歌的简易淳朴天然纯真与他的个性气质是一脉相承的,陶潜不为五斗米折腰,回乡隐居,把生命投入自然,过着那种简朴的农夫式的生活,陶潜的生活和人格是如此紧密地交织在他的诗中,以至于要理解他的诗及其与众不同的风格特征,就必需理解他体现在诗中的生活。"风格即人",陶潜的诗歌风格与他的生活风格是内在相关的。在此意义上,我们常常把陶潜的作品读作他的诗体自传,因为在他的许多诗中,诗人成了他自己作品的主体,他讲述自己的田园生活,并品评着这种生活的本真韵味和意义。正是因为生活与作品的内在关联,作品在精神气质上的自传性,使得卡佛和陶潜这种设身处地的写作变得不可模仿,那些故意装腔作势出某种卡佛式语调的人,那些故意把诗歌写得简单稚拙的人,都注定是失败而可笑的。

19

谈到卡佛的小说特征和语调,谈到他的非故事性文本,有一点不妨在此指出来,那就是用语调而不是故事来把握生活支撑叙述,在短篇或中篇中是简约有效的,但如果用它来统领一个长篇小说,可能就会显得气息不够能量不足,会显得过于简单和平淡,由此,我们便可以理解这样一个事实:卡佛终其一生没有创作过长篇。

20

其次,我觉得简单派的写作是现在进行时的写作。
小说《马辔头》的开头是这样写的:

> 那辆挂着明尼苏达州牌照的旧旅行车，驶进了窗子前面停车场上的一个空当儿。

为了更好地表达生活，为了增强那种不可或缺的现场感和逼真效果，卡佛的小说一般都采用现在进行时的叙述。这样的叙述是最接近现实生活的叙述，这样的叙述使得生活、写作和阅读保持着一种同步性和当下性，这样的叙述无疑更容易让读者身临其境，阅读的时候，我们觉得生活就在眼前而且正在发生和持续着。艾略特曾说"所有的一切都永远是此时"，也就是说，此时此刻的当场的生活是最恒常最直接最鲜活的生活。

卡佛的小说从来不写历史题材，也很少写人物的回忆，因为历史中的生活总是遥远的难以亲见的，而回忆中的生活无疑会掺杂作者的主观判断和人为取舍，这样的生活容易被歪曲和间离，容易和读者产生隔阂，一不小心就会变成传奇，生活的亲近感、平易性和客观性就会受到削弱。这显然与卡佛的写作宗旨不符。

21

与现在进行时相辅相成，卡佛的小说大都用第一人称来叙述，叙述者或叙述代言人总是"我"。这样的叙述是设身处地的，是与生活平起平坐的。卡佛从不用居高临下的态度来对待生活，也从不使用旁观者或局外人的视角来观照和表达生活，他笔下的生活总是切亲身心的，水乳相融的，休戚相关的，于是小说人物的悲欢就成了我们的悲欢，小说人物的命运也就是我们的命运。

22

必须阐明的一点是，现在进行时的第一人称的叙述所达致的真实和客观，明显区别于新小说那种时态模糊没有温度的物质的客观真实。如果说新小说的客观化叙述更像是一台摄像机的机械的扫描，那么卡佛小说的客观性叙述则完全是充满人性的肉眼的注视和观望，这样的视线不是在扫描生活而是在关注生活和抚摸生活，它不仅是人性的，而且也是温情和感人的，是贴着人的心肺的。

23

再次，简单派的写作还是不言之言的写作。

我们都知道，表达与被表达之间总是存在无法克服的分裂和难以弥合的距离，这是一个永恒的艺术悖论，是让所有写作者产生焦虑和不安的难题。而当被表达的是人人熟稔并且置身其中的现实生活时，这个悖论和难题就变得尤其突出（越熟悉的事物越难准确地表达）。因此，卡佛的写作事实上是充满挑战性的写作，是背负着艺术难度的写作。卡佛化解这个悖论和难题的方法我们不妨称其为不言之言，这种叙述方式看上去简单平淡，实际上却复杂深奥。

24

我们知道，人类一直深陷在语言的两难境地。一方面，语言就是存在的家园，言说就是交流、显现和证明，人类依赖语言的魔力，信赖缪斯的舌头，人类就像鱼离不开水一样离不开语言；另一方面，人类对语言又充满焦虑和困惑，深感在形式和内容之间、在文字与意象之间、在语言的能指和所指之间，总是存在一道很难跨越的鸿沟，深感"书不尽言，言不及意"，深感"意不称物，文不逮意"，以至于只能感叹"常恨言语浅，不如人意深"。从古到今，人们一直困惑于语言的歧义和言说的艰难，一直在进行语词和意义的角力或搏斗，并常常陷落于沮丧与失望。人们在通过语言表达自己的同时，总感到这种表达是不尽如人意的。

诗人也好，哲学家也罢，他们都与神秘主义者一样，发现自己面临的困难是用无力的语言去表达语言之外的东西——去说那不可说的东西。像艾略特这样的现代诗人对语言在表达时的无力有着痛苦的自觉，对诗人的幻觉与遣词用句之间那不可避免的脱节有深刻的体验：

> 词的辛劳/在重负与紧张中破碎，断裂/它由于不精确而滑落、溜走、灭亡/和衰朽，它不再适得其所/不再驻留于静谧。

当然，语言的两难既让诗人感到困惑和焦虑，同时也为他们提供了一个用武之地，他们在苦苦地寻找出路和突破，对没有说出和不可表达的东西充满渴望，并希望通过为有限之物和可说之物的命名，去言说那无限之物和不可命名之物，去表达蕴含在事物中的真实性或无限性。比如，像马拉美这样的诗人就强调间接暗示的作用，强调象征和空白的效能，并认为诗是无声的音乐，它寓于"话语中没有说出的部分"，犹如"潜伏在文本下面的气氛或情调"（这与卡佛对语调的运用可谓不谋而合）；有的诗人则强调"无言诗学"或"寂默诗学"，强调说得很少却暗示很多的缄默之语，它诉诸生动的想象，以便暗示出事物的真实、深邃和丰饶；有的诗人则强调反讽或隐喻，更有的诗人矫枉过正，走向"能指的游戏"。

25

小说的情况可能与诗歌略有不同，因为小说毕竟是写实的及物的艺术，它无法缄默，不能无言，它也不能过于依赖象征或空白等艺术手段，它必须言之有物。

可只要是真正的有抱负的作家，无疑都面临着语言的有限与事物的无限之间的悖论，面临着语言的无力和言说的艰难，卡佛当然也不例外。

卡佛的弟子在谈到卡佛的时候曾经说过这样的话：

"在卡佛眼里，语言就像是火焰一样的烫手的东西""卡佛对语言深怀谦恭，他尊重语言几乎近于敬畏，他总是感到遣词造句应该十分、十分审慎……有时候，他好像无法说出自己要说的话似的，甚至，说话好像是件很危险的事情……你感到这种在他作品中对每句语言的崇敬，已经近乎心惊胆战的那种谦恭了。"

这几句令人感动的话真的给我留下了特别深刻的印象，我自己有个体会，在当代作家中，我觉得卡佛也许是一个最珍惜语言最重视语言的小说家，他也是一个最自觉地在语言的困境中寻找突破和出路的作家。而他那简单主义的写作实践也卓有成效地为小说的表达找到了一条独特而又新质的蹊径，在某种程度上说，卡佛的小说不仅是属于叙事学的，而且也是属于诗学的。

26

从总体上看，小说的创作大概可以分为两大类别，一类是"加法写作"，另一类是"减法写作"。

普鲁斯特、乔伊斯等意识流写作和克劳德·西蒙的新小说写作显然属于前一类。普鲁斯特那细腻繁复的心理写作延缓了时间的流动，他的写作总能对逝去的生活中的一个瞬间进行漫长的叙述，于是，艺术时间远远大于生活时间；乔伊斯的意识流动则致力于空间的拓扑,他的写作差不多是词语的无限增殖,在这样的拓扑与增殖中,现在变成了永恒;克劳德·西蒙的叙述则对物质进行高倍显微镜式的放大,在他笔下,一滴屋檐滴水就像是一颗生长、成熟然后坠落的鸭梨:

> 完全像从屋檐滴下的水,或更准确地说,这滴水断裂了,一部分还挂在檐槽的边缘上(其现象可以分析如下:水滴由于自身的重量,拉长如梨形后,继续变形,然后变得狭长,最大的下端分离掉下,而上端似乎朝上收缩,像在分离后立即被往上吸收。接着由于新加入的水分,这滴水又再度膨胀起来,一霎时后,似乎还是同一滴水仍然在同一位置上悬挂着,再次鼓起,如是可以无穷地重复)。

这种"加法写作",延缓了过去或现在的时间,拓展了三维空间,生活的节奏被无限放慢,他们的叙述使简单的生活复杂化,他们的叙述是一种增殖的叙述,在他们的笔下,生活不再是日常的熟悉的生活,生活已然被放大或微分,生活真实变成了一种膨胀的艺术真实。

而海明威等这样的作家的写作,无疑就是"减法写作"。他们的写作不是膨胀和增殖,而是减省和删节。海明威的电报式文体和对话型小说,使生活之树只剩下了根须和枝干,就像一个人减肥减得过分,变得形销骨立。

27

卡佛的简单主义写作既不是"加法写作",也不是"减法写作",他既不想让生活膨胀,也不想让生活简化,不想用加法和减法使生活变形。我把他的写作命名为"等值写作"。即,他想用一种看似简单的叙述，一种不要花招的叙述，保持生活的原形，他想写出生活本来的面貌、本来的节奏、本来的尺寸、本来的质量。他的写作理想就是对生活进行原式原样原汁原味的表达，也即简单准确的表达。

28

可在实际操作中，越是简单的表达就越复杂，越是准确的表达就越艰难，为了让自己的叙述与生活等值，为了让自己的言说通向真实，卡佛就必须超越和克服前面所述的语言悖论，他的写作事实上只能是呕心沥血的写作。既然现成的叙述技巧和方法（无论是意识流还是冰山理论）都会使生活发生增减和变形，卡佛只能另某他途，另起炉灶，他需要一种没有技巧的技巧，这种技巧我们不妨称其为"不言之言"。

正是为了让小说的形态等值于生活的形态，卡佛才用语调去替代故事（不言故事和结构），正是为了让写作的时空和节奏等值于生活的时空和节奏，卡佛才选择现在进行时态（不言回忆和印象）。

29

在具体的叙述中，我们看到，卡佛的文字只是简单地涉及人物的所见所闻所感，他的叙述总是回避那些不可见的东西，诸如联想、记忆、意识流动、主观议论等传统小说和现代小说常用的写作构件和元素。他写的生活总是能够见到能够听到能够感受到的生活（在《马辔头》中，偶尔也有一些回顾性的文字，比如，对大师傅欧文·科布与他的新婚妻子琳达·科布的情况交待，对康尼·诺瓦与她的律师男友不久前举行的那次晚宴的追述等，但卡佛的简短的倒叙与过去时态的传统的回忆叙事很不一样，在他笔下，这样的倒叙是紧挨着现在的，虽然涉及过去，可这样的过去就仿佛是站在现在的台阶上就能让视线够到的那种过去）。

在写人物的所见所闻的时候，卡佛的叙述也明显区别于其他作家，他虽然追求客观和准确，但他的叙述绝不像新小说那样见物不见人，他写的主要是人，他的客观并不是新小说那种摄像机式的客观，他写的是人眼所见，这种所见区别于刻意的了望和观察，这种所见更像"采菊东篱下，悠然见南山"中的所见，既自然而然，又物我交融，这样的目光因而是人性的而不是机械的。

30

卡佛的叙述也不像高倍望远镜或电子显微镜，他只写人的视线能够正常抵达和自然触及的东西，只写人的听觉所能听到的声音，对见不到听不到的事与物卡佛始终保持沉默和不言，而且这样的视觉和听觉总是第一人称的，他从不用第三人称的转述，所以，卡佛的叙述看上去真的就像亲眼所见那样简单和客观。

有的评论家曾因此批评简单派的创作只专注于生活的表层细节，而不顾及事物的深度。其实，深度和本质是哲学家或评论家更应关注的事，作家就应该去关注和表达现象和细节，至少对文学艺术来说，现象就是本质，深度只在细节中存在。更有论者认为美国社会繁复而多样，而简单派作家所描述的天地却"不比他们的脑袋瓜大，他们关心的只是身边的琐事"。我想，脑袋瓜本来就比所谓的天地大，身边的琐事一点也不比国家大事来得小，身边的琐事才是离生命最近的事。在小说中，一粒钮扣反而可能大于一颗炸弹。

31

与所见所闻相比，与言行举止相比，准确客观地表达人物的心理和感受无疑要困难得多棘手得多。我认为，正是运用一种可以命名为"不言之言"的叙述方法，卡佛才完满地解决了这一写作难题。

为了理解卡佛的不言之言，我们不妨先来看看中国六朝时代的伟大诗人陶潜陶渊明的缄默诗学。

面对陆机提出的诗歌语言难题："恒患意不称物，文不逮意，盖非知之难，能之难也。"陶渊明之前和陶渊明时代的中国诗歌，在很大程度上可以视为对这一难题做出的反应。它们极为挥霍地滥用辞藻，拼命试图平衡语言的无力。那个时代的"赋"极尽奢侈夸张之能事，而诗在六朝时期则以绮丽矫饰著称（这种语言策略有点类于"加法写作"）。不过，语言表达的难题不可能通过辞藻的堆砌来获得真正解决，因为，堆砌的语言仍然是有限的，意义却是无限和微妙的，结果常常会恰得其反，语词越堆砌，语义越不清。

陶渊明的诗歌写作就是在这样的背景下展开的，他的诗一出现便给人耳目一新的惊异，因为他不同于那个时代的诗歌写作的，恰恰是它用词的极其俭约，以及风格上的朴实无华，而且他的写作内容和对象往往也是眼前之景和身边之事。陶渊明的诗不能被时代认可也就成了一种必然，过了几百年之后，人们才真正认识到陶渊明是中国古代诗歌史上最重要的诗人之一，他对中国古代诗学的贡献才得到较普遍的认可和赞誉。现在看来，陶渊明的诗歌风格不仅体现了他的人格，而且也体现了他对语言性质和表达悖论的深刻洞察，而他的无言诗学正是建立在这样的洞察之上的。

对于庄子这样的道家来说,"意"是只能靠直觉把握和默默知晓的东西,它不可能诉诸言语("辩不若默,道不可闻"),但对于诗人陶渊明,却必须把自己在冥默中把握到的东西表达出来,陶渊明的表达方式就是"忘言"("此中有真意,欲辩已忘言")。"忘言"不仅表示诗人的无力言说,而且更进一步地告诉我们:诗人既然不能真接用语言表达"真意",那么负面的表达也许就是唯一的选择,也就是说用富于暗示性的沉默实际上可以更好地表达。著名的《饮酒》第五,正是这样隐含着并触及了自然的真意:它先肯定这里有真意,尔后却让它得不到说明。从这里可以清楚地看出陶渊明选择平淡质朴风格的哲学前提:如果意义的体验在语言之外,最好的办法就是让它得不到表达,而不是去对它作无力的表达。因为任何说明都会歪曲糟践诗人的直觉领悟,所以忘言乃是保证其拥有真知的唯一方式。

简而言之,陶渊明的"无言诗学"就是用间接暗示代替直接表达,就是拒绝在诗中对意义作有限的限定(语言既表达意义同时又限定意义),从而使意义的可能性和丰富性在富于暗示的无言中保持完整。这样的暗示可以使意义的阐释变得无限,也就是说,自然的真意并没有因为诗人自认无力表达而走样或减弱,相反却由于暗示所带来的无限的阐释可能而变得丰富微妙完整准确。这一点正是陶渊明诗歌的力量所在,也是他那简单诗学和质朴风格的魅力所在。只要把陶渊明的诗歌和同时代其他诗人的作品放在一起阅读就会发现:其他人极尽雕琢冗赘之能事却没有说出些什么,陶渊明却用自己的质朴、简单和缄默给人以无限的意会。我们都知道陶渊明喜欢弹奏家里的那架无弦琴,这一神秘的姿态也许再好不过地象征和暗示了他的无言诗学:音乐不在琴弦上,也不在空气里,而在心里,在魂里

（这一段所述参考了张隆溪先生的专著《道与逻各斯》）。

32

情况往往就是这样，在文学艺术领域，轻往往比重更有穿透力，简单往往比复杂更有份量和效果。比如在音乐中，一段轻盈抒情的弦乐往往能盖过暴风骤雨般的交响和奏鸣，从而更深入人心，因为，暴风骤雨般的交响，往往只作用于人的耳朵和听觉，震撼的是人的躯体和感官，而面对轻盈飘逸微妙依稀的弦乐，你除了会竖起耳朵，而且会倾注整个身心去谛听，所以，弦乐声反而比交响更能渗透到人的内心深处。肖斯塔科夫斯基第七交响曲和电影《海上钢琴师》中就是这么处理的。在文学中也一样，海明威的简洁叙述往往比享利·詹姆斯那样的复杂的叙述更锐利更丰富。

33

针对语言的悖论和言说的困境，针对事物的意义和人物的感受，卡佛的不言之言与陶潜的无言诗学可谓相似乃尔如出一辙，都属于轻的艺术，属于因为简单所以扼要的艺术。与陶潜一样，卡佛显然也是一个背负着悖论和难度进行独特创作的作家，是一个用火焰一样的叙述去穿越和突破困境的作家，他的写作乍一看平淡简单波澜不惊，实际上呕心沥血如火纯青。

34

在小说《马辔头》的开头，"我"初次见到命运多舛的霍利茨夫妇，那时候他们刚刚经受过命运的打击，离开明尼苏达州那个伤心之地，来到一个陌生的地方，他们正处在一个生活的新关口，他们的心情可想而知。

与性情迟钝相对乐观的霍利茨相比，妻子贝蒂的心情肯定更加敏感更加难受，她的内心感受肯定复杂混乱难以言表，可卡佛根本没有直接去写她的内心状况，而是通过"我"的眼睛，只写了贝蒂的言行举止，只写了她的几个神情和动作：

> 男人通报了他的姓。"我姓霍利茨。"他告诉我那女人是他的妻子。但是她不乐意望望我。相反的，她尽顾看着她的手指甲。
> 女人把两只胳膊合抱起来，握着短外衣的袖子，两眼注意到了我的座椅和洗涤槽，仿佛以前从来没有见过像它们这样的。也许，她的确没有见过。
> 我告诉了他。他回过身去，瞧瞧女人怎么说。但是他就跟望着一堵墙差不多。女人不愿意用眼睛回望他一眼。
> 她开始把手指捻得噼啪作响。

卡佛叙述的时候没有一句心理描写，就只写了这么几个动作和举止，可贝蒂的神经质，她的自尊和虚荣、她的尴尬和不安，也许还有无奈和痛苦，却被恰如其分地暗示并表达出来了。

35

等霍利茨一家安顿下来，贝蒂也找到了一份工作，她的心情晴朗稳定了许多，她主动找"我"做头发，最后还修了指甲。整个过程中，卡佛同样没有去写人物的心理和感受，他只写了两人的对话，写了简单的程序化的动作，可我们在阅读的时候可以明显感觉到贝蒂变得开朗了健谈了，没有了刚见面时的紧张不安和神经质。其中有一句是这样的：

> 她的手松弛下来了。

在表达"我"的丈夫哈利的麻木和平庸的时候,卡佛也没有一句直接的界定和多余的描述,卡佛只写了他没完没了地摆弄他的割草机,写他有事没事总是躺在椅子上,总是打开电视机看无聊的节目。

36

在叙述大师傅欧文·科布和新婚妻子邀请"我"和哈利吃晚餐看家庭电影的情节时,卡佛使用了最典型的不言之言。

吃完晚餐,四个人一起看那部家庭电影,电影主要是关于欧文·科布的前妻伊芙琳的,听着欧文·科布和新太太若无其事地谈论着伊芙琳,"我"和哈利觉得不对劲,心里有说不出的滋味,有尴尬,有不地道的感受,也有些为伊芙琳这个从未谋面却肯定不幸的女人抱打不平,还有对眼前这一对的举止和态度的不满和不安等很多感受,可卡佛只写了这么一句:

> 心里觉得很不舒服。哈利朝我望了一眼,我于是知道他也有所感触。

卡佛只写了"不舒服",却没有具体言说怎么个不舒服,为什么不舒服,他只写了"有所感触",却没有言明到底是什么样的感触。卡佛深知,如果用具体的语言和词汇去界定感受书写感受,这种感受必然会被框定被局限被减损,只有通过这样的不言之言,人物内心那些微妙复杂的心理才能被准确完好地保存和表达,此中的真意才能被暗示无余。

37

霍利茨无缘无故地从屋顶往游泳池跳的情景，是小说的重头戏，因为它导致了霍利茨一家生活和命运的新的转折，导致了他们的黯然离去，也导致了小说的高潮与结局。

一般的作家在这个地方肯定会写得"浓墨重彩"，肯定会铺垫渲染、挖掘分析，写出霍利茨的个性，写出命运与个性的关系等等。可卡佛似乎什么也没有写，卡佛只写了霍利茨忽然爬上屋顶，然后就从屋顶往下面的游泳池跳。我们不知道霍利茨究竟为什么要这么做，也许是因为他喝得有些多了，在一刹那间产生了自我表现的冲动；也许是因为旁人的怂恿；也许是霍利茨身上有一种心血来潮的基因在作祟；也许他的个性就是这样既率真又愚顽（就像他迷上赛马）；也许他那天心情特别高兴或特别不高兴；也许在潜意识中他想用此举反抗或否定一些什么，比如生活的不顺，长期以来内心的痛苦和压抑，等等等等。可卡佛真的什么也没写，他只写了霍利茨鬼使神差一样爬上了屋顶，并在旁边人的喊叫和怂恿声中跳了下来。当然，这偶然而又必然的一跳已然暗示了一切，表达了一切。

我们看到，即使对霍利茨的爬上和跳下的举动，卡佛也写得再简单不过，没有任何渲染和夸张的地方：

霍利茨喝完了酒，把玻璃杯放在游泳池边的地面上，走过去到了简便浴室旁。他拖过一张桌子，爬上去。然后——他似乎压根儿毫不费力——他撑起身，爬上了浴室的屋顶。

说时迟那时快，霍利茨朝前冲去了。

我看见他撞到池子边的地面上，也听见他叫了那么

作家的叙述

一声。

霍利茨的额头上摔破了一道大口子,两眼呆滞无神。

等人们把霍利茨扶起来,搀扶他坐到一张躺椅上去时,卡佛也没有写一句霍利茨的心理活动和反应,他的叙述依然那么简单,那么不言之言,那么无声胜有声,几乎没有出现一个激动的情绪化的词汇:

有人递给他一条毛巾,但是霍利茨握着毛巾,就仿佛不知道该用它做什么似的。另外一个人又递了一杯饮料给他。霍利茨也不知道该拿饮料怎么办。人们不停地对他说话。霍利茨把毛巾举到脸上。接着,他又取下,望着毛巾上的血迹。不过他只是望望,似乎什么也弄不明白。

在霍利茨爬上屋顶准备往下跳的当儿,我们发现,其他人都在怂恿他激将他,只有妻子贝蒂发出了阻止的声音:

霍利茨,想想看你在干什么。

贝蒂之所以这么说,也许是因为霍利茨的荒诞举动让她想起了过去生活中的其他一些似曾相识的场面,她之所以没有大声阻止,大概是因为那时候她还不能肯定霍利茨真的会往下跳。而当霍利茨撞倒在地上的一瞬间,最先响起的就是贝蒂的喊叫:

霍利茨!

这也许是卡佛在这篇小说中所写的唯一的喊叫,这是正真的喊叫，声音很大，而且一定撕心裂肺。这声喊叫卡佛是必须写的，写出了这声喊叫，实际上就写出了贝蒂这个女人仍然爱着霍利茨这个男人的事实。我们不知道贝蒂为什么依然爱着这个倒霉的霍利茨、幼稚的瞎胡闹的霍利茨、脑筋缺根弦似的霍利茨。不过，一个女人爱一个男人总还是会有些哪怕是说不出来的理由的，比如霍利茨的幼稚同时也是率真，比如霍利茨的愚顽同时也是执着，比如霍利茨的逆来顺受谁又能说不是达观不是随遇而安呢？我们不知道贝蒂究竟为什么还爱着霍利茨，我们不知道她的内心感受究竟如何，卡佛并没有告诉我们什么，读了卡佛的叙述，我们只知道贝蒂的确还爱着霍利茨，我们当然还知道，只要有爱，生活就还有希望。

38

小说的最后，霍利茨一家就像来的时候一样，开着那辆旧卡车走了。"我"眼看着他们离去，即使到这个时候，卡佛也没有让同情、怜悯和伤感之类的东西从"我"的心里或喉咙中涌出，没有让这些东西变成有限的词语，卡佛也没有在这个地方恰逢其时地对生活和命运发出任何议论或思考，他只是描写了那副被霍利茨一家有意无意遗留下来的马辔头：

> 我拿起它来，走到窗口，在光亮下看看。它并不特别考究，只是一副用旧了的深色皮辔头。我对马辔头并不太懂行。不过我知道这种装置有一部分要套在马嘴里。那一部分叫做嚼子，是用铁做的。缰绳套在马头上，一直拖到马脖子上面骑马人用手握着的地方。骑马人把缰绳或左或右的一拉，马儿就跟着转过去。这很简单。嚼口很沉，手摸上去冰凉。如果你不得不把这样一个玩意儿戴在牙缝间，

你在一阵匆忙中就会明白了。当你觉得它收紧时，你就会知道是停下的时候啦。你就会知道自己正在朝某一地方走。

我们既可以把马辔头理解成生活的象征和命运的符号，也可以把马辔头理解成人性中难以摆脱的悲剧元素，马辔头似乎还隐喻着别的许多东西。当然，马辔头也可能什么也不是，只是一副生活中常见的马辔头，只是在小说的开头和结尾各出现了一次的简单道具。

卡佛什么也没有说，可卡佛似乎又说出了一切。

卡佛的不言之言就是这样简单而又准确。由于这是一种子弹击中心脏一样的准确，所以我们不得不承认，卡佛的叙述既像火焰一样简单，又像火焰一样致命。

鲁迅的精准叙述

1

作为白话文小说的开山之作,鲁迅先生写于一九一八年的《狂人日记》,其内涵之深刻之穿透性、其形式之自由之创造性,堪称出手如梦,即使隔着近一个世纪回头看,仍有一种石破天惊的感觉。而一年之后,鲁迅先生就创作了《孔乙己》这个奇迹般的短篇,套用契诃夫评价高尔基小说《草原》时所用的那个概念,《孔乙己》无疑是一篇王牌小说。这个据说也是鲁迅先生自己最偏爱的短篇,为此后的中国新文学树立了一个多么难以逾越的艺术标杆呵。

2

鲁镇的酒店的格局,是和别处不同的:都是当街一个曲尺形的大柜台,柜里面预备着热水,可以随时温酒。做工的人,傍午傍晚散了工,每每花四文铜钱,买一碗酒,——这是二十多年前的事,现在每碗要涨到十文,——靠柜外站着,热热的喝了休息;倘肯多花一文,便可以买一碟盐煮笋,或者茴香豆,做下酒物了,如果出到十几文,那就能买一样荤菜,但这些顾客,多是短衣帮,大抵没有这样阔绰。只有穿长衫的,才踱进店面隔壁的房子里,要酒要菜,慢慢地坐喝。

"鲁镇的酒店的格局,是和别处不同的"。开头第一句话看似平淡自然,自然得就像微风起于青萍之末,甚至就像生活本身。可实际上,这个小说开头不同凡响不可小觑。它营造了让叙事兀然起飞之态势,让叙事的开端拥有了不可或缺的悬念感与带入感(酒店与酒总是很靠向文学与叙事不是么,换成粮店就不一定有这种效果),它给予读者往下阅读的张力与理由:鲁镇的酒店的格局,真的与别处不同吗?到底有什么特别的地方呢?细细品读不难发现鲁迅先生语气语感之沉着之镇定,暗含着一股不动声色却举重若轻的自信,仿若武侠高手出招时的功力之深厚与呼吸之平稳。当然,这个开头还锚定了这篇小说的叙事空间:鲁镇某酒店(就是今天的旅行者看到的咸亨酒店)。这个叙事空间很小,它不仅是狭小的小,更是小说的小,小得刚好与两千五百多字的篇幅互相匹配。

紧接着,鲁迅先生只用一句话就交待了鲁镇酒店与众不同的格局:"都是当街一个曲尺形的大柜台,柜里面预备着热水,可以随时温酒。"这句叙述既回答了读者可能会有的疑问,又描述了叙事的具象化场景,而且这个格局与场景吻合着叙述者的身份:酒店小伙计。往下阅读可以发现,这篇小说有一个明显的特点,即叙述者的视角仅以鲁镇酒店这方寸之地为限,自始自终都没有跳出这个简单到沉闷的"格局"。视角以外的部分,或者用酒客们的话语来补足，或者干脆留白。所以，酒店的格局实际上也是小说叙事的格局和人物命运的格局，而且这个格局贯穿始终。"当街一个曲尺形的大柜台"这个视觉形象是酒店格局的主要表征，读者不难联想到钝重、呆板、局限、沉闷、隔阂……等等，自有一种画地为牢的禁锢意味。

"这是二十年前的事"这一句点明了这篇小说是回忆性文本。在某种程度上说，任何小说都是回忆性的，因为故事就是故往之事，而小说就是回忆加上想象。开头有意识地对时间与回忆性的强调，也与结尾遥相呼应，从而形成了叙事的框架与结构。

"短衣帮""站着"喝，"穿长衫"的"慢慢地坐喝"。鲁迅先生用两种鲜明的迥然的形象把酒店的顾客一网打尽。鲁迅先生没有说穷人站着喝，有钱人坐着喝，因为穷人富人只是抽象的概念罗列与泛泛的意思交待，而"短衣帮"与"穿长衫的"则是形象叙事。鲁迅先生深知小说叙述的精髓是形象叙事，因为概念与意思更多地作用于读者的大脑和神经，唤起的是一种逻辑思维和判断，而形象则具有一种直接进入读者内心的效果和力量，唤起的是一种如临其境和感同身受。意思往往"唠唠叨叨缠夹不清"，吃力不讨好，而形象则简约而有力，如在眼前，意在象外，供人想象和回味。当然，"短衣帮"与"穿长衫的"这两种形象的模写，也为主人公孔乙己的出场做了必不可少的铺垫与准备。

在文字运用上，从"倘"到"如果"，假设程度与语感由轻及重，有细微的逻辑的推进。此外，这一段中出现的多个数字："四文""十文""一文""十六文"，除了显示了叙述者酒店伙计的职业身份，也体现了鲁迅先生对叙述之具体性与精准性的追求。

3

> 我从十二岁起,便在镇口的咸亨酒店里当伙计,掌柜说,样子太傻,怕侍候不了长衫主顾,就在外面做点事罢。外面的短衣主顾,虽然容易说话,但唠唠叨叨缠夹不清的也很不少。他们往往要亲眼看着黄酒从坛子里舀出,看过壶子底里有水没有,又亲看将壶子放在热水里,然后放心:在这严重监督下,羼水也很为难。所以过了几天,掌柜又说我干不了这事。幸亏荐头的情面大,辞退不得,便改为专管温酒的一种无聊职务了。
>
> 我从此便整天的站在柜台里,专管我的职务。虽然没有什么失职,但总觉得有些单调,有些无聊。掌柜是一副凶脸孔,主顾也没有好声气,教人活泼不得;只有孔乙己到店,才可以笑几声,所以至今还记得。

精通现代小说叙事精髓的鲁迅(在创作小说之前,鲁迅先生已经翻译过许多优秀的外国小说;他著过一部《中国小说史略》,对本国的叙事历史与语言艺术当然更不在话下),给这篇小说设立了一个叙述者"我"(当然不是作者本人),确立了第一人称视角,这个"我"是一名在场者,是看客中的一个,从而保证了叙事的客观性与现场感。

"我"的回忆与讲述无谓而又冷漠,几乎不带任何感情色彩。这样一种语调与口吻,与"我"所处的环境格局与生活氛围恰相一致。比如它的等级森严:站着的"短衣帮"与坐着的"穿长衫的"隔着柜台、泾渭分明;它的人情世故:"幸亏荐头的情面大,辞退不得";它的互相憎恶:"掌柜是一副凶脸孔,主顾也没有好声气";它的尔虞我诈:掌柜和伙计千方百计地往酒里羼水，而短衣主顾们严格监督处处设防（"往往要亲眼看着黄酒从坛子里舀出，看过壶子底里有水没有，又亲看将壶子放在热水里，然后放心"），而主顾们又拿什么来回报掌柜呢？这里没有明说，而结合下文中"但他（孔乙己）在我们店里，品行却比别人都好，就是从不拖欠"，不难推想酒客们赊欠赖帐的泼皮行径。鲁迅先生只用寥寥数语，就为我们勾勒了一个阴暗而又压抑的场域（让我们想起"黑屋"意象）。这篇小说的成功之处不仅在于塑造了孔乙己这个悲剧形象，也在于描摹了"我"这个冷漠的看客的内心状态（"我"如果是作者本人，自然不可能也不可以如此冷漠）。

"只有孔乙己到店，才可以笑几声，所以至今还记得。"行文至第三段，主人公孔乙己的名字终于出现，鲁迅真是沉得住气。这句不经意似的叙述，暗示了孔乙己是文学理论中的"这一个"，他与其他酒客不同，他是个异样的惹人发笑的人，他的形象一下子就逸出了沉闷的环境与压抑的氛围，像个"零余者"，像个局外人，也像戏曲中唯一的丑角。

因为"至今还记得"，所以，接下来的回忆与叙述才水到渠成自然而然。这里面显现了鲁迅先生超强的叙事逻辑与掌控能力。

4

孔乙己是站着喝酒而穿长衫的唯一的人。他身材很高大；青白脸色，皱纹间时常夹些伤痕；一部乱蓬蓬的花白的胡子。穿的虽然是长衫，可是又脏又破，似乎十多年没有补，也没有洗。他对人说话，总是满口之乎者也，叫人半懂不懂的。因为他姓孔，别人便从描红纸上的"上大人孔乙己"这半懂不懂的话里，替他取下一个绰号，叫作孔乙己。孔乙己一到店,所有喝酒的人便都看着他笑,有的叫道,"孔乙己,你脸上又添上新伤疤了!"他不回答,对柜里说,"温两碗酒,要一碟茴香豆。"便排出九文大钱。他们又故意的高声嚷道,"你一定又偷了人家的东西了!"孔乙己睁大眼睛说,"你怎么这样凭空污人清白……""什么清白?我前天亲眼见你偷了何家的书,吊着打。"孔乙己便涨红了脸,额上的青筋条条绽出,争辩道,"窃书不能算偷……窃书!……读书人的事,能算偷么?"接连便是难懂的话,什么"君子固穷",什么"者乎"之类,引得众人都哄笑起来:店内外充满了快活的空气。

这一段基本上是叙述者"我"的回忆与直接叙述。写的差不多都是所见所闻。毫无疑问,对视觉与听觉的感官化叙述,对现场感的追求,显现的是作家的叙事经验与技巧。

"孔乙己是站着喝酒而穿长衫的唯一的人"。穿长衫而不坐着喝,站着喝却不穿短衫,这是个多么奇怪而又矛盾的形象和角色呵。孔乙己甫一出现,就颠覆了由站着的"短衣帮"和坐着的"穿长衫的"构成的视觉定律与常规,这个独特的形象一下子就撞进我们的视野,抓住了阅读者的眼球。怎样让笔下的主人公出场并亮相?怎样用尽可能简省的文字塑造独特的人物形象?鲁迅先生在这儿为我们树立了一个写作的典范。

"他身材很高大",人世的苦难之箭簇特别容易击中这样高大的目标不是么?请记住孔乙己高大的身材,它对后面的悲剧性高潮的出现极为重要不可或缺。

叙述者"我"还看见了孔乙己的"青白脸色""皱纹"与"伤痕"以及"一部乱蓬蓬的花白胡子"。这些符号构成的是一个被欺凌被伤害的人物肖像,这个人物不幸到了不堪的程度。

"穿的虽然是长衫,可是又脏又破,似乎十多年没有补,也没有洗"。长衫本来是一个非体力劳动者的身份标志,这样的身份要高出一般做工者或农民。可又脏又破的长衫(似乎十多年没补没洗了)却俨然是一个古怪到了简直可笑的标识,其可笑程度恰与孔乙己这个人一致。穿着这样的长衫的孔乙己,其生存境况实际上比穿短衫的做工者要悲惨得多。

"他对人说话,总是满口之乎者也,叫人半懂不懂的。"孔乙己的话语方式说明他读过书,算是个旧知识分子。不一定是个书呆子,但有些迂腐是肯定的。

"因为他姓孔,别人便从描红纸上的'上大人孔乙己'这半懂不懂的话里,替他取下一个绰号,叫作孔乙己。"这几句其实不是叙述,而是讲述或转述,告知读者孔乙己原来只是个绰号。这个绰号似乎对儒家的那位圣人有所影射,却又有那么自然的来历,也极符合人物的个性与身份,取这个绰号一定费了鲁迅先生不少心力。名如其人,作家对笔下人物的名字的重视不会亚于给自己儿子取名,因为读者最初正是通过名字感性地认识人物。比如武松,多棒的名字,一看就是个顶天立地的英雄,叫武杨差不多就歇菜了,成了一个白面书生。我想,鲁迅先生应该是颇得意于孔乙己这个妙手偶得的绰号的,以至于将它作为小说的名字。在鲁迅的小说中,以人物之名作为小说之名的,这是唯一的一篇。

"孔乙己一到店,所有喝酒的人便都看着他笑,有的叫道,'孔乙己,你脸上又添上新伤疤了!'他不回答,对柜里说,'温两碗酒,要一碟茴香豆。'便排出九文大钱。"

重新返回第一人称视角下的直接叙述。孔乙己一到店,喝酒的人便都看着他笑,这是小说叙述中的第二个笑字,这篇小说写了很多次笑,笑的总是那些顾客,被笑的永远是孔乙己。

一定要记住的是，孔乙己自己却从来没有笑过，一次也没有！也许悲惨生涯与坎坷命运早已经让孔乙己笑不出来了？有的顾客笑过之后就对孔乙己"叫道"："你脸上又添上新伤疤了！"（可见常有旧伤疤）。面对顾客的笑声与叫声，面对伤疤的话题，孔乙己大概已经习惯和厌倦，"他不回答"，可能也不在乎，而是转而对柜里说："温两碗酒，要一碟茴香豆。"声音也许不大，但还算有底气，一下子就要了两碗，还要了一碟茴香豆，除了说明孔乙己爱喝酒，也说明他那时景况还不是很惨，还没有像后来那样跌入生存的底谷。接下来，鲁迅先生叙述了一个饶有意味的细节："便排出九文大钱"，九文在一般人看来是小钱，但对孔乙己而言却是大钱，既然是大钱，当然需要"排出"！我相信鲁迅先生推敲再三才决定使用这个"排"字，这个故意似的"排"字，在小说后面的叙述中，还有镜像对称一样的叙事作用。

顾客们当然不会轻易放过孔乙己，也不肯错过任何一次取笑别人娱乐自个的机会。见孔乙己不回答，见他顾自要酒要茴香豆，"他们又故意的高声嚷道，'你一定又偷了人家的东西了！'孔乙己睁大眼睛说，'你怎么这样凭空污人清白……'"与说他脸上有新伤疤不同，说他偷人家的东西可是一项"指控"，所以孔乙己必需反驳一下，但他的反驳很是虚泛很是无力："怎么""这样""凭空""污人清白"，这样的反驳其实还不如沉默。

见孔乙己居然还反驳，顾客们便乘势追击："什么清白？我前天亲眼见你偷了何家的书，吊着打。"如果说前面的"偷东西"是一种泛指，那么这里的"偷书"而且是偷何家的书，就是有根有据确凿无疑的指控了，顾客们甚至指出了偷书的时间"前天"以及后果"吊着打"，真是人证物证一应俱全，哪还有分辩的余地？鲁迅先生先叙述了孔乙己的本能反应"便涨红了脸，额上的青筋条条绽出"，这样的反应当然不是由于遭受冤屈，而是因为糗事被揭穿后的难堪。即便如此退无可退，孔乙己依旧要继续"争辩"（可见孔乙己骨子底里真是一个要面子的人，如果换一个泼皮无赖，他才不在乎别人的议论和指控呢，他可能反而以此为荣也说不定）："窃书不能算偷……窃书！……读书人的事，能算偷么？"

这可能是一个多世纪以来中国文学中的最佳争辩了吧，鲁迅先生真绝啊！孔乙己先是在"窃"与"偷"之间做了一次巧妙之极的偷梁换柱，然后，强调了所窃的对象是"书"！再然后，把"窃书"暗渡陈仓地转换为名正言顺的"读书人的事"！而且这样的话语方式多么吻合一个读过书的迂腐子呵。

可如果争辩行为到此为止就不好，至少不够好，因为连孔乙己自个大概也明白，他这哪是在争论和分辩，他所能做的唯有抵赖和狡辩。所以鲁迅先生补充了以下叙述："接连便是难懂的话，什么'君子固穷'，什么'者乎'之类，引得众人都哄笑起来：店内外充满了快活的空气。"

很显然，在鲁迅先生的叙述中，"指控"与"争辩"都只是话语游戏与手段，真正的目的只有一个：描摹并突出孔乙己的难堪与尴尬，以及顾客的无聊与哄笑（第三个笑）。

5

听人家背地里谈论，孔乙己原来也读过书，但终于没有进学，又不会营生；于是愈过愈穷，弄到将要讨饭了。幸而写得一笔好字，便替人家抄抄书，换一碗饭吃。可惜他又有一样坏脾气，便是好喝懒做。坐不到几天，便连人和书籍纸张笔砚，一齐失踪。如是几次，叫他抄书的人也没有了。孔乙己没有法,便免不了偶然做些偷窃的事。但他在我们店里,品行却比别人都好,就是从不拖欠;虽然间或没有现钱,暂时记在粉板上,但不出一月,定然还清,从粉板上拭去了孔乙己的名字。

经过上一段的直击式叙述,喘口气息一会,转入间接的转述或综述("听人家背地里谈论")。除了简单交待孔乙己的身世与经历,"坐实"了顾客们先前对孔乙己的"指控",主要就是强调了孔乙己"从不拖欠"酒钱的习惯。孔乙己这一习惯,在小说的结构与形式上,为后面的叙事埋下了伏笔;在小说的内涵上,突出了孔乙己与众不同的地方,他毕竟是个读书人,他要面子、虚荣,对他而言名字总被挂在粉板上可不好看……换一个地痞流氓,偷都偷得,欠点酒钱又有什么呢?!

记得叶圣陶老先生谈到《孔乙己》的时候曾经指出,孔乙己虽然颓唐,但决不是一个小混混或乡村泼皮,否则写他就没有什么意义了。真乃行家的眼光。

的确,这个世界上,小混混数不胜数,而孔乙己只有一个。

6

孔乙己喝过半碗酒,涨红的脸色渐渐复了原,旁人便又问道,"孔乙己,你当真认识字么?"孔乙己看着问他的人,显出不屑置辩的神气。他们便接着说道,"你怎的连半个秀才也捞不到呢?"孔乙己立刻显出颓唐不安模样,脸上笼上了一层灰色,嘴里说些话;这回可是全是之乎者也之类,一些不懂了。在这时候,众人也都哄笑起来:店内外充满了快活的空气。

夹进一段补充与转述后，重新回到现场直播式的叙述。

喝过半碗黄酒后，孔乙己先前的难堪与涨红的脸色好不容易渐渐复了原，可是旁人却并不肯就此放过他。这一次，是诘难孔乙己的读书人身份。

"孔乙己，你当真认识字么？"这一问其实是挑起话题，逗引孔乙己上钩。对此，孔乙己的反应是"不屑置辩"。

"他们便接着说道，'你怎的连半个秀才也捞不到呢？'"这才是顾客们真正想说道的，如果前一句是引子，这一句才是正文。"半个秀才"也"捞不到"，口吻虽然又庸俗又功利，却一下子抓住了孔乙己的命脉，抓住了他的生存之全部软肋，孔乙己的生命悲剧正源于此。所以，孔乙己的反应甚至超过了前面的偷窃指控："立刻显出颓唐不安模样，脸上笼上了一层灰色"。可怜他刚刚褪去涨红的脸色，又变成了灰色，可怜他说不出一句整话，只能吐出一些完全无意义的音节。而这正是顾客们等待与期望的结果："在这时候，众人也都哄笑起来：店内外充满了快活的空气。"这里出现的已经是第四个笑字了。在句式上，几乎是对前面出现过的句子的重复，就像一种单调却没完没了的折磨，就像命运的无可避免的复沓。

7

在这些时候，我可以附和着笑，掌柜是决不责备的。而且掌柜见了孔乙己，也每每这样问他，引人发笑。孔乙己自己知道不能和他们谈天，便只好向孩子说话。有一回对我说道，"你读过书么？"我略略点一点头。他说，"读过书，……我便考你一考。茴香豆的茴字，怎样写的？"我想，讨饭一样的人，也配考我么？便回过脸去，不再理会。孔乙己等了许久，很恳切的说道，"不能写罢？……我教给你,记着!这些字应该记着。将来做掌柜的时候,写账要用。"我暗想我和掌柜的等级还很远呢,而且我们掌柜也从不将茴香豆上账;又好笑,又不耐烦,懒懒的答他道,"谁要你教,不是草头底下一个来回的回字么?"孔乙己显出极高兴的样子,将两个指头的长指甲敲着柜台,点头说,"对呀对呀!……回字有四样写法,你知道么?"我愈不耐烦了,努着嘴走远。孔乙己刚用指甲蘸了酒,想在柜上写字,见我毫不热心,便又叹一口气,显出极惋惜的样子。

这段叙述的直接性在于,它描写的是"我"与孔乙己之间的近距离的接触与对话。它体现的是作为看客的"我"对孔乙己的态度。所谓叙述视角,其实是对叙述者与故事之间的距离远近的控制,而这样的控制关系到叙述的效果与节奏的变化。在这篇短短的小说里,鲁迅先生不断地调整这种距离,灵活自如地把控着叙事的节奏,直接叙述与间接转述之间的变换几乎天衣无缝。这个段落中,借助"有一回"三个字一下子就把叙述焦距拉近,形成一种特写的直播的效果。

"孔乙己自己知道不能和他们谈天,便只好向孩子说话。"但孔乙己不知道的是,"我"其实已经不是个孩子,已经耳濡目染并深受成人世界的影响,酒客们对孔乙己的态度与举止,"我"都看在眼里,这当然直接决定了"我"对孔乙己的态度。

"有一回对我说道,'你读过书么?'"这是小说叙事进行到这儿,孔乙己第一次主动与人说话,但"我"只是"略略点一点头",只用略略两字便写出"我"对孔乙己的全部冷漠与不屑。孔乙己当然不可能没有感觉到"我"的冷淡,但一方面,总被取笑的孔乙己当然也有与人交流的强烈欲望不是么,另一方面,他觉得"我"毕竟是读过书的人,谈谈与读书有关的事,是他的兴趣也是他的强项，因此也是刷他的存在感的机会。所以，他千方百计掏心掏肺地想继续与"我"交谈，想与我谈谈"茴"字的四种写法。可"我"的态度却每况愈下，越来越不耐烦，越来越鄙夷。这段读下来，"我"对孔乙己的态度真让人心寒甚至心痛，其程度几乎不亚于酒客们对孔乙己的嘲弄与取笑。

看到"我"努着嘴走远，孔乙己虽然已经用指甲蘸了酒，到底没有在柜台上写出"茴"字的四种写法。叶圣陶老先生对此曾指出，鲁迅先生如果让孔乙己把四种写法都写出来，反而没意思了。这当然对，没写出来固然由"我"的态度所导致并决定，但其实也是营造小说叙述引而不发的艺术效果的需要。叙述毕竟不能太实诚太满当，不能太拘泥，要追求留白与超然之妙。

另外，与"我"对孔乙己的冷漠相反，孔乙己对"我"的热忱与"恳切"之情特别让我唏嘘感叹。"我"这么明显地讨厌和嫌弃孔乙己（就是俗语说的"热脸对冷屁股"），但孔乙己只是认为"我不热心"，并为此惋惜。这除了说明孔乙己有些迟钝有些迂腐，我想，自然也说明了他的与人为善和宅心仁厚吧。

8

有几回，邻居孩子听得笑声，也赶热闹，围住了孔乙己。他便给他们茴香豆吃，一人一颗。孩子吃完豆，仍然不散，眼睛都望着碟子。孔乙己着了慌，伸开五指将碟子罩住，弯腰下去说道，"不多了，我已经不多了。"直起身又看一看豆，自己摇头说，"不多不多！多乎哉？不多也"于是这一群孩子都在笑声里走散了。

这一段"斜逸旁出"的叙述,就像阴雨天的一缕阳光,就像寒冬里的一丝暖意。"有几回"三个字很有意思,"几"字的笼统与"回"字的具体,形成的是不远不近的叙事焦距。从视角与形式上看,依然可以认为是"我"之所见,但从语气语感来看,它几乎不像是"我"的叙述,不像是"我"的眼睛看到的场面,倒像是鲁迅先生自己亲眼看到的一样:那么形象,那么细致,那么生动。它让我们感到的是,孔乙己虽然不免有些迂腐,但其实他也是一个有情趣的人,如果生存不那么逼仄,如果命运不那么残酷,如果条件允许,孔乙己甚至可能是一个幽默而快乐的人。"不多不多!多乎哉?不多也"这句仿文言的自问自答,绝对算得上新文学历史中最著名最有趣的人物话语。这一段的叙述,让整篇小说不至于完全被阴冷的气氛所笼罩,让人世的暖意与阳光也掠过孔乙己荒凉的头顶与悲惨的人生。除了显出鲁迅先生叙述的多样性与灵动性,也流露了鲁迅先生内心深处的同情与怜悯。

茫茫人世,芸芸众生,唯小孩还天真,还与阳光有关。所以,鲁迅先生才会发出"救救孩子"的呼声吧。

稍加留意不难发现,这一段叙述结尾出现的那个"笑"字,是整篇小说中唯一的健全快乐的笑,唯一的弥足珍贵的正能量的滋养生命的那种笑。

9

> 孔乙己是这样的使人快活,可是没有他,别人也便这么过。

然而阳光与暖意在孔乙己的生命里毕竟只是插曲,主旋律当然是寒冷与悲剧。

这一句话的段落构成了叙述中恰到好处的冷暖过渡。这一句话,也应该看成是作者的而不是叙述者的话。

"快活"两字兼具双重含意,既有前面弥漫在毒性的"快活的空气"里的那种无聊的快活,又包括了刚刚的跟孩子们的笑声有关的真正的快活。

"可是没有他,别人也便这么过。"这一句话写出孔乙己近于虚无的存在感,写出了他的生命的悲剧底色。叶圣陶老先生曾指出这一句是整篇小说的文眼或主题,我以为然。

10

有一天,大约是中秋前的两三天,掌柜正在慢慢的结账,取下粉板,忽然说,"孔乙己长久没有来了。还欠十九个钱呢!"我才也觉得他的确长久没有来了。一个喝酒的人说道,"他怎么会来?……他打折了腿了。"掌柜说,"哦!""他总仍旧是偷。这一回,是自己发昏,竟偷到丁举人家里去了。他家的东西,偷得的吗?""后来怎么样?""怎么样?先写服辩,后来是打,打了大半夜,再打折了腿。""后来呢?""后来打折了腿了。""打折了怎样呢?""怎样?……谁晓得?许是死了。"掌柜也不再问,仍然慢慢的算他的账。

借助"有一天"这个特别有带入感与现场感的时间用语,便再度回到"我"的所见所闻与客观性叙述。

这一段叙述主要提供了两个重要信息,一是孔乙己欠酒店"十九个钱";二是孔乙己"被打折了腿"。这两个信息,都是重要的铺垫,后面都要用到。

我们来欣赏一下鲁迅先生对第二个信息的叙述与处理。用耳闻代替眼见，自然简省而方便，但鲁迅先生为什么要重复四次"打折"了腿呢？这是特别关键的地方，它与小说的故事性有关，也与现代小说的叙事机制有关，我想展开阐释一下。

《孔乙己》虽然没有太多的情节起伏，没有常见的复杂的故事结构，但这篇小说却并不缺少基本的故事性。我相信，鲁迅先生在构思这篇小说的时候，已经为这篇小说想象和虚构了一个必不可少的故事内核，只不过这个故事内核十分巧妙和隐蔽，如果不仔细阅读反复思考，我们往往会忽视它的存在。

那么，故事到底又是什么，构成故事内核的关键机制又是什么呢？

我认为是偶然性。

偶然性对于小说叙述具有双重意义，既有内涵方面的，又有形式方面的。

从内涵方面看，偶然性是非理性的表征，它不是象征，却胜似象征。偶然性契合着生活的变幻无常，对应着时空的神秘莫测，暗示着命运的捉摸不定。就像谁也看不见的透明的鱼游弋在无垠的大海深处，偶然性存在于人类理性的微弱之光所照射不到的广阔而又黑暗的领域。关于偶然，我们唯一能够弄明白的大概是：它压根儿不以人的意志和理性为转移，我们既不知道它始于何时，也不知道它终于何处。一个无法预测的小小的偶然，往往轻而易举地改变了一个人的一生，一次再偶然不过的偶然性，便足以决定一场战争的胜败或影响一段历史的走向。偶然性除了与必然性和逻辑性反义，除了与平行的铁轨一样的机械、单调和重复格格不入，它还意味着不确定性和不可知性，意味着逸出现实与常规的一切可能性。而我们都知道，"小说就是对存在的非理性领域的勘探""小说的目的就是揭示生活的多种可能性"（均为昆德拉语），因此，偶然性就自然而然地成了小说叙述的对象和题材。事实也的确如此,我们所读到的任何一篇小说几乎都与偶然性有关,无不蕴藏着偶然性要素。

而从形式上看,偶然性可以轻而易举地神不知鬼不觉地在本无联系的人物和事态之间建立这样那样的联系,也可以使本无结构的涣散的生活产生并形成所需的结构;而偶然性所特有的令人惊讶的意外效果,则对悬念、包袱的设置和结局、高潮的安排特别有用。所以,偶然性被如此频繁地运用于各种小说和戏剧作品之中,它似乎天然地隶属于叙事性写作,几乎成了最常见的叙述机制和最有效的结构工具。在具体的操作过程中,偶然性往往诱导、影响并促成作家对一篇小说的构思和谋篇,是作家在写一篇小说时的最初的出发点和契机,它常常也决定着一篇小说的情节之曲折起伏和节奏之跌宕顿挫。偶然性能够导致作品的起承转合,偶然性也可以左右叙述的方向和速度,强化之则构成悬念和戏剧冲突,铺展之则直接演变为故事结构本身。

无论是现实的还是虚构的世界都像是一条平滑的河流,当且仅当出现了偶然性暗礁的时候,才会有起伏的波涛和跌宕的激流,才会有故事的发生和发展。从某种角度上说,作家的工作就是对偶然性的顿悟、想象和捕捉,小说则是偶然性的艺术。

鲁迅先生的《孔乙己》,看上去的确像一篇轻盈简约几乎没有什么故事悬念和情节起伏的散文般的小说,乍一看一切都散淡、正常而又必然。可我认为,鲁迅先生在叙述的过程中,无疑也省察和考虑到了偶然性的艺术功能和力量(虽然叙述起来不动声色不露痕迹)。孔乙己居然敢偷到丁举人家去,被毒打一顿是必然的,被吊着打也完全可能,可一定会被打折腿吗?难道就不会是打断了胳膊(按照因果逻辑和常理,被戏称为"第三只手"的小偷被抓住之后,被人打断的倒更可能是他的手或胳膊,况且,与腿相比,胳膊无疑也更易被打断。为什么偏偏打折了腿?也许,是那个操棍子的家丁那天晚上多喝了几口绍兴老酒)。从生活的角度,到底打不打折,到底打折腿还是打折胳膊,并没有多大的区别,可在这篇小说中,鲁迅却必需想象或构思一种艺术的偶然性,也就是说,必须让孔乙己的腿而不是胳膊被打折。因为,如果是被打折胳膊的话,孔乙己后来大概就只能是用草绳吊着膀子,晃里晃荡地走到咸享酒店的曲尺形柜台前,而不是垫着蒲团用手爬着来。如果真是这样,这篇简精绝伦的小说如何得以成立?又如何走向高潮?

或者说,打折了手的孔乙己虽然也是悲剧形象,但这样的悲剧却缺少那种必不可少的艺术震撼性和充足的控诉性。悲剧本身并不一定通向文学,只有震撼心灵的悲剧才能够构成文学。

所以,精通现代小说叙事艺术的鲁迅先生一定会利用偶然性所导致的文学可能性,让孔乙己被打折腿!鲁迅先生在写作的时候一定心知肚明,打折了腿只是艺术的偶然而未必是生活的必然,因此,在虚构的时候或在叙述的过程中,鲁迅先生故意做了多次的暗示或铺垫,重复并强调了四次"打折":

"打折了腿了。""后来怎么样?""怎么样?先写服辩,后来是打,打了大半夜,再打折了腿。""后来呢?""后来打折了腿了。""打折了怎样呢?"

情况差不多就是这样,鲁迅先生正是通过叙事艺术中的偶然性机制,通过合情合理的想象与精准的叙述,让孔乙己最终成了一个用手走路的人,成了一个在地上爬行的怪物,成了二十世纪中国文学中最震撼人心、最有控诉性的人物形象。

11

中秋过后,秋风是一天凉比一天,看看将近初冬;我整天的靠着火,也须穿上棉袄了。一天的下半天,没有一个顾客,我正合了眼坐着。忽然间听得一个声音,"温一碗酒。"这声音虽然极低,却很耳熟。看时又全没有人。站起来向外一望,那孔乙己便在柜台下对了门槛坐着。他脸上黑而且瘦,已经不成样子;穿一件破夹袄,盘着两腿,下面垫一个蒲包,用草绳在肩上挂住;见了我,又说道,"温一碗酒。"掌柜也伸出头去,一面说,"孔乙己么?你还欠十九个钱呢!"孔乙己很颓唐的仰面答道,"这……下回还清罢。这一回是现钱,酒要好。"掌柜仍然同平常一样,笑着对他说,"孔乙己,你又偷了东西了!"但他这回却不十分分辩,单说了一句"不要取笑!""取笑?要是不偷,怎么会打断腿?"孔乙己低声说道,"跌断,跌,跌……"他的眼色,很像恳求掌柜,不要再提。此时已经聚集了几个人,便和掌柜都笑了。我温了酒,端出去,放在门槛上。他从破衣袋里摸出四文大钱,放在我手里,见他满手是泥,原来他便用这手走来的。不一会,他喝完酒,便又在旁人的说笑声中,坐着用这手慢慢走去了。

这一段无疑是小说的高潮,原本穿长衫的高大的孔乙己,终于被摧残为一个穿件破夹袄用手走路只能在地上爬的"怪物"!前一段只是话语转述,这一段则是现场叙述。我记得余华曾经谈到过这段叙述,小伙计先听到耳熟的声音,却看不到人,走到柜台边才看到地上的孔乙己。我觉得这样的叙述固然准确,却也没有多么特别的地方。倒是"那孔乙己"的"那"字堪称一绝,表明现在的孔乙己已经不是原来的孔乙己,"那孔乙己"几乎有一种动物性的"它"的意味。

在这一段叙述中,我认为最值得欣赏的是鲁迅先生创造的一个细节，这个细节很小，很不起眼，一般读者可能看不出它是一个重要细节，所以至今没见到有人谈起过它。可在我看来，这个细节就像叙述中的一颗钻石，蕴藏在孔乙己回答掌柜的那句话里。

当掌柜提醒孔乙己"还欠十九个钱呢"（孔乙己已经"不成样子"，但掌柜并没有表现出任何的关心或怜悯，连假装一下都没有，真让人齿冷），鲁迅先生先让孔乙己结巴着回应掌柜的提醒："这……下回还清罢"（鲁迅先生前面写过，孔乙己虽然潦倒之极，但从不欠酒钱），接着，鲁迅先生让孔乙己说出了另一句话"这一回是现钱，酒要好"。你看看，即使到了如此悲惨的境地，孔乙己在潜意识中依然想保持不欠酒钱的"光荣传统"和习惯：对过往欠的十九个钱（其实也不是多大的数目），孔乙己不是说"下回还罢"（有点搪塞之感），而是说"下回还清罢"（多了个"清"字，语义就确定与靠谱得多）；对这次的酒钱，孔乙己则强调："这一回是现钱"！

但这些还不是我想谈的细节，我要谈的细节其实是孔乙己回话中的最后三个字："酒要好"。

细想一下，这三个字里有让人揪心的东西，真让人觉得惨痛之极：小说前面有交待，酒店为了赚钱，卖酒时想方设法要羼水，所以顾客们"往往要亲眼看着黄酒从坛子里舀出，看过壶子底里有水没有，又亲看将壶子放在热水里，然后放心"。可现在，那个原来身躯高大的孔乙己，已经变成坐在地上只能爬行的孔乙己，隔着高高的柜台，他已经根本不可能"亲眼看着"了，他已经完全丧失了监督的能力，所以，虽然担心羼水的事，但他也只能被动地听天由命地用恳求似的语气说一声"酒要好"了！

所有的悲惨与伤痛，所有的怜悯与心恸，几乎都在这三个字的细节里了。可想而知,喝一碗不羼水的黄酒,对彼时的孔乙己来说,几乎是活着的全部念想或唯一慰籍了不是么。

想起有一回跟学生讲《孔乙己》,讲到这个话语细节,讲到"酒要好"这三个字的时候,我一下子就哽咽了。如果不是当着那么多的学生,我想自己一定已经泣不成声。

这就是细节的力量。

另外,与前面的"排出九文大钱"相呼应,鲁迅先生还叙述了一个对称性的细节:"从破衣袋里摸出四文大钱,放在我手里,见他满手是泥,原来他便用这手走来的"。从"排出"到"摸出",人物的命运已经一落千丈,完全不可同日而语了。

这一段还须抓住的是,在高潮到来的时候,在孔乙己已然跌入悲惨底谷的时候,鲁迅先生冷静地绝不手软地高频度地叙述了这篇小说的最后五个可怖的笑。

12

> 自此以后,又长久没有看见孔乙己。到了年关,掌柜取下粉板说,"孔乙己还欠十九个钱呢!"到第二年的端午,又说"孔乙己还欠十九个钱呢!"到中秋可是没有说,再到年关也没有看见他。
> 我到现在终于没有见——大约孔乙己的确死了。

高潮过后,鲁迅先生的叙述终于从容降落,完美收官。在叙事时间上,经过"年关""端午""中秋"然后又是"年关"的简约回环与必要过渡之后,如期来到了"现在",完成了回忆性的小说结构。

"到现在",二十多年过去了,此句的"我"已然不是那个十二岁的小伙计,而应该是一个年逾不惑的中年人了。一个人在十二岁的时候看待事物难免带有少年的局限性,但是当他二十几年之后回顾往昔时,按理应该对早年幼稚、无知、偏颇的想法作出纠正。然而没有。用"大约的确死了"来结束对一条生命的回忆是何其冷漠。可想而知,虽然二十多年过去了,这里却未曾有过任何改变,一切大概都还是老样子:酒店依然是那样的酒店,顾客依然是那样的顾客,柜台依旧是曲尺形的柜台,那种阴暗的格局依然如故。孔乙己爬行远去的身影已经永远离开了人们的视线,就像从来不曾出现过一样,而无聊麻木的人们却要继续在这样的格局里麻木无聊地活下去。

小说末尾"终于""大约""的确"的别样连缀与创造性叠用(让我想起《水浒传》林冲上梁山时的那个连词叠用:"王伦自此方才肯教林冲坐第四位"),除了最后一次讽刺性地深化并延展了存在即虚无的悲剧性主题,我们也不难再一次感觉到鲁迅先生完成叙事时的那种从容不迫那种气定神凝那种呼吸之平稳有力。

在我的阅读想象中,写完这句话并画上那个句号之后,鲁迅先生估计会点燃一颗烟,眯起双眼,长长地嘘一口气,默然享受艺术创造给他带来的那种沉重背后的无比轻盈与完满。

莫言的感觉叙述

1

毫无疑问,莫言拥有与生俱来的感觉秉赋,他是个感觉天才。当他把诡异强健的生命感觉投射到《枯河》中的小虎和《透明的红萝卜》里的黑孩身上,并用一种独步文坛的语言方式叙述出来的时候,"莫言现象"便诞生了。

我一直觉得,对莫言的创作影响最大的人不是马尔克斯而是福克纳。福克纳至少在两个方面启迪过莫言:一是把故乡邮票般大小的地方铸造成文学的帝国("约克纳帕塔法"与"高密东北乡");二是对生命感觉的密集而又卓越的叙述。人们总是把福克纳的小说归入意识流,我自己更愿意用一个杜撰的概念"感觉流"。在如何运用文字对生命感觉进行最佳处理方面,比如对白痴的感觉的匪夷所思的摹拟,比如对人类感觉诡谲性的神秘想象,再比如通感与微感叙述等,福克纳显然是当代作家的共同的老师,而莫言可能是他最好的学生之一。

我们知道，在创作谈里，莫言把福克纳比喻为烤着他的火炉。创作的初期就像是冬天，火炉给予的是温暖与能量，而到了夏天般的创作成熟期，火炉给予的可能就是一种炎热的影响的焦虑了。

2

短篇《枯河》可以被认为是莫言的发韧之作（有点类似于《十八岁出门远行》之于余华，或《桑园留念》之于苏童）。在那条村后的枯河里，没有流水，流动的是苍白的月光以及小虎那汹涌的生命感觉，所以，莫言笔下的枯河其实是一条在当代文学版图上流淌的罕见的感觉之河。

通篇都是奇异的生命感觉。比如被暴力摧残濒临死亡的小虎蹲在夜的河堤上，莫言叙述了他的心跳的感觉：

> 他感到自己的心像只水耗子一样在身体内哧溜哧溜地跑着，有时在喉咙里，有时在肚子里，有时又跑到四肢上去，体内仿佛有四通八达的鼠洞，像耗子一样的心脏，可以随便又轻松地滑动。

这个世界上，有谁体验过心脏跑到四肢的感觉？
比如小虎攀上村里最高的白杨树巅后丛生的那些感觉：

> 小狗一声也不叫，心平气和地走着，狗毛上泛起的温暖渐渐远去，黄狗走成黄兔，走成黄鼠，终于走得不见踪影。四处如有空瓶鸣声，远近不定，人世的冷暖都一块块涂在物上，树上半冷半热，他如抱叶的寒蝉一样觳觫着，见一粒鸟粪直奔房瓦而去。

内心孤独寒冷到什么程度的孩子才能体验"狗毛上泛起的温暖"?"四处如有空瓶的鸣声,远近不定",这个听觉叙述中有着怎样的苍茫与空泛感?而"人世的冷暖"本来是一种抽象而广泛的东西,也被莫言叙述成了"涂在物上"的视觉对象。莫言的感觉叙述一定会采纳更细微更生命底里的"觳觫",而拒绝普通的无感的颤抖。

莫言在这篇小说里,大剂量地叙述了瘦弱的小虎被非人的暴力轮翻摧残的极度的生理感觉:先被书记的翻毛皮鞋往死里踢,然后被书记用树枝抽,然后是被自己的哥哥猛踢,再然后被母亲戴着铜顶针的手狠狠地抽在耳门子上,"他干嚎了一声。不像人能发出的声音使母亲愣了一下",但母亲并没有停止,她继续用干棉花柴抽他。接着是父亲把他提溜起来用力一摔,然后用那厚底老鞋打他,"第一下打在他的脑袋上,把他的脖子几乎钉进腔子里去"。最后,父亲让哥哥剥掉小虎身上的衣服,用浸过咸菜缸里的盐水的粗麻绳,没命地抽他,他最终发出了声嘶力竭的喊叫:"狗屁!"……莫言叙述出来的这些感觉是如此惊悚如此残暴如此极致,对我们的心理承受力绝对是空前的挑战和考验!可另一方面,所有的感觉都被莫言叙述得那么精细那么准确那么像幻觉般的真实,以致于我们的内心疼痛不止又惊叹不已。如果用一个词来表达我们的阅读感觉,那只能是莫言常用的"觳觫"。

莫言笔下的小虎是个沉默倔强"少个心眼"的小男孩,老天好像没有给他多少智力,作为补偿,就给予了他分外敏锐而又特异的感觉能力。他甚至拥有陌生怪异的"超感觉",比如从白杨树上掉下来之前,他好像有预感一样:

他浑身发冷,脑后有两根头发很响地直立了起来,他又一次感到自己爬得是这样高。

3

为了释放与叙述生命中那些诡异的超常的感觉，莫言塑造的人物一般都是智商偏低少言寡语内心孤独的孩子，《枯河》里的小虎是这样，《透明的红萝卜》里的黑孩也是如此，奇怪的孩子必有奇怪的感觉。这肯定受到过福克纳的影响，福克纳笔下就经常出现这样的人物，尤其是《喧哗与骚动》中智商接近婴儿的白痴班吉明，几乎是文学史上傻瓜叙事的典范。莫言的许多小说就属于儿童视角下的傻瓜叙事。

《透明的红萝卜》里的黑孩是一个准哑巴，通篇没有说过一句话，似乎是对莫言这个笔名的无声诠释，让我们禁不住联想，莫言小时候八成也是这样一个沉默寡言的男孩。在某种意义上，黑孩与小虎只是莫言的替身。

创作于《枯河》之前的《透明的红萝卜》里的感觉叙述还没有那么密集流淌，如果说《枯河》是一条波涛汹涌的感觉之河的话，《透明的红萝卜》更像是一棵感觉之果挂满枝头的中篇叙事之树。

我们来欣赏其中几枚感觉之果的色泽与口味。它们都是关于听觉的。

哑巴一般都有超敏锐的听觉，莫言笔下的黑孩长着一双会动的样子夸张的耳朵，这双耳朵的听觉极为灵敏：

> 他听到黄麻地里响着鸟叫般的音乐和音乐般的秋虫鸣唱。逃逸的雾气碰撞着黄麻叶子和深红或是淡绿的茎杆，发出震耳欲聋的声响。蚂蚱剪动翅羽的声音像火车过铁桥。

黑孩能听到常人根本听不到的声音，如远处水下鱼群的唼喋：

> 他听到了河上传来了一种奇异的声音，很像鱼群在唼喋，声音细微，忽远忽近，他用力地捕捉着，眼睛与耳朵并用，他看到了河上有发亮的气体起伏上升，声音就藏在气体里。

他能听到头发落地的声响：

> 姑娘用两个指头拈起头发轻轻一弹，头发落地的声音很响，黑孩听到了。

黑孩听到的河水声跟我们绝不一样：

> 河上传来的水声越加明亮起来，似乎它既有形状又有颜色，不但可闻，而且可见。河滩上影影绰绰，如有小兽在追逐，尖细的趾爪踩在细沙上，声音如同毳毛纤毫毕现，有一根根又细又长的银丝儿，刺透河的明亮音乐穿过来。

而黄麻叶片掉下来的声音当然不在话下：

> 又有几个叶片落下来，黑孩听到了它们振动空气的声音。

当然，黑孩还拥有超强的视觉能力与幻觉能力，借助炉子的黄蓝火苗，他看见了世界上最奇妙的红萝卜：晶莹透明，玲珑剔透。透明的、金色的外壳里包孕着活泼的银色液体。

4

我一直认为,《透明的红萝卜》是莫言写得最好的小说,在上世纪八十年代中期横空出世的这个中篇,莫言那奇幻的恰到好处的感觉叙述与扎实的故事水乳交融相得益彰,小说的各个元素(故事、人物、语言个性、感觉强度等)几乎达到了完美的均衡。

在《透明的红萝卜》里已经多次出现那种撒野似的随心所欲的叙述方式,像故意卖弄或炫技,像说溜了嘴刹不住闸之后的语言惯性,像高密地区民间说唱艺术中的猫腔,像对称的叠句,像复沓的旋律,像押韵的排比,像语言的撒欢甚至狂欢,它无疑是莫言找到创作自信后的产物,是一种写作状态彻底放松的标志,是叙述进入出神忘形之境地的结果。这样的叙述偶尔来那么一下,效果诙谐奇绝,堪称惊艳,它好像是莫言的语言专利,在中国当代文学中似乎只此一家(这种话语方式在莫言后期的小说中出现的频率越来越高,就有些刻意做作,有些过犹不及,比如他写过一个几乎全用四字句构成的中篇,再比如完全仿猫腔的《檀香刑》)。

在《透明的红萝卜》里我们至少可以找到以下案例:

黑孩走进月光地,绕着月光下无限神秘的黄麻地,穿过花花绿绿的地瓜地,到了晃动着沙漠蜃影的萝卜地。(一口气五个"地")

雾气散尽桥洞里恢复平静,依然是黑孩梦幻般拉风箱,依然是小铁匠公鸡般冥思苦想,依然是老铁匠如枣者脸如漆者眼如屎壳螂者臂上疤痕。(三个排比的"依然"语式,而在最后一个依然里又嵌入一个子语式：三个"如……者"）

小说的最后，莫言叙述被剥光全身衣服的黑孩，像一条游进大海的鱼一样钻进黄麻地。他又效果奇佳韵味无穷地"炫"了一次：

扑簌簌黄麻叶儿抖，明晃晃秋天阳光照。

5

写于《枯河》之后的《红高粱》当然是一次更大规模更具杀伤力的感觉爆炸。在这部当代文学里程碑似的重要作品中，莫言的感觉叙述精彩之极，手法众多，技巧叠出，更加集中地体现了他在这方面的惊人才华与过人之处。

莫言曾经出版过一本叫《小说的气味》的随笔集，强调了嗅觉表达的重要性，莫言肯定有一个灵敏的鼻子，而且他有出类拔萃强健如初的嗅觉记忆。《红高粱》对气味与嗅觉的表达和叙述就堪称优异。

"父亲没吱声，他看着奶奶高大的身躯，嗅着奶奶的夹袄里散出的热烘烘的香味，突然感到凉气逼人，他打了个战，肚子咕噜噜响一阵。"——这是一股多么别样的香味，它是热烘烘的，而且是从奶奶的夹袄里散出来的！

"从路两边高粱地里飘来的幽淡的薄荷气息和成熟高粱苦涩微甘的气味，我父亲早已闻惯，不新不奇。在这次雾中行军里，我父亲闻到了那种新奇的、黄红相间的腥甜气息。那味道从薄荷和高粱的味道中隐隐约约地透过来，唤起父亲心灵深处一种非常遥远的记忆……那股弥漫田野的腥甜味浸透了我父亲的灵魂，在以后更加激烈更加残忍的岁月里，这股腥甜味一直伴随着他。"——用"幽淡"形容薄荷气息,用"苦涩微甜"形容高粱气味,端得是好嗅觉;那股腥甜气息不仅"新奇",而且"红黄相间"(嗅觉的视觉化:通感之一种),这样的气息显然不是鼻子能闻到的,所以它才能浸透灵魂。

"河底下淤泥的腥味,一股股泛上来。"——城里人一辈子也没有闻到过这样的腥味,更没法想象它是一股一股从河底泛上来的。

"那粒子弹一路尖叫着,不知落到哪里去了。芳香的硝烟迷散进雾。"——用"芳香"形容硝烟,何其大胆又何其准确(孩子此前可能没闻到过鲜奇的硝烟味)。要知道,这篇小说的所有感觉都来自农村孩童纯洁的原生态的天然的感觉器官,更准确点说,是来源于莫言的惊人记忆与奇异想象。

"万物都会吐出人血的味道"——欣赏一下其中的小魔幻。

"我父亲从河水中闻到了螃蟹特有的那种淡雅的腥气。我家在抗战前种植的罂粟花用蟹酱喂过,花朵肥大,色彩斑斓,香气扑鼻。"——我敢保证,莫言是这个世界上唯一一个用"淡雅"形容螃蟹的腥气的作家。在莫言笔下,光腥气就有那么多种!另外,从淡雅的螃蟹腥气到扑鼻的罂粟香气之间,发生了怎样的神秘魔幻的化学反应?

"刺眼的尸臭。"——一般人只能闻到刺鼻的气味,莫言却能闻到刺眼的气味。

"日头正晌了,河里泛起热哄哄的腥气,到处都闪烁光亮,到处都滋滋地响。"——日头正晌时,这股子腥气一定是热哄哄的(热哄哄与热烘烘不可同日而语),而且一定配合有那种滋滋的响。

6

在西方文学中,自波德莱尔、普鲁斯特等人之后,通感叙述就成了切入生命感受的微妙领地的常用手法,福克纳当然是推而广之的重要作家,他写班吉明的许多感受都属于通感,比如:"我闻到了冷的气味。"

莫言在《红高粱》里也有不少通感叙述。

比如视觉与听觉打通:"他的眼里射出墨绿色的光芒,碰到物体,似乎还窸窸有声。"

比如不同的触觉打通:"脑海里交替着出现卵石般的光滑寒冷和辣椒般的粗糙灼热。"

比如视觉与触觉打通:"玲子觉得任副官冷俏的外壳里,有一股逼人的灼热。"

在分析《枯河》时,我们谈到过莫言感觉叙述的一种特异手法:把抽象的事物具象化,把非感觉的东西进行感觉化(人世的冷暖一块块涂在墙上);《红高粱》则运用了相反的手法:把具象的事物抽象化,把感觉的东西非感觉化:

"每穗高粱都是一个深红的成熟的面孔。所有的高粱合成一个壮大的集体,形成一个大度的思想。"——"集体"已经泛化成一个非具象概念,而"大度的思想"显然更为任性远离视觉,具象的高粱完全被抽象化了。这种叙述不仅是越轨的笔致,而且几乎是反修辞的。情况常常这样,创造性的文学语言与叙述是对语法的超越,是对修辞的违悖,所导致的则是一种陌生化与奇异性。

在另一处描述高粱的地方,莫言也进行了类似的处理:

"八月深秋,无边无际的高粱红成洸洋的血海。高粱高密辉煌,高粱凄婉可人,高粱爱情激荡。"——我想,高粱形成大度的思想,高粱爱情激荡,这样的叙述不仅仅是具象的视觉抽象化与非感觉化,也不仅仅显现了语言个性与随心所欲如有神助的创作状态。我认为莫言这样做还有更内在更深层的艺术用心与文学动机：因为这篇小说就叫《红高粱》，高粱除了是作品的核心物象，而且也是一种主题化象征，是一种精神的隐喻，因此，具象事物的抽象化处理就超越了叙述技巧层面，抵达了语言形式与思想内涵合二为一的境地。

7

当然，与《枯河》中的小虎被暴力摧残的过程相似，《红高粱》里也有这样的感觉的极致化叙述桥段。那就是罗汉大爷惊骇可怖到极点的生命遭遇（小说最后，"我奶奶"中弹后那段高潮性叙述，其实不是感觉叙述，而是意识流。我事隔几十年重读这一段叙述时，除了感到那种罕见的激情与难度，也觉得莫言的叙述其实有些失控的地方）。

罗汉大爷先是在烧酒作坊被鬼子的刺刀挑开了头皮：

"罗汉大爷看着在眼前乱晃的贼亮的刺刀，一屁股坐在地上。鬼子兵把枪往前一送，锋快的刺刀下刃在罗汉大爷光溜溜的头皮上豁开一条白口子。"——越轻描淡写，越准确而骇人。

罗汉大爷与骡子一起被鬼子押上工地后，莫言叙述了挑开的头皮的疼痛感：

"头上还在流血，罗汉大爷蹲下，抓起一把黑土，按在伤口上。头顶上沉重的钝痛一直下导到十个脚趾，他觉着头裂成了两半。"

接着，叙述了罗汉大爷被工地那个看他不顺眼的监工用藤条抽打，生命的剧痛被叠加：

"罗汉大爷感到这一藤条几乎把自己打成两半，两股热辣辣的泪水从眼窝里凸出来。血冲头顶，那块血与土凝成的嘎痂，在头上崩崩乱跳，似乎要迸裂。"——崩崩两字骇人。

这样的剧痛在工地搬石头时延续：

"他的脑袋膨胀,眼前白花花一片。石头尖硬的棱角刺着他的肚腹和肋骨,他都觉不出痛了。"

抱着石头的罗汉大爷再度被监工抽打,疼痛再度剧增:

"监工在罗汉大爷的脖子上抽了一藤条。大爷一个前爬,抱着大石,跪倒在地上。石头砸破了他的双手,他的下巴在石头上碰得血肉模糊。大爷被打得六神无主,像孩子一样胡胡涂涂地哭起来。一股紫红色的火苗,这时,在他的空白的脑子里缓缓地亮起来。"

生命的疼痛在延长与弥漫:

"头上的血痂遭阳光晒着,干硬干硬地痛……那股紫红色的火苗子灼热地跳跃着,冲击着他的双耳嗡嗡在响。"

那天晚上罗汉大爷从关押的大栅栏里逃出来,但他却无法逃脱身体的痛楚,最终,也没有逃脱等着他的惨绝人寰的生命悲剧:

"局促地站在河堤上,罗汉大爷彻骨寒冷,牙齿频繁打击,下巴骨的痛疼扩散到腮上、耳朵上,与头顶上一鼓一鼓的化脓般的疼痛连成一气。"——一鼓一鼓有多准确。

接着,罗汉大爷想去解救那两头骡子,却被骡子飞起的后蹄重重地踢个正着:

"老头子侧身飞去,躺在地上,半边身子都麻木不仁……胯骨灼热胀大,有沉重的累赘感。"

疼痛之极愤怒之极的罗汉大爷用铁铲铲死了两头骡子,自己也重新落入鬼子手中,他受到的摧毁可想而知,整个人变成了一个"被打烂了的人形怪物",等着他的就是《红高粱》里最骇人的场面:活剥人皮。

整个活剥人皮的过程,莫言的叙述非常写实极度冷静,所有的感觉(视觉与听觉)都叙述得精准而又到位,惊骇复又恐怖，即使事隔三十年后去重读，仍然让人心跳失常。

莫言叙述屠夫孙五"左手提着一把尖刀，右手提着一桶净水，哆哆嗦嗦地走到罗汉大爷面前"，叙述孙五的刀子在罗汉大爷的耳朵上"像锯木头一样锯着"，叙述"罗汉大爷狂呼不止，一股焦黄的尿水从两腿间一蹿一蹿地呲出来"，叙述"那两只耳朵在瓷盘里活泼地跳动，打击得瓷盘叮叮咚咚响"，叙述被切掉耳朵之后罗汉大爷"整个头部变得非常简洁"——莫言的天才就体现在叙述如此骇人细节时依然能够匪夷所思地祭出"简洁"两字！

罗汉大爷最终被活剥成一个"肉核"，莫言用这样一句镇静的叙述结束了新时期文学最骇人最恐怖同时也是最具想象力最具挑战性的极致场面：

"肚子里的肠子蠢蠢欲动，一群群葱绿的苍蝇漫天飞舞"——这个世界上，绝没有第二个人敢这样使用蠢蠢欲动这个成语！

8

为当代文学贡献了《红高粱》这样的感觉爆炸与叙述极致之后，莫言的小说创作其实已经遇到了瓶颈。《红高粱家族》后面几个中篇（如《高粱殡》等）显然没有达到《红高粱》的高度。《欢乐》这样的作品固然有冲击力，有强健的叙述桥段，但小说的艺术性上、在内容与形式的均衡方面，不如《红高粱》和《透明的红萝卜》。而《红蝗》这样的中篇则有感觉泛滥叙述失控的地方，结构上也过于混乱随意。

在上个世纪八十年代中后期，有那么两三年，莫言那耀眼的文学才华与创造性光芒，确曾让人睁不开眼睛。但这样的燃烧并不能长久持续（而刘震云等人冷静的新写实叙述的涌现，告诉读者,除了激情、浪漫与传奇,文学还有其他的方式与道路)。莫言后来的小说创作虽然也算得上优质高产,但毕竟没有那么惊艳了。

感觉叙述之外,莫言在小说的形式创新与人性掘进方面,都没有福克纳那样的深入探索与多元开拓;而魔幻手法到马尔克斯那儿早已经走到巅峰,莫言等中国作家的模仿其实价值不大(诺贝尔文学奖颁奖词对莫言小说的魔幻性的强调,并不准确)。因此,他创作后期侧重的长篇小说虽然题材多样,内容扎实,但在文学品质上,在叙述的魅力上,并没赶上前期的中短篇。

比如,有了《红高粱》的活剥人皮,《檀香刑》的酷刑虽然有更大的创作体量,但其艺术征服力其实是下来了。

迟子建的真挚叙述

1

《群山之巅》开篇第一章叫"斩马刀",端得是个好标题。这样的标题自有一股传奇似的张力与悬念感,对读者的阅读发出了强烈的召唤。

开头第一段出现的人物却不是蒙古骑兵之类,而是乡村屠夫辛七杂(猪杂碎的杂,杂种的杂,七杂这个名字的确暗含着人物谜一样的身世):

> 龙盏镇的牲畜见着屠夫辛七杂,知道那是它们的末日太阳,都怕,虽说他腰上别着的不是屠刀,而是心爱的烟斗。

一下子用烟斗置换了屠刀,多么迅疾多么别致。人世间不仅有屠刀的寒冷,而且也有烟斗的温暖。

我想，寒冷中的温暖，差不多就是迟子建所有小说叙事的内在蕴籍。

2

然而接下来并没有写烟斗，而是叙述太阳火点烟：

> 抽烟斗时他先摸出凸透镜，照向太阳，让阳光赶集似的簌簌聚拢过来，形成燃点，之后摸出一条薄如纸片的桦树皮，伸向凸透镜，引燃它，再点燃烟斗。

王安忆曾说迟子建总是知道生活中哪儿有小说，这话主要是指迟子建的多产以及题材的广泛。的确，迟子建的小说叙事优质高产地进行了三十来年（我记得苏童曾经称赞过迟子建写作状态的罕见的持续性与稳定性），似乎永不会有枯竭之虞。

具体到叙述上，我觉得迟子建的一大特色（几乎是她的风格性标志），是她总能发现并捕捉一些介于真实与虚幻之间的细节或事物，从而使她的叙述显现了一种源于生活却高于生活的品质，一种童话般的轻盈的品质，一种浪漫的诗意的品质。这里的太阳火点烟就是这一类事物与细节的典型。

在叙写这样的事物与细节时，迟子建的语言与文笔格外的别致和越轨，她的想象力也格外的大胆与妖娆，于是，我们就读到了"阳光赶集似的簌簌聚拢过来"这样的句子，感受到了迟子建叙述中的独特风格与情趣（这样的笔致在第一章里就可以读到不少，比如稍后写辛七杂不杀家禽，所以"鸭子也敢晃着膀子与他并行"；辛七杂试刀时"砍向一片春天的红柳。刀起刀落之际，一片红柳倏然折腰，倒伏在林地上，宛如落霞"）

而当迟子建顺水推舟地告诉我们："太阳火烧的烟斗，有股子不寻常的芳香"时,我们还没搞清这是不是生活真实,但却已然沉浸在一种文学性的美妙里了。

3

当然,这一章叫"斩马刀",所以,写完烟斗与太阳火之后,迟子建的叙述又回到了刀,就像一个出去玩的孩子又回到了家。这样的叙述自有一种一波三折的灵动与随兴,自有一种从容与淡定,也自有一种小说叙事的丰饶与杂多。

作为屠夫,辛七杂应该有许多屠刀,迟子建主要写了两把,一把是九寸杀猪刀(原有的七寸刀宰杀那些绿色养殖的大猪有些局促了);另一把就是斩马刀(逸出屠宰的实用领域,只挂在墙上看,辛七杂"要拥有一把干干净净的刀,不然睡不踏实")。叙写两把刀的同时,也顺便引出了镇里的两个人物:绣娘和王铁匠。

在叙述斩马刀的时候,迟子建使用的叉是那种风格化的诗性语言:

辛七杂将斩马刀磨得雪亮,挂在厅堂的墙上,那面墙从此就拥有了一道永恒的月光,从未黯淡过。

这把没沾过一滴血的斩马刀,那些年杀倒的,不是红柳,就是碧草,锋刃横溢着植物的清香气,好像他家吊着一只香水瓶。

窃以为,童话与诗意,是迟子建小说叙事的另外两个关键词。当然,这里的童话不是简单与稚嫩的意思,而是指涉纯朴与真挚之境。

4

可是,这把月光般的斩马刀,毕竟不是童话里的事物,而是生活中的杀器。先强调它从没沾过一滴血,其实只是迟子建叙述中的欲擒故纵法,按照契诃夫的说法,那把故事前面挂在墙上的枪,在故事的后面一定会打响,这把斩马刀在这一章结束前果然饮血讨命,闯下大祸。

辛七杂的养子辛欣来,用这把斩马刀,杀了辛七杂的妻子王秀满,然后在逃亡深山之前,还强奸了精灵一样的安雪儿,破了龙盏镇的神话。

这个情节,是整部长篇的契子,它埋下了故事的悬念或种子。

5

安雪儿是绣娘的孙女,法警安平的女儿,她是个侏儒,是个精灵古怪的像是从童话里走出来的人物。迟子建偏爱这样的人物,这样的人物可以说是迟子建小说的标志性符号。通过叙写这样的人物,迟子建告诉我们,平淡的生活中始终有传奇,而生命与人性永远是个谜。

> 辛七杂和安雪儿在龙盏镇都是被怕的主儿。辛七杂是被牲畜怕,安雪儿是被人怕。

因为安雪儿能够预卜人的死期。在迟子建笔下,她几乎是个通灵的人,被人称为"安小仙",她是龙盏镇的神话。

她从小就显出与众不同的地方,除了喜欢在黑暗中喃喃自语,还喜欢握着炉钩子四处乱窜,敲打所有那些能发声的器物,在她看来，不发声的事物就是死的，发声的才是活物。当然，许多活的事物在她的敲打下都变成死的了，如玻璃杯、花盆和碗。迟子建特别擅长叙述这样的细节，童话般的，想象独特的，充满文学的趣味与魅力。

这个个子定格在九十二公分的侏儒，还拥有一种天生的无师自通的本领：刻碑。成人后，她就开了个石碑坊，专门给人刻墓碑。

因此，写安雪儿的第二章就叫"制碑人"。

而辛欣来在石碑坊破了安雪儿的真身之后，一夜之间，这个被万口一声地塑造成神的侏儒，就众口一词地被打入了魔鬼的行列。

6

经过了过渡性的第三章"龙山之翼"之后，迟子建的叙述来到了精彩的第四章"两双手"。

这一章，除了讲述几个法警行刑与殡仪馆理容师为死者理容的故事（这几个故事虽然被迟子建的叙述赋予了童话色彩，但都很接地气，颇具时代意义，体现了迟子建的叙事对现实的介入与关注。与迟子建其他偏于历史的长篇不同，《群山之巅》触及了诸多社会问题，直面现实中的黑暗面，比如腐败，比如投毒事件与器官移植等），重点就是叙述了法警安平与理容师李素贞他们两双手的相遇。

一双是执行死刑的手，一双是为死者理容的手，平时被人嫌弃和冷落，这样的两双手"一经相握，如遇知音，彼此不愿撒手"。两个婚姻情感都有缺憾的不幸男女，就这样相遇并且相爱。两双特异的手（不是常见的目光或抽象的心灵）的邂逅相遇，那种长久相握后感受到的弥足珍贵的温暖，以及随之萌生的爱意，显得那么新颖那么别样，同时又那么真实而感人。

迟子建的小说总是在叙述并呼唤这样的寒冷中的温暖。在北极光闪烁的寒冷之地长大的人，也许会本能的迷恋这样的温暖吧。

在这一章的另一个地方，写到李素贞与那个患肌肉萎缩症瘫痪在床的丈夫时，迟子建又一次叙述了这样的温暖与迷恋：

> 每当她的手触着死者冰冷的脸颊时，她对丈夫的怜惜，油然而生！尽管他萎缩得形同枯叶，但毕竟还有温度！一个人身上的温度，多么令人迷恋啊。

只有真正洞悉了生死的人才能写出这样的怜惜吧，只有心中有太阳的作家才能写出这样的温度吧！写出了这样的怜惜与温度的迟子建，真的让我想起了契诃夫。

7

精灵的安雪儿湮灭了，可肉体的安雪儿却奇迹般地重新开始了生长。第六章就叫"生长的声音"。

安雪儿先是通过事物的参照（灶台、窗台、衣柜、院长里的柞树与石碑等）发现自己长个了，然后，她看见镜子里的脸和五官也庞大了，而衣服和裤子却都小了，"胸部的扭扣就像火线上的士兵，神经绷得紧紧的。"迟子建的比喻常常如此任性随兴但恰当之极。

接下来，迟子建叙述了安雪儿的惊讶与兴奋：

> 安雪儿捂着咚咚跳动的心，对着窗外飞来的燕子说："我长个了"，对着沉默的石碑说："我长个了"，对着树下

的蚂蚁说:"我长个了",对着夜晚的星星说:"我长个了",对着她头颅压出的深深的枕痕说:"我长个了"!

你看看,迟子建的叙述总能从燕子、石碑、蚂蚁和夜晚的星星这样的童话般的轻逸与浪漫,迅疾而又安全地降落在"深深的枕痕"这样底蕴独特份量扎实的生活细节之上。这是迟子建的风格,同时也是她的天赋吧。

当然,迟子建还叙述了生长的声音:

> 夜里躺在床上,万籁俱寂时,她能听见身体生长的声音。她周身的关节喊哩喀嚓地响,像是举行着生命的大合唱;她的肚腹好像蒸腾着沸水,噗噗直叫;她的指甲嫌疆域不够辽阔,哗哗地拓展着势力范围;她的头发成了拔节的麦子,刷刷地疯长着。

如果说前面几个声音与比喻显得稍稍虚拟与夸张,那么最后把头发比喻成拔节的麦子,却足够硬实而又精准。

这一章还有两处叙述也特别可圈可点。一处是对阳光与早晨的叙述,体现了迟子建对森林的熟稔与观察的细致:

> 她终于盼来了一个美丽的早晨!阳光好得能看清蜘蛛在树间扯下来的细弱蛛丝。

另一处则是对冬夏太阳的大胆的比喻与想象:

> 松山地区的冬天,太阳通常很低,低得就像一只吊在头顶的输液瓶,面色昏黄,无精打采。夏天的太阳却不一

样了,它经过一个长冬的疗治,再经过一个春天的颐养,丰盈美丽,光芒四射!而且跟安雪儿一样长个儿了,高高在上!

这些叙述都那么自由随兴,那么灵光闪现,同时又那么具有原创性,显现了迟子建的从容与自信,也显现了她自觉的追求以及别样的才情。

8

谈一下迟子建写作中的一个小环节。那就是她时不时地会在叙述的过程中,凭借文字本身的组合、延伸或对俗语进行返璞归真的处理,自然而然地创造了一些叙述妙趣和语言韵味,没有任何刻意的痕迹,仿佛是天然巧合一样,就像是叙述之河中漂来的一段浮木,迟子建顺手把它捞了上来。这样的叙述体现了迟子建写作状态之放松之大气,它有点像作家送给读者的礼物,阅读时我们会禁不住会心一笑。

比如,第二章叙述安平与全凌燕的婚姻:

安平二十二岁结婚,新娘是长青县一小的音乐老师,生得娇小玲珑,名字叫全凌燕,大家说他们是'安全'组合,定能白头偕老。

我们很快就知道这是一种有趣的解嘲,因为这个组合其实一点也不安全。

比如同一章叙述安雪儿长个的情节:

她换下拖鞋时,才发现自己的脚,比个头长得还猛,鞋架上的鞋子,成心跟她过不去似的,全撇脸了,给她小鞋穿。

穿小鞋这个泛指的俗语终于被巧妙地还原为具体结实的生活细节。

再比如,第十四章叙述开布店的刘瘸子给辛开溜出主意:

刘瘸子虽瘸,但出的主意不瘸,辛开溜接受了。

对瘸字的延伸化处理,可谓饶有意趣。

9

细读迟子建的小说,你一定会惊叹于她塑造人物的能力。《群山之巅》写了几十个有名有姓有血有肉的人物,迟子建真正做到了写一个,活一个。那些人物仿佛不是虚构的产物,而是迟子建生活中的亲戚和朋友,是她的外婆,是她的二大爷,是她的表哥表姐,是她的闺蜜,是她两小无猜的童年玩伴,是她的隔壁邻居。

在迟子建的小说里,几乎无法区分谁是主要人物谁是次要人物,仿佛众生平等,就像杂花生树,每朵花都有独特的色彩与清香,每朵花都不一样,每朵花都只是它自己。

即使是一个对故事的进展无甚影响的"戏份"很少的人物,迟子建的叙述也细心周到绝不含糊。比如红日客栈有两个金字招牌,一个是服务员林大花,另一个,就是厨师葛喜宝:

鄂伦春人,四十来岁,扁平脸,小眼睛,大嘴巴,一头鬈毛,又矮又胖,喜欢烈酒。

这幅肖像就画得细致准确，决无半点草率之处，髭毛对应鄂伦春族，矮胖对应厨师，喜欢烈酒则与接下来的叙事息息相关：

葛喜宝从古约文乡迁居到龙盏镇，是因为他妻子因病去世后，他常常酒后去山上的墓园，睡在妻子的坟旁，也不管年幼的孩子。有一年冬天，他醉倒在坟旁，几近冻僵，被拉烧柴的人救下。葛喜宝活下来了，但被冻掉两个脚趾，从此他走路就跟鸭子一个风格了。安泰的妻子葛秀丽怕弟弟长此下去，会疯癫了，劝他离开古约文乡。赶巧那年刘小红的客栈开张，正缺一个厨师，就把他介绍来了。

通过迟子建的叙述，我们牢牢记住了这个特别的厨师：一个矮胖的、髭毛的、缺了两个脚趾走路像鸭子的、悲伤于自己的不幸命运的人。但他是红日客栈的金字招牌，他在那儿重新安身立命，他的鄂伦春风味菜烧得好极了。

葛喜宝被冻掉的一定是两个脚趾而不是手指，否则他的烹调技术就会受影响了，他的菜就做不了那么好吃了。

10

细读迟子建的小说，你一定也会惊叹于她对日常生活风俗人情的无限熟稔与无限热爱。

作为一名优秀的作家，迟子建不是在观察生活，更不是在体验生活，而是真正进入了生活融入了生活，这种进入和融入的程度，只有游进水里的鱼可以比拟。

迟子建就生活在生活中，生活是她的文学矿脉，这片蕴藏在高纬度的寒冷之地的矿脉像大海一样不会枯竭，所以，迟子建能够源源不断地从中提炼出文学的黄金和生命的盐。

一个真正熟悉生活热爱生活的作家才能把豆腐写得如此神似如此诱人：

> 安雪儿盯着老魏的豆腐担子，木板上那些莹莹欲动的豆腐，把她馋坏了。

你再看看迟子建怎么写新摊的煎饼：

> 新摊的煎饼鲜香酥脆，是小姐的身子，经不起摔打。

辛开溜用犁杖以物易物换了一把钐刀，催生了龙盏镇一年一度的旧货节，你看迟子建对农具对生活器皿如数家珍般的陈列与叙述：

> 就这样，犁杖换钐刀，镰刀换耙子，镐头换锄头，人们在瑟瑟秋风中以物易物，补充了农具，也收获了快乐。第二年秋末，旧物交换不仅限于农具了，家具、炊具也进了交易集市，箱子换柜子，太师椅换饭桌，碗架换炕琴，茶壶换暖水瓶，洗脸盆换铝皮闷罐，瓷盘换酒盅，品种越来越丰富，旧货集市就此兴起。而到了第三年，旧物交换的范围再次扩大，衣裳鞋帽、家具和学习用品也登台了。花衣服换布鞋，裤子换围裙，花瓶换烛台，镜架换铅笔盒，帽子换手套，储蓄罐换针线盒，甚至铅笔换橡皮，绑腿换头绳，五花八门，无所不有。

这种不厌其烦的叙述，绝不是简单机械的罗列，需要的绝不仅仅是耐心与细心，更需要对生活的了解与熟悉，需要对生活的热情与钟爱。读到如此丰富如此杂多的器具与什物，会让我们重新想起生活的芜杂、多样与宽广。我记得加缪在未竟之作《第一个人》的一条自注中说过这样的话："书必须有分量，充满物体与肉体"。

顺便来欣赏一下迟子建在《群山之巅》之前创作的长篇《白雪乌鸦》的开头，对一百年前的哈尔滨傅家甸街市的叙述：

> 霜降在节气中，无疑是唱悲角的。它一出场，傅家甸的街市，有如一条活蹦乱跳的鱼离了水，有点放挺的意思，不那么活色生香了。那些夏日可以露天经营的生意，如理发的，修脚的，洗衣服的，代拟书信的，抽签算命的，点痦子的，画像的，兑换钱的，卖针头线脑的，擦皮鞋的，不得不收场，移到屋内。不过锔缸锔碗的，崩爆米花的，照旧在榆树下忙碌着——他们的活计中有炭火嘛。

我们不妨试着罗列一下童年露天集市的生意种类。你一定想不起居然还有点痦子的！

11

细读迟子建的小说，我们还会惊叹于她对山河自然对动物植物的倾情书写与动人描摹。

迟子建的叙事空间就像是一片原始森林，里边布满了云彩和飞鸟，生长着松树、桦树与柞树，活跃着众多小动物，盛开着各种各样的花朵。

迟子建喜欢在叙述中频频使用比喻修辞，在她笔下，万物有情，而人与自然与花草树木都相通相融，这除了让人想起她在乡村森林长大的童年生涯，也让人想起天人合一的文化传统，让人想起《诗经》中的比兴手法，想起"多识于鸟兽草木之名"（在获得鲁迅文学奖的短篇《雾月牛栏》中，迟子建为那头在雾月出生的小牛取的名字叫"卷耳"，我们可以理解成刚出生的小牛耳朵卷卷的可爱样子，但卷耳也是一种野菜的名字，另外，《诗经》的一首诗歌就叫《卷耳》）。我以为迟子建的叙述精髓中，确乎包含着比兴元素。

你看迟子建怎样叙述格罗江：

只要寒流不再成为统治者，这条江便在暖风的爱抚下，春心荡漾，在四月中下旬，涣然冰释。当冰排像熠熠闪光的报春花，从江上呼啸而过，格罗江的眼睛就睁开了……格罗江的眼睛里是少有的深沉、清澈、明媚。

你看迟子建如何叙述那清晰地倒映在江上的白云：

白云倒映在江水的时刻，盘旋在江上的鸥鸟，会俯冲下来，用翅膀轻轻拍打着，它们大约想不通，天上的奇迹，何以到了人间？

安雪儿不知道给松鼠吃什么好，去问单四嫂，迟子建让单四嫂这样回答：

松鼠牙齿好，凡是带壳的东西，它没有不喜好的！松子，瓜子，花生，榛子，核桃，对它来说都是亲娘！

好一个亲娘！

我想重点谈谈迟子建写花。

迟子建最爱写的可能就是花了,她的叙述真有点像是天女在散花了。在她的笔下,花几乎是世间一切美好事物的象征。比喻时她总喜欢拿花做喻体,她喜欢写人与花之间的相通相融。

比如,迟子建叙述被强暴后身心恢复期的安雪儿:

> 绣娘在山中骑马,见多了被马蹄踏过的野花。它们折了腰,花枝零落,抖抖颤颤,一派颓唐。可过不了几天,也许就在一夜之间,那些生命力顽强的,又在清风雨露中傲然抬起了头!绣娘相信安雪儿是这样一枝花儿。

比如,当葛喜宝嘲笑辛开溜的衣服有那么多布丁时,辛开溜抖着白胡子说:

> 补丁是衣裳的花瓣,每个花瓣都有故事,你懂个屁!

在迟子建笔下,连马蹄印也像花朵:

> 罗掌柜喜欢雪后骑马,马蹄在雪地留下蹄印,在他眼里是冬天的花朵!

甚至喝完的酒盅也是一朵花:

> 安平将酒盅口朝向唐眉,让她看底儿,仿佛在向她献上一朵牵牛花。

安雪儿在分娩之前为自己铺的是杜鹃花的花床,以至于要让降生在杜鹃花上的孩子姓杜。

就连弹片也被迟子建比喻成了花:

> 老人们正在议论辛开溜身上烧出的弹片,它们像逆时令而开的花朵,令人惊奇。

我们知道小说中第八章取名就叫"女人花";而其中一个人物则叫林大花。

你再看迟子建写雪花:

> 初雪柔软,会形成妖娆的树挂,这时森林所有的树,又成了花树了!它们这时只开白花,无比灿烂!

你再看看迟子建写窗玻璃上的霜花:

> 霜花跟云彩脾性相同,姿态妖娆,变幻万千。它们有的像器皿,如锅碗杯盖;有的像动物,如牛马猪羊;有的像植物,如树木花朵;还有的像珠链,像房屋,像星辰,像田垄,像闪电,像人,像飞鸟。一扇挂满了霜花的窗户,就是一个大千世界。

特别有意思的是,迟子建在叙述了人与花与树与自然万物相融相通的同时,却叙述了辛开来偷来的那把猎枪与子弹的不相配不相融。我认为这种反差与对比是解读《群山之巅》的一个重要隐喻或玄机。

当然,安雪儿这个人物,这个注定要被糟蹋的乡村精灵,是这部小说的另一个隐喻符号。所以,小说的结尾又回到了这个人物。

12

最后一章叫"土地祠"。经过了漫长的叙述的跋涉，小说终于来到了终点。

《群山之巅》的叙述虽然从容弥散，丰盈杂多，但整个故事结构却步步为营丝丝入扣，甚至有些过于完整和工巧，有些事先按排的痕迹。可小说的结尾却完全出乎我们的意料之外，精彩之极，而且惊悚之极。

安雪儿居然再一次被强暴了，在一个大雪天，在土地祠，这一次是那个半痴呆的单夏。安雪儿一边挣扎，一边向土地爷求救。

于是，迟子建写出了最后一句堪称卓越的叙述：

一世界的鹅毛大雪，谁又能听见谁的呼唤！

那种苍茫无助，那种孤独与绝望，那种锥心之痛，那种"莫名的虚空和彻骨的悲凉"（迟子建小说后记中的话），真的让人颤抖不止！这一刻我必需承认，自己的内心已经很久很久没有被如此震撼过了。

13

我和妻子是在《收获》杂志上交替地同步地读完《群山之巅》这部小说的。其间我们一次次地感叹，迟子建真会写小说，她写得真好！妻子建议我为这部小说写篇东西，我就写了以上的札记。